【散文集】

在巴掌大的地方绕行

程文胜　著

中国言实出版社

图书在版编目(CIP)数据

在巴掌大的地方绕行 / 程文胜著. -- 北京：中国
言实出版社，2024. 7. -- ISBN 978-7-5171-4885-2

Ⅰ. I267

中国国家版本馆CIP数据核字第2024YM5303号

在巴掌大的地方绕行

责任编辑：宫媛媛
责任校对：张国旗

出版发行：中国言实出版社
    地 址：北京市朝阳区北苑路180号加利大厦5号楼105室
    邮 编：100101
    编辑部：北京市海淀区花园北路35号院9号楼302室
    邮 编：100083
    电 话：010-64924853（总编室） 010-64924716（发行部）
    网 址：www.zgyscbs.cn 电子邮箱：zgyscbs@263.net

经 销：新华书店
印 刷：北京中科印刷有限公司
版 次：2025年2月第1版 2025年2月第1次印刷
规 格：710毫米×1000毫米 1/16 10.375印张
字 数：301千字

定 价：78.00元
书 号：ISBN 978-7-5171-4885-2

在巴掌大的地方繞行

吸漢代刻石
筆意書
以賀
程文勝兄
大著出版
李勁松記

程文胜　著

作者简介

　　程文胜，祖籍湖北随州，现居北京。毕业于解放军南京政治学院新闻系、解放军艺术学院文学系。在《昆仑》《解放军文艺》《北京文学》《天津文学》等发表中短篇小说、散文诗歌等百余万字，出版《金铜花瓣》《斑马嘶鸣》《百战将星李天佑》等著作，曾获解放军文艺优秀作品奖、长征文艺奖、全军抗洪题材优秀作品奖（长篇）等。

内容简介

　　本集精选作者散文61篇，分家人画像、文明光亮、青春印象、家在随州、军旅随笔、人到中年六辑，从不同维度记录了作者对青春芳华的追忆、现实生活的写真、传统文化的探微、人生志趣的思考。作品聚理想之光映射现实，以寻常烛火微观人心，激荡着时代变革的潮声和个体命运的咏叹，散发着人文精神的光亮和美好生活的醇香，思想厚重、笔触细腻、风格唯美，体现了一种情理交融、形散神聚、直逼人心的当代散文美学范式。

序

聚集生活的亮光

文／王宗仁

"大家围坐在桌前有一句没一句地说些闲话，顺带着也帮着粘粘纸盒。一双双手在煤油灯影下泛着温和的光，仿佛那些拮据的日子过得比皇室还舒缓宁静。"读到《祖母的哲学》这段文字，我能感受到一种遥远又切近的生活光亮，烛火摇曳，温暖人心。

程文胜的散文总是以一种沉稳的笔触描述厚重的生活。散文当然要观照现实，但他笔下的现实，不是对生活日常的原生态描摹，而是敏锐捕捉人生的片段、生活的细节，揭示蕴含其中的人们的共同记忆与一个时代的印迹，把人生百味与美好理想合二为一呈现在读者面前。恰如马尔克斯所说，"不是直接从现实中取材，而是从中受到启迪，获得灵感"。

对生活感受得多真切，生活的馈赠就有多丰厚。作者将对亲人的情感与思念巧妙地融入自然之中，让寻常事物显现出生命的质感和生存的意义。他的家人画像系列，人物平凡而各具神采。

——写人物跌宕于生存的命运感："祖父吃完饭趁夜色赶回河那边，他穿着黑色的棉袍子像棵树在雪地上移动，好像随时都会被风吹走。"（《家族荣耀》）

——写人物根植于内心的纯朴："每次到镇里去，都是提前一天把月白色布衫洗得干干净净，再用米汤水过一遍浆，头发梳洗了还要抹上蓖麻油，程序复杂，绝不马虎。有次送我回镇里，外婆带着我走了八里山路，刚歇下来，家里突然来了客人，外婆来不及收拾沾了泥点子的一双布鞋，赶忙把一只脚藏在另一条腿的后面，脸上竟然显现出害羞的表情来。"（《外婆在微笑》）

——写人物性情的隐忍与释放："只见舅舅佝偻着，费力地拔着青菜，拔一棵喊一个名字，答一声到，如同队伍上集合点名一样，一垄地的青菜几乎全拔光了。"（《说普通话的舅舅》）

这些生动质朴而又细腻的语言白描，把人物生活的环境、性格和情感多层次地表现出来，让人如同直面其人。

优秀的散文家善于化抽象为具象，以一种具体的抽象和抽象的具体，以象征的手法把个体经历转化为人们的共鸣。《植物的生存哲学》赋予草木以拟人化的生存状态，《麻雀的生死时刻》让一种寻常的鸟有了哲学意义。他在《像城市之鸦一样飞翔》中写道："它们举止沉稳、体态健美、毛色鲜亮，一只昂首与我对视，一只兀自敲击啄食一条冻在河水表层的翻肚弯曲的鱼。我作势一扑，它们只是冷静地看着我，长而尖的黑喙匕首一样闪着寒光，那种咄咄逼人的气势，丝毫没有'墨点无多泪点多'的八大山人画意中枯木寒鸦、'白眼对人'的状态。"通过对鸟的命运描摹，直逼人心，引发对人性乃至对人类生存和命运的哲学思考。

刘勰在《文心雕龙》中说："凡操千曲而后晓声，观千剑而后识器。故圆照之象，务先博观。"程文胜从戎三十多年，对军队充满了热爱。正因为这种浸入骨髓的爱，他才对丰富多彩的军营生活、对铁打的营盘流水的兵体会更深刻、看得更真切，才能从重复千遍的日常生活中发现和提炼出具有时代气息的军旅散文素

在巴掌大的地方绕行

材。从《军营随笔》十二章看，作品明显带有浓郁的自传色彩，整内务、踢正步、紧急集合、帮厨、打靶、写信、看电影、吼军歌……几乎囊括新兵训练生活的主要场景，从不同侧面写出了一个青年士兵的蜕变与成长，情节生动，叙述诙谐，引人入胜。

几乎每个作家都有两个故乡，一个是生长的故乡，一个是文学的故乡。程文胜是湖北人，唯楚有才，于斯为盛。他把目光聚焦于那片热土，既深挖历史背景，又描写美景美食。笔端涌动浓浓的乡愁和历史的钩沉，视野由故乡及他乡，又从他乡看故土，旁征博引，信手拈来，把历史典故和各种知识汇聚于笔端，展现出他的中国传统文化的积淀和美学追求，从而呈现一种大散文气象。

程文胜的散文秉承"形散神聚"的文脉，时而聚力于一物，时而宕开一笔，看似随心随意，却有严谨的布局结构，使得文气贯通，一气呵成。也许经常写诗、小说的缘故，他的语言有着诗一样的韵律美，又有细腻准确的刻画能力，这使他的散文有一种强烈的画面感和歌咏性，很是耐品耐读。

纵观程文胜的散文作品，我能够强烈感受到一种责任感，那就是他心里装着读者，他在竭力聚集生活中的微光，让它温暖人们的心房。

（作者系著名作家、中国散文学会名誉会长）

序　聚集生活的亮光

目 录

第一辑　家人画像

　　大家围坐在桌前有一句没一句地说些闲话，顺带着也帮着粘粘纸盒。一双双手在煤油灯影下泛着温和的光，仿佛那些拮据的日子过得比皇室还舒缓宁静。

祖母的哲学

一

祖母独自居住的小院背街朝北，南边是邻居家的厢房，厢房留有后门，由此门出入便可北至后街的土城墙，南至唐县镇东街的集市。两家人曾有默契，祖母要去街市，或邻居家要去后街，均可穿过彼此的前庭后院，不必另绕远路。

但是有一天，前面人家的后门忽然从里面插上了，明明里面有动静，却怎么叫也叫不开。七十多岁的祖母拄着一根竹杖，站在那里发了一会儿愣，然后挪着一双小脚，拉着我的手转身去后街绕行。

祖母说，看来人家不愿意我们抄近路，两家的缘分就算到头了，哪天叫人来把这门封了吧。又说，从后街出去是要绕些远，可话说回来，绕远又能远到哪里去呢？唐县镇也就是巴掌大的地方。

我那时六七岁上下，祖母"巴掌大的地方"的比喻给我留下了深刻的印象，她无可奈何而又随遇而安的表情至今如在眼前。

祖母说得对，由后街绕行至街市，路途虽远些，又能远到哪里去？

二

从祖母居住的后院出门，绕过一方池塘，向左穿行一条长长的甬道，出甬道后再转个弯，就进入连接街市的弥陀寺巷子，而巷口香油磨坊的芝麻焦香就会随风飘至。

对我而言，路远路近倒无所谓，只是行走在那条甬道上，最让人郁闷。近百米长的甬道，一边是镇食品所高大牲畜栏舍的青砖后墙，隐隐能听见猪羊慵懒地哼叫；另一边是学校低矮的土夯院墙，小学生唱诗样的诵读声浪一阵强一阵弱地飘荡，行走的脚步还会产生空洞的回响，甬道挤满了各种声音，感觉却是一种奇怪的空茫与寂寥。若到了晚上，学校的读书声消退，屠宰场杀猪声骤起，甬道弥漫着漆黑肃杀之气，没有胆量的人断不敢独自夜行。

我那时觉得甬道不仅遥远漫长，而且曲曲折折，正好像广播里说的革命道路一样，似乎怎么走也走不到尽头。

祖母不常上街市，偶尔可以绕远，少年的我却不愿独自往返于那甬道。便常走捷径，直接从食品所一侧的高大院墙上翻越。

有一次，墙头一块青砖松动，我失手从两米多高的墙上摔下来，趴在地上动弹不得。祖母后街的邻居姜姨恰好遇见，她急匆匆向我跑过来。

多年后，姜姨回忆说，你趴在地上脸白得像一张白纸，嘴里吐着泡沫，真担心你就这样摔死过去了。她每次见我都要说这故事，每次脸上都会显现出当年的惨白的颜色。

姜姨现在不在人世了。她当年在镇上的印刷厂工作，下班会带回一些硬纸片糊包装纸盒。我有时陪祖母过去串门，大家围坐在桌前有一句没一句地说些闲话，顺带着也帮着粘粘纸盒。一双双手在煤油灯影下泛着温和的光，仿佛那些拮据的日子过得比皇室还舒缓宁静。

三

祖母常说唐县镇不过巴掌大的地方，我也学着这样说。旁人听了，都惊奇于我说话的口气，甚至神态都与祖母一样。但我很久都没细想这话的意思，等终于理解这句话时，祖母和她的老屋已经不复存在了。

现在想来，自从那天没能敲开前院的门，祖母生活中的一扇扇门就开始陆续关闭了。人的一生充满着偶然和必然，总会联想到每每让人脊背发凉的神秘宿命，越是不能理解的越是归之于宿命。

祖母开始坦然谈论百年身后事，并让父亲置办棺木。祖母的心愿是能像我祖父一样土葬，但那时已经推行火葬，父亲是政府干部，明知道不可能土葬，还是请木匠制作了棺木。硕大的没有上漆的棺木威风凛凛地放置在房屋的一侧，散发着好闻的木头香气。祖母经常仔细擦拭，祖母说，我要是死了，就睡进去。祖母甚至贮存了一罐上好的桐油，预备着上大黑漆时用。

但是，祖母土葬的愿望并没能实现，她的骨灰装入她平时喜爱的青花罐里，那口棺木则盛着罐子埋入河那边的高地里了。

祖母去世后，我父亲以区区三千元的价格把老屋卖给了前院的邻居。这是父亲一生做过的唯一一门生意，也是让他至今想起来就摇头拍膝暗暗叹息的生意。老屋若留到现在，自然价值不菲。但在20世纪70年代，三千元钱也不是一笔小钱，几乎顶得上父亲五六年的工资。我们兄弟三人虽不优渥却不窘迫的幸福生活，很大程度上就是因为有了祖母留下的这份福泽。

父亲上岁数后，越来越喜欢梳理过往，衡量人生得失。父亲想起来就说，现在要有一片自家的院子，莫说是背街，就是背靠着土城墙又有什么关系呢？

除了房子，祖母去世后还遗留下一条瘦骨嶙峋的狗。我曾数次把狗带回前街父母家里，它却总是趁人不备又溜回老屋。

那时，我实在想不出有什么办法让它离开无人光顾的背街小院，最终只得顺从了它自己的选择。有很长一段时间，我每天带着吃食翻过那堵高墙去老屋喂狗。每当我双脚嗵的一声落地，就听得狗在池塘后边的院落里吠叫、呜咽，急迫地从门的缝隙里钻出来，然后疯狂地一路奔跑，围着我蹿上蹦下地表达它的狂喜心情。那一刻，我总是被来自动物的真挚情绪所感动。我想也不只是我，恐怕任何一颗钢铁的心此刻都会瞬间柔软吧。可是，悲伤的狗最终离我而去，去追寻我的祖母了。

我曾经暗自笑过父亲沉湎于回忆过去，现在我上了岁数，却也像他一样回忆，喜欢被一件件往事的金色柔光所抚慰，喜欢亦真亦幻地梦走故园，以至于明明醒着却不愿睁开眼来。

四

有一年回老家，我专门抽时间去后街察看。仅仅三十年光景，那里的格局已经变得看不出原来的样子了，我只能沿着记忆里的大体方位走了一圈。所幸老屋北边的护城河和土城墙还在，那里曾是儿时玩打仗游戏的战场。

那天细雨初歇，空气里悬浮着熟悉的味道和光亮，我忽然很伤感，忽然发现远离家乡的日子，我似乎一直在夸大、美化印象中的甬道、城墙、弥陀寺巷子……不仅如此，我还发现童年记忆中许多高大的建筑和幽深的人，现在看来都不是那么高大幽深，这种反差绝不是源于我信口雌黄的谎言，实在是童年低小身材与仰视角度的局限性留给记忆的深刻镌痕。

诚如祖母所说，唐县镇毕竟不过是"巴掌大的地方"，那些房屋、道路又怎么能高大幽深得起来？

于是，我决定离开。

我最初尝试离开"巴掌大的地方"，源于少年时期的叛逆。那时，我十分渴望痛痛快快地来一次流浪。流浪被我臆想成一件具有诗意的事情，充满远方的诱惑和未知的挑战。可我从南到北、从西到东在郊外流浪了一天，到天黑就无处流浪、无所事事了，只得偷偷溜回家。

我躲在角落，听见父亲正在生气，说谁也不用找他，饿了他自己会回来。母亲却不放心，沿着小镇的街道大声喊叫。听到母亲的声音，我第一次觉得自己很可耻。

也正是那一天，我深切体会到祖母所说的"巴掌大的地方"是什么意思。如同孙悟空不能逃脱如来佛的手掌心，这个镇子的确只有巴掌大，而我一生所有的绕行其实都是直行。

正像文学作品唯有放入文学的谱系里，才能看出其优劣短长一样，人生也只有放置于时代的河流中才能评判其价值意义。我的文字登不上大雅之堂，我的一生也乏善可陈，但我的情感却不用什么参照，它自有温度。

无论身处何地，我一生都在"巴掌大的地方"绕行。无论春夏秋冬，总会有一种冷曲径通幽，也总会有一种爱花团锦簇。

动人心魄的面孔

　　我自己都吃了一惊，翻看我家老照片时产生了奇怪的感受。几张发黄的照片，展示了 20 世纪 70 年代初我祖辈和全家人合影时的面孔，祖辈现在都离开了我们，照片上的他们看起来有一种年代久远的亲切感。我仔细阅读一张张熟悉的面孔，突然发现无论是单人照还是全家福，无论是儿童还是大人，我几乎看不到一张笑脸。大家不笑，绝对不是生活不快乐、家庭不和睦，相反，在家庭温暖和煦的阳光照耀下，我的童年时光充满了快乐，祖父酒醺而以箸叩击碗边长歌的神态、祖母白皙而多皱褶的笑脸至今如在眼前。照相时不笑，大约因为那时的人们似乎都不知道怎么笑，或者说不知道怎么对着镜头笑。

　　我们小镇第一家照相馆 20 世纪 80 年代初才开办营业，店主是一个患小儿麻痹症的青年，他凭借一台海鸥相机，为他自己盖起了小楼、迎娶了高个子的漂亮女人，足见小镇追求时尚的人们对照相事业的热爱。说相馆女主人漂亮是过誉了，模样却算周正，常在门口的长条桌上为一张张黑白照片添颜色。添颜色也只是在照片人物面颊、唇上涂点红色，看起来如同彩照。女人涂嘴唇时，她自己的嘴唇也下意识地噘成一个圆筒，红嘟嘟的样子倒比她笔下的颜料鲜艳。她还把头发烫成大波浪似的，摆出港台

在巴掌大的地方缓行

明星一样的姿态照相，浓妆艳抹，弯眉血唇，照片放得有小半人高，镇上的小姑娘们见了，忍不住也模仿着在照相馆里留下几张不一样的面孔。

这家相馆出现之前，镇上的人们很少有机会照相，往往只有重要纪念日时才会特意请人来拍合影留念照，而几乎每个手持照相机的人，都会不由自主地要求拍摄对象"笑一个"。等照片洗印出来，面孔依然是严肃得多。碰巧有的笑了，大家便会传看，夸赞照相师傅"照得好"，私下还会去找这"照得好"的照相师傅，也把自己照得好一点。好像直到全国上下普及了揿相机快门时大声喊"茄子"，人们不会笑的情况才有所好转。也只是好转，从我这几十年留下的参加各种会议的集体合影来看，一张张表情依然是严肃的，很难得发现有一张笑脸。对于职场中人，似乎表情肃穆才称得上是正式礼仪，而嬉皮笑脸只能是私下的放纵。

其实，中国人是最懂笑、最善于察言观色的，不然不会发明狂笑、欢笑、傻笑、苦笑、浪笑、奸笑等一干关于笑脸的词汇了。中国人又最能克制，古代帝王不能喜怒形于色，避免让臣工臆测圣意，女人要行不露足、笑不露齿，以显示窈窕淑女的范儿。现代人尤其是自以为有些来头的人，装得更吓人，不仅面孔威严，说话的声音也像是鼻腔后面哼出来的。

我曾见过一张爱因斯坦的肖像，蓬头散发，老眼圆睁，舌头从嘴巴里吐出老长，满脸的皱褶里都洋溢着调皮的坏笑，看着照片让人有种说不出的欢愉心。这是世界级科学巨匠的肖像，这张面孔不仅让科学家摆脱了古板、刻板的世俗印象，也让科学本身变得平易近人。这真是一张不可多得的人类好面孔。

当然，不笑并不意味着不好看。20世纪80年代，有位叫邓伟的摄影家突发奇想，想为当时尚健在的文化名人拍摄肖像。没有任何社会背景的他，费尽心机、死磨硬缠、耗费多年时光，终于拍摄了钱锺书、季羡林、李可染、冰心等一百多位文化名人的肖像。

照片拍得真好，每一张面孔看上去都外表质朴、内心安宁，虽然很少有笑的，可他们就像邻居大伯大婶一样气韵生动，活着的时候，让人想着去亲近，离开了人世，让人缅怀追忆。真应了那句佛家箴言：相由心生。

当今被热炒的所谓文化大咖们却不是这样，他们竭力把自己里里外外都装扮成奇怪的艺术家的样子，一心想着去抢占舞台、想着去表演，面孔自然浮现掩饰不住的内心的虚妄与狰狞。邓伟镜头下的大师们因饱经风霜而变得平和，尽管他们也许也会有不堪挖掘的人生经历，但至少从肖像上看都是正常的人。与现代大咖不同，他们大多已经悄然远离舞台，不是无人喝彩，只因世间所有的舞台都配不上他。

邓伟的摄影艺术把一群影响现代中国的文化表情定格，让我们翻看时宛如泛舟于现代中国文化史的长河上，这无疑是一件颇具艺术与史学价值的功德。现在，邓伟先生也离开了人世，他的镜头不能对准自己，别人为他拍摄的面孔也没有笑，这严肃的面孔渐渐远离读者，变得模糊、无影无踪，直到再也看不见了。

我们能够看到一张张别开生面地远离了我们的面孔，应该感谢照相机的出现。1839 年，法国人发明了"银版摄影术"，自此，世界第一台可携式木箱照相机应运而生。随后，世界面貌和世俗生活被镜头记录下来，并在相隔 150 多年的今天如此真实地展现在我们面前。在此之前，人类只能用文字绘画记录一个人的面孔，文字需要激发人的想象，多不靠谱，而绘画是一件十分奢侈的事情，也只有丹青妙手才能专为。在古代中国，画家描绘的人物风景多有夸张变形，即使如《韩熙载夜宴图》《清明上河图》之类的实景描绘，也只是大体上的坊间描摹，与历史的真实相去甚远。郎世宁入清宫，为康雍乾三代帝后画像，这位西洋人的创作趋向写实，于是我们看到了一个个不苟言笑的深宫面孔，乃至戴假发套、穿西服搞笑的皇帝。西洋画神似虽神似，毕竟是艺术创作，与照片记录生活本相还是不可同日而语。

我们比古人幸运，科技不仅把肖像留下来，还能把人们活动的声像录下来，甚至能够长久地保留诸如 DNA 这样的遗传基因密码，再过上百年，子孙们也能亲眼看到逝去亲人生活的样子。古人不行，他们的祖先只是存在于心口相传的描述中，只能想象着他们活着的样子。所以，即使如孔圣人这样的先贤，他的长相也说不清楚，世界各地的孔子塑像至今也没有一个真切的脸孔。但从另一方面讲，信息的确定性又会限制人的想象力。譬如蔡文姬、西施这些美女一旦有影像存在，那种存乎于人心的千娇百媚就消散了，真实的、固化的人，让万千之美成为仅此一美。

历史人物总是过眼烟云，那一张张生动面孔更多的是引发我们对哲学和美学意义的思考，他们更是一种历史的、社会的集体珍藏。对普通人来说，我们每个人的心里那一张张动人的面孔，更多的是与生俱来的特殊记忆和真情陪伴，他们要么是曾经迷恋的偶像，要么是记忆美好的故友，当然，更多的是远离和正在远离我们的亲人。

尽管照片上的一张张面孔鲜有笑意，但我们心里常常会回荡着他们那么与众不同、那么优美动人的爽朗笑声。

家族的荣耀

偶尔听老家人聊天，知道我们祖辈经商，民国时期制作的孝感麻糖之类的糕点闻名遐迩，并有"义兴"名号。顾名思义，"义兴"乃取仁义兴旺之意。

这是我第一次听说我们祖辈居然有商号，民国时期有商号的生意太有想象空间了。此前我只知道曾祖父程道高为避战乱从黄陂逃往桐柏山，随后定居在随县唐镇，以家族手艺养家糊口。曾祖故去，祖父程大云子承父业，因其排行老四，街里街坊都尊称他为"四爷"。唐镇是历史悠久的古镇，春秋战国时期曾是唐国都城，历来民风淳厚。祖父做的传统糕点连同他谦恭为人的品质很快享誉十里八乡。

祖父秉承"家有万贯不如薄技在身"的祖训，一生勤劳，自食其力，知足常乐。他知道唐镇盛产大枣，素有枣乡之称，清乾隆时期曾有州官取当地蜜枣进贡，皇帝食之龙颜大悦，称赞蜜枣胜如仙桃。但百年流传，技法杂陈，蜜枣之名日渐衰落。我祖父便以家族手艺遵古法炮制，精制金黄蜜枣。祖父制作的蜜枣形匀似砣、色泽如樱、透明见核、味甜似蜜、沙酥爽口，远近闻名。甜食让人愉悦，祖父精工细作的高级甜品让生活在困难中的乡亲暂时忘却苦难，那些意味深长的幸福滋味，会让人隐隐体会并

在巴掌大的地方践行

看到未来甜蜜生活的细微光亮。

祖父成家立业育有我伯父、家父、姑母三子女，但是三人不以经商为愿，皆怀有远大志向，积极投身于革命洪流中，从政、从学、从工而去，祖父只得将毕生所学授予程家收养之子，因其年长，号为长子，我辈皆称其为大伯父。祖父、大伯仙逝后，手艺再无人继承，真是可惜了这手程门绝学了。

我的伯父、父亲骨子里重文轻商，很少提到祖父的手艺，更没有说起过"义兴"的程家商号。我所知道的程氏字牌"大开文明正，继世永昌荣"，也是从祖父"大"字辈开始，若从曾祖名讳向上追溯，应该有"道"字辈，再向上就无从考据了。我父亲是"开"字辈，我们兄弟名字中则皆有"文"字，三个堂兄和我兄弟三人的名字都是伯父起的，依次叫"义、勇、军、兵、胜、进"，颇有行军打仗无往不胜的磅礴气势，绝对与商家没有任何瓜葛，这似乎也表明父辈是在刻意回避祖辈经商的历史。

我对祖父还是有印象的。1968年12月，伯父、父亲积极响应国家号召，让家属子女上山下乡。那时祖父母年事已高，分别由伯父、家父赡养，祖父随伯母一家去了滠水河那边的群策生产队张家岗生活，祖母随我父母留在了镇里。我母亲在公社食品所工作，单位常常会用骨头棒子、猪下水等替代加班费，每次都会发一脸盆，逢年过节，职工们还会在骨头上有意留出好多肉，这在物资匮乏的年代简直就是奢侈的享受。那些年，母亲会把肉从骨头上片下来分给亲戚，再用大黑釉砂罐把骨头、下水什么的放在封火煤炉上煨上一整天，请祖父从河那边过来吃上一海碗。我记得祖父总是仔细地把骨髓掏出来放进小碗喂我，说骨髓养精气神啊。吃得高兴的时候，祖父还会拿着筷子敲碗边，酣畅淋漓地哼唱起"汉腔"。祖父吃完饭趁夜色赶回河那边，他穿着黑色的棉袍子像棵树在雪地上移动，好像随时都会被风吹走。

祖父去世那年是 1976 年冬天，父母带着我们坐摆渡去河那边。大人忙碌的时候，我绕过停在堂屋的棺材到里屋，我看见祖父穿着蓝棉袍子睡在门板上，脸上盖着一张白纸，我没有害怕，我不知道为什么没有害怕，我把纸拿下来，祖父的面容很安详，我不相信他已经离开人世。现在我在梦中还常能看到那张穿越世纪的一个手艺人的脸。祖父被埋在溠水河边的一个坡地上，从那里可以看到西码头的青石板铺就的长长台阶以及繁忙的船只和人流。

据说，家乡这条溠水河西出鸡鸣山，南流注入涢水，而后归于汉江。祖父的出生地黄陂木兰山程家河，正处于江汉河湖水网的边缘地带，那里是殷商盘龙城文化、汉魏木兰文化、北宋二程文化三大知名文化源头的汇集地，享有"楚剧之乡""泥塑之乡""武术之乡"的美誉，云水云生，也算是魂归故里了。

第二年夏天，我祖母张运义也去世了。她的名字也是大哥告诉我才知道的。小时候，我曾看到我母亲在填报一份表格时将祖母的姓名写成张氏，我以后填表时也就这样写，那时我想当然地认为古人的确也有这么以姓氏为名的，而且一个总是希望得到关爱的孩子，怎么可能去关心老一辈的故事呢？祖母很疼爱我，父母单位住房紧张，派我到祖屋陪伴祖母。祖母不识字，她想远方的姑姑了，就让我写信，她说一句，我写一句。灯光在微风中摇曳，祖母的银发丝丝轻颤。祖母爱吃蛋炒饭，每次都要把每一颗饭粒都炒得金黄，但她有严重的胃病，往往没吃完就要倚在院子里的银杏树呕吐，我家的狗听到动静，会飞快从麦冬丛里跳出来舐食。祖母去世之后，那条狗不愿离开祖屋，那形容枯槁的样子现在想起来也让人格外怜惜。

祖父去世之后，祖母身体每况愈下，但她坦然面对生死，唯一的愿望是百年之后能像祖父一样也土葬，但当时国家要求推行火葬，我伯父、父亲都是在政府机关工作的人，不能不积极响应，祖母的骨灰于是被放进她生前最爱的一只盛冰糖柿饼的青瓷罐里，再放入棺木和祖父并排安眠在河的那边。祖母的青瓷罐有两只，一只伴她去河那边的泥土了，另一只现在摆在我的书房中，早晚看到它我会想起我的故乡和祖母，而"河那边"也成为我们家族里的一个隐喻，成为祖坟的代名词。我当兵前，每次清明扫墓时，性格开朗的伯父挂在嘴边的话是，快要去"河那边"了。多年前，年逾八旬的伯父终于到"河那边"了。

　　我小时候曾以伯父为荣耀，伯父曾是三线建设的指挥长，把兴修水利的数千人调度得井然有序，伯父在那个特殊的年代被打倒，公社在唐镇中学召开批斗大会，上小学的我带着木板凳也坐在下面。伯父平反后担任棉花采购站党委书记，退休后又主动给棉花仓库看大门，能上能下、能屈能伸很让我敬重。我伯母祝明英却性情急躁，敢于较真，用老家的话说是遇事"不服周"，给整伯父的那些人留下许多话柄。下乡回城后，伯母在镇缝纫社做裁剪锁衣边的工作，退休后爱玩牌九，依然生活简朴、性格刚强，经常"教育"伯父不思进取。我父亲也羡慕伯父是革命乐天派，"快活了一辈子"。

　　伯母去世办丧事时出现了一件怪事，中午招待前来吊唁的亲朋，连煮两锅米饭都是夹生的，姑妈和二嫂胆小迷信，怀疑节俭一生的伯母在心疼粮食显灵护食，慌慌张张地告诉伯父。伯父从案板上提起菜刀直奔里屋，将刀口在米缸沿上蹭了几遍，大声说道："明英啊，几个米缸都满满的，莫要吝啬啊。"再煮一锅饭，一上锅就熟了，大家张口结舌，都觉得神奇。事后伯父说，哪里有什么神鬼显灵？人一紧张就出错，我不过是拿刀比画比画来宽宽大家紧张的心情罢了。伯母到"河那边"后，伯父新娶了宋氏伯母，爱开玩笑的伯父自我解嘲："我这是打败了祝家庄，又打宋江。"只是"宋江"健在，伯父败走河西了。

我们"文"字辈的兄弟六个，有四个当了兵。三个兄长在改革开放之初都相继退伍，他们经过军队熔炉的锤炼，刚毅果敢，正直善良，尊老爱幼，勤俭持家。尽管生活艰辛、道路坎坷，但他们支撑维系着家庭的和谐、平安和幸福，始终心怀理想而有尊严地生活着，让我们漂泊在外的游子总能感受到家族的关照和温暖。如今，只有我仍在队伍里，从战士一路成长到正师职军官，看起来要当一辈子的职业军人了。大哥说我是家族的荣耀，我很羞愧。家族的荣耀哪里是职业职务所能承载的？我既没有为家族做过什么，也没有为国家贡献过什么，无功便是过，哪里有什么荣耀可言？

明代文学家陈继儒在《小窗幽记》中说："是技皆可成名天下，惟无技之人最苦；片技即足自立天下，惟多技之人最劳。"想起程家"义兴"商号的过往，想起祖父颠沛流离的人生，这话似乎也是祖父一生的写照。人总归是有来处的，事实也不会因漠视而消失，要说荣耀，祖父诚信仁义的德行准则和孜孜以求的工匠精神才是家族的荣耀啊！

所幸的是，我们的下一辈比老一辈、比我们运气好，他们生活在一个新时代，他们比我们有更多人生出彩的机会，更重要的是，他们比我们更努力、更有智慧，更懂得家族的荣耀只有在国家强盛的底色下才会焕发出高贵的光彩。

在巴掌大的地方绕行

016

外婆在微笑

　　有人喜欢标榜信仰和情怀，穷其一生哗众取宠，招揽名誉和地位，无非想让更多的人仰慕自己、记住自己。也许会前呼后拥，名噪一时，可若干年后多少人还能知道世上曾有这样一个人呢？终究不过是一生一世的虚荣。有一些人，生活在狭小的圈子里，勤勉守成，无意远方，日常的快乐也不多，很多时候甚至想不起什么是快乐，最美的愿望就是一家人团聚着、一天比一天好地慢慢活着。尽管也如尘埃平淡无奇，生存和死亡除亲人外鲜有人会关注，但他们每一天都真实地活着，因为这种真实，整个世界才显示出温暖柔和的底色和人性本来的光亮。

　　我外婆就是这样的人，一生简单，没有传奇，没有名望，甚至我至今也说不清楚她的名字，我从小就一直"外婆外婆"地叫着，也从未想着询问和记住那个名字，在我的心中，她的名字原本就是两个字：外婆。

　　外婆一生居住在离唐县镇八里外的王家塆。八里路不短不长，从小镇边沿一路向东，有一段平坦的机耕土路，一走出双丰岗便是山路，翻过一片长满松树的野山坡，从坡顶眺望，可以看到山坡北面有一大片宽阔的波光粼粼的堰塘，沿着堰堤东去，就可以看到一棵高大的国槐枝上悬挂的铁钟，那就是王家塆的村口了。

那里曾经是我童年的乐园，但外婆去世之后，那里的亲戚陆续离开了，只剩下一排排房屋和干枯了的池塘，唯有几个留守老人的身影还依稀浮现出小村庄的往昔气息。

记得童年时代，镇里每月逢十五都有集市，十里八乡的人会聚集在街道两侧出售时令蔬果和山货。王家墕的外婆想我了，会让赶大集的舅舅带来新鲜的蔬菜或稻米到我家，顺便把我带到乡下去住些时日。

王家墕是那样一个让人流连忘返的地方。尤其盛夏的时候，野山坡下的堰塘长满了芦苇和莲叶，不时会有水鸟从里面冷不丁地飞将出来。而秋天季节，会看到翩翩起舞的白鹤，姿态优雅，鸣声高亢。据说，堰塘也有身形如猴的水鬼出没，家乡人都称它为水猴子。水鬼往往躲在芦苇荡里趁人不备一把将人拉下水去。每年都会传说有被水鬼抓去溺亡的人，尸体打捞上来，都会发现脚脖子上有一圈掐得红紫的印迹。说的人活灵活现，听的人毛骨悚然，但至今也没有人真正见过那水鬼的样子。

每次去外婆家路过野山坡的时候，舅舅会把我放在一只谷篓里，然后捡一块大石头，放在另一只篓里。舅舅挑着我和石头边走边讲水鬼的故事，叮嘱我绝对不能去野堰塘里游泳。我坐在谷篓里忽悠忽悠地紧张得出汗，只感到野山坡寂静得只有风声，能够听得见松树上的松塔坠落在地面翻滚的声音。

外婆家的门前也有一口堰塘，王家墕的十几户人家围着这口塘水顺势而建，处处显得仓促、窘迫、粗糙。

在我的见识中，越是古老的村庄，农舍越是高低远近错落有致，保留着古老村庄的笨拙格局，体现着亲情血脉自然延伸的内在逻辑。在那样的村庄，亲人不愿远离，一个家庭新增了人口，

在巴掌大的地方缓行

家人会挨着祖屋就地扩建房屋，够住就行了。一个村庄人丁兴旺了，也是沿着老村的边际自然扩张。无论房屋怎么扩建，总能从中看出房屋与房屋间流动的亲缘关系，感受到一枝一叶总关情的真实意蕴。这些建筑与人的神秘而古老的关联，以及蕴含其中的价值观，城市和城市人是不能体会到的。

相比野山坡下的野堰塘，王家垸的人们称门口堰为家堰，平时洗衣洗菜洗农具都在塘里。秋天会把塘里的水抽干，塘底露出肥厚的塘泥，有成群成片的灰褐色的蚌，撬开紧闭的蚌壳，肉质鲜亮润白。生产队会组织社员挖塘泥肥田，蚌则被打碎了饲养牲畜，欢跳的鱼虾会被收拢起来，分给大家打牙祭。

这个时候，外婆把鱼虾、麻雀肉、青蛙腿、鸡蛋放在一只黑瓦罐里，吊在土灶的炉膛上慢慢煨上两天，香气在厨房里宛如流苏一样缓慢飘荡，家猫和家狗钻来绕去，叫声如青草原上的呦呦鹿鸣。

外婆做饭的时候，我会打下手，坐在土灶口把折断的棉花秸秆添进火膛。外婆告诉我，我父亲第一次来家里认门，就是这样坐在灶口不紧不慢地添柴火。

外婆说："说起来笑人，程向工到家里来，一声不吭地就进了灶房。我吓了一跳，以为家里进了贼。就着灯光，看程向工像干部一样，我才放心。我问后生你来家里有什么事吗？程向工坐在灶口添柴火，支支吾吾提起你妈的名字，又介绍自己是哪个。程向工斯斯文文的，有点像你太外公的模样呢，我寻思你太外公知书达理，这人也错不了，我就答应了他们的婚事。"

外婆说的"程向工"不是我父亲的名字，我童年时一直不明白外婆包括舅舅们见我父亲为什么都称之为"程向工"，问母亲是不是表扬父亲一心扑在革命工作上的意思，母亲也语焉不详。

直到我后来读了白话小说才弄清，原来外婆喊的不是"程向工"，而是沿袭古代的叫法为"程相公"。

我也没有听说过曾外祖父的故事。只知道1942年，日寇的铁蹄蹂躏国土，我的曾外祖父带着外婆逃难来到唐县镇不久就溘然长逝。翌年，也是立夏的日子，我外婆带着200块现大洋嫁到了唐县镇砂子村王家塆。民国时期的200块现大洋绝对是一笔可观的财富，可以买房置地了。

外婆本指望这笔钱能够支撑风雨飘摇的日子，让一家人过上幸福生活，谁承想外祖父迷上了大烟土，白花花的银圆一块接一块地化为喷吐的云雾，眼看家产就要被败得精光。我母亲那时才三岁，又是长女，外婆想着女儿将来的嫁妆，私藏了三十块银圆，生活再穷困，也死活不动那份当娘的心意。

烟土败了家，也败了外祖父的身体，让外婆的幸福生活彻底没有了指望。但是事情总有两面性，外祖父败了家，却也保全了家庭。新中国成立后，由于家境贫穷，外祖父母一家被定为贫农成分，正应了那句祸福相依的古话。多年后，我的外婆仍心有余悸地说："如果有田有舍不定为地主，也要定为富农，要是定了地主，不被镇压死，也会被批斗致死的，还是穷人平安呐！"

现在的年轻人对当年成分的重要性如听天书，完全不清楚几十年前的家庭成分，不仅直接改变当下的人生，也会影响整个家族未来的命运。成分决定你属于哪个阶级，不同的阶级当然会有不同的立场。

记得我父亲有个朋友刘伯伯，他得知女儿与一个地主成分的后代恋爱，几乎气疯了。退休闲居老家的他，隔一段时间就要到镇上来和女儿争吵，甚至当众动手打了她。我父亲见状连忙将他拉到家里，让母亲炒几个菜，陪他喝了一天的酒。以后他每次来闹场都会到我家，喝高了的时候，他会纵论国家大事。

刘伯伯身材瘦小，眼袋低垂，手掌宽大而手指细长，激情时会突然把酒杯啪的一声摔在桌上，忽地站起身来怒睁圆眼。

他女儿到底没有听他的话，坚持和地主的后代结婚了。他于是不再理女儿。直到女儿生下了孩子，刘伯伯才勉强接纳了他们一家。当时，老头子抱着小外甥，泪流满面，说不清是悲是喜。

有一次，我外婆正好碰上刘伯伯又在我家倒腾这些车轱辘话，把我母亲拉在一旁说："这人说话彪乎乎的，让程相公少和这样的人来往。"

外婆的话爱憎分明，也显示出她的质朴见识。实践证明，我父亲以后吃了许多亏，多是对人心善轻信引起的。父亲后来说，你外婆看人能看到骨子里啊！

这话让我想起曾外祖父，虽然我已经没有机缘见到他的模样，也无从探寻他的故事，但从外婆能携带 200 块大洋的嫁妆可以猜测，曾外祖父必是勤勉做事的人。如果他像外婆所说的那样知书达理，那就算是文化人了。而外婆生长在那样的家境里，也必是通些文墨、见过世面的，只是岁月的风沙雕刻打磨着人的性情，已经让人从她身上看不出丝毫少女时代的痕迹了，这真是让人唏嘘。

事实上，外婆和乡亲们虽然不善言辞，却都像曾外祖父一样是勤勉的人，肯吃苦、不抱怨。那时家乡每年要种两季稻谷，早稻成熟好立即抢收，然后犁田放水插上二季稻，七月收割，立秋插秧，因为抢收抢种，所以又叫"双抢"。而现在，没有人这样热爱地伺候地了，别说种二季稻，一季也多只是种个样子，撂荒的地也能时时见到。

小时候，我十分喜爱和大家一起割稻、插秧。收割的稻谷被捆扎在稻田里，大人们用钎担靠着肩膀，将钎担的一头扎进稻捆，随手一挑旋转肩头，再扎进另一只稻捆，担起担子健步如飞，潇洒而健美。惊喜是在稻捆扎起的那一刻，一条土蛇会倏然窜出，引得我们一路追打。插秧时，大人们家长里短地高声嬉笑，更是欢快得像一条沸腾的河。

稻田蚂蟥很常见，叮在大腿上被扯出来时会有暗红色的血流出来。我坐在秧马椅上有模有样地插秧苗，外婆反复告诫我，蚂蟥上了腿一定要使劲抽打。蚂蟥被打晕了，才钻不进肉里去。相比社员们紫铜色的皮肤，我的小白腿更容易显现异物，草木皆兵的我，有时会把草根错认为是蚂蟥而不停地抽打，大腿根以下几乎都红紫了，惹得外婆和乡亲们爱怜，欢笑声此起彼伏。

外婆家养有生产队分配的两头耕牛，一头公牛"尖子"，一头母牛"黄煞"，猪圈里一头猪，院子里两只羊，还有十几只鸡。外婆常年鸡叫头遍就要起床，割青草喂羊、压豆饼喂牛、扫泔水喂猪，打开鸡窝任由鸡群白天四处觅食，天黑自行归窝，然后准备一家的早饭，往往忙活到九点才能吃上。家务和农活让外婆早早就驼了背，罹患了严重的类风湿疾病，后来严重得需要拄杖而行。

外婆虽然忙里忙外，却尽力保持整洁和尊严。每次到镇里去，都是提前一天把月白色布衫洗得干干净净，再用米汤水过一遍浆，头发梳洗了还要抹上蓖麻油，程序复杂，绝不马虎。有次送我回镇里，外婆带着我走了八里山路，刚歇下来，家里突然来了客人，外婆来不及收拾沾了泥点子的一双布鞋，赶忙把一只脚藏在另一条腿的后面，脸上竟然显现出害羞的表情来。

外婆是个坚强的人，我从小到大几乎没有见过她流过眼泪，唯一一次是我参军入伍时。记得当时我刚刚换上没有领章帽徽的军衣，屋子里飘荡着一股浓烈的樟脑味，外婆拉着我的手，忽然就流泪了，她说，外婆老了，这一走几年，不知道还能不能看见我的外孙呢。

有一年探亲，我母亲从柜子里拿出一个小红包裹，取出了一摞硬币。母亲说这就是外祖母传下来的"袁大头"现大洋。我母亲给了我两块，一块是民国三年版的，一块是民国九年版的。两块银圆都黑黢黢的，保持着当年使用的痕迹。我说，一枚银圆按现在的价钱要值200元人民币。母亲说，钱是次要的，是一个念想呢。

我和母亲说话的时候，外祖母已去世多年了。母亲默默摩挲着那些银圆，眼里流露着一种哀伤。我知道我母亲是在思念她的母亲，沉浸在往事的回忆中。

这两块银圆如今放在我的抽屉里。有时我会把它们拿出来，相互碰撞一下，聆听它们清脆的声响，并在这种声响里想象曾外祖父的别样人生，怀念外婆的大义仁爱和那承载着我童年记忆的王家湾。

多好的一个老头

岳父去世时嘴巴合不上，殡仪馆的师傅用一块硬纸板顶在他下颌上。我说：师傅，在纸板上缠上软布吧，你这样顶着他会疼。

师傅回头看了我一眼，想说什么又咽回去了。我赶紧递给他几盒好烟。他立即照办了。

我知道岳父感觉不到不舒服了，但我看着不舒服。

岳父年轻时是省机械厅地道的老牌大学生，技术权威，工作风风火火之际，却被人莫名戴上走"白专"道路的帽子，从领导的位置上赶下来。好在拨乱反正，岳父返岗二线到政协工作，到经济建设促进会任职。职务闲，他工作却闲不下来，帮着政府搞活经济出主意，帮着改制的企业跑项目，帮着文化搭台经济唱戏……他说，人生也就几十年，能动就动，老了一死百了，还不有的是时间让你歇？

岳父育有两个女儿，却很少参与孩子们的成长。小时候，岳父在家会客人谈工作，小客厅容不下两姐妹做作业，她们被赶到厨房一隅学习。但他对姐妹俩的学习成绩是关注的，考得好了，夏天一人一根五分钱的冰雪糕，冬天是两个烤白薯。考得不好，也不责骂，当然，奖励就没有了。两姐妹靠着夏天冬天甜蜜的诱惑发奋学习，考上大学，长大成人。她们到了该恋爱的年龄，他对孩子择偶的唯一标准就是理工男，绝对不能选择政工专业的人。岳父说：当年害他的人就是搞政工的！

偏偏我在大学学的是新闻专业，毕业分配到单位做政治工作。岳父得知我和妻子的恋情，很不高兴，但我妻子也如岳父一样性格执拗，绝不让步。

有其父必有其女，妻子的顽强战斗让岳父干瞪眼，岳父便说少在他眼皮底下晃。我们在北京工作，岳父母在外地，就是想在他眼皮底下晃也不容易，婚后我们便很少回家。直到我小孩出生后，我们一家人才气宇轩昂地回了家。

岳父抱着孩子，欢喜得不得了。吃饭的时候，岳父数落我妻子：老子只是说说气话，你们就当真，翅膀都硬了吧，嫌弃老家伙了吧？

妻子闻言大惭。

岳父嗜烟，怕熏着孩子，我们一起躲在阳台晤谈，天南地北，海阔天空，相谈甚欢，不知不觉天色向晚，留下一地烟灰。岳父后来说："看来政工干部也不都是讨嫌的。"

我和岳父成为忘年之交。二十多年，我们几乎每周都要通一次电话，每次都时长几十分钟、一个小时。春节回家，我们爷俩更是海阔天空漫谈。到饭点了，他都要亲下厨房，一展厨艺，见我吃得欢实，便笑："慢点慢点，莫要把我的盘子都吃了去。"

岳父一生俭朴，性格坚强。70岁中风后行走不便，每天却坚持一步一挪地到公园锻炼身体，脚力不行，便长时间悬体，臂力惊人。

他不愿给别人添麻烦，更不愿成为儿女的累赘。

生病住院时，家里人问他，要不要告诉单位一下？

岳父连连摇头说："现在在职的都不认识我了，告诉他们不就是想让他们来看望慰问一下吗？不要讨人嫌。真要是死了，也不要让人家大老远地跑一趟，烧了就是了……"

岳父因罹患肺癌离开我们，去世后要办有关手续，他单位的人才知道人没了。他们流泪了，一副很愧疚的样子。

岳父走时七十九岁，今年这会儿是八十二岁。

一个多好的老头啊，我总觉得他还活着，我们都想念他。

说普通话的舅舅

湖北随州方言早在春秋战国时期也是官话，如今耳熟能详的一些特色词汇里，隐隐可见遥远帝国都城的文化密码。只是这些词汇的本来面目隐藏在独特的发音里，成了只可意会而不得言传的地域文化符号。家乡人也本能地维护着这些语言的正统性，潜意识里认为只有说家乡话才亲切，才算本乡本土的自家人，对说他乡之话的则一律称之为奋子，颇有些鄙视的意思。

随州话属于西南官话片区，虽然是北方语系，但与普通话差距甚远，随州人学说普通话都不免夹杂一些外地人奇怪的字音，自己听了都要忍不住发笑。那年夏天，我当兵的舅舅探亲回家就说这样的方言普通话，我父亲听了十分不入耳，我至今仍记得当时父亲挑着眉毛、乜斜着眼睛看他的表情。父亲不留情面地告诫他，你说的话和广播的声音差得远，不要让人笑话。舅舅的脸当即红到脖子根。舅舅毕竟是当兵见过世面的，很快就纠正了发音，但中午吃饭时忘乎所以，又情不自禁地说起了普通话。因为讲的都是从未听过的部队上的新鲜事，父亲听得入神，似乎忘了他的口音变化。但父亲到底是政府干部，不会轻易抛弃自己的执念。他上班出了门又折回头来叮嘱舅舅说，你还是不要整腔整调地说话。

舅舅是个勤快的人，放下碗筷就开始收拾屋子，打扫母亲单位的院子、通下水道，然后提着铁桶站在井台上，把自己脱得只剩下一条黄色的军用大内裤。舅舅不用井台上的辘轳，而是一手挽着背包带绳子头，一手把铁桶反扣着扔向井底，只听得咂的一声闷响，弯腰三拔两扯水桶就上来了，瞬时兜头一桶水临空而下，嘴里不停嗷嗷叫着，看起来都畅快淋漓。让我更不可思议的是，舅舅洗完澡，居然用香皂洗袜子，而那时我们只有洗脸才用香皂，袜子只配用棉油土肥皂。母亲说不清是高兴还是嗔怪地说，你舅舅变修了呢。修是那个年代的特殊词汇。

可是，就是这样一个每个细胞都充满青春活力的人，等他两年后再次回来，却变得沉默寡言、性情忧郁，嘴里也听不出半点普通话了。那年，舅舅参加边境自卫反击作战，和敌人面对面厮杀，断了半截门牙，可惜没有提干，志愿兵也没能改转上，按政策只能退伍回原籍安置。外婆很焦虑，找我父亲商量，说种田什么时候都可以，年纪轻轻的还是做点体面的事情吧。我父亲当时不过是公社的民政助理，很为难，寻思了半天，说镇里的火葬场缺个临时工，镇上的人嫌弃工作晦气不愿干，不行就去那里先干着？舅舅却二话没说，带着背包卷就去了。

火葬场在象鼻嘴山，离镇十几公里。说是山其实只是一片松坡，大约因为地势高低起伏，犹如卧象垂耳耸鼻、张嘴露齿而得名。象鼻嘴山本是风光旖旎的所在，每到夏天，山坡之上翠竹摇曳、松涛阵阵，飘荡着布谷鸟鸣叫幽谷的悠长回声。山坡之下梯田连绵、山花烂漫，两坡之间有灌溉水田的渡槽连接，成群的山麻雀飞舞其间，古代高士松下听涛、隐士渔樵耕读的画卷也不过如此吧。可有了火葬场，情形就大不一样了。暑假的时候，舅舅曾骑着单车带我到象鼻嘴山。置身林海之中，松鼠的突然跳跃让人惊惧，跌落的枯枝让人顿生疑惑，而无形的风也似乎有了形态，让人能看见它一路穿过短墙越过树梢的痕迹。我毛骨悚然地问舅舅一个人在这里怕不怕。舅舅说，我是从死人堆里爬出来的，有什么怕的？不过，原来的临时工就是被吓跑的，焚尸炉里浇完煤油一点火，尸体突然一下坐起来，他以为是诈尸，当时就吓尿了。其实那只是尸体受热不均收缩而已。舅舅说，一个人到这里也就走到了生命的尽头，人死犹如灯灭，只剩一把骨灰，什么也不会留下。

那天上午，正逢有逝者焚化，我躲在宿舍不敢出来。中午的时候，舅舅处理完工作，提着一瓶土酒和烧鸡叫我一起到后山坡。阳光炙热，高耸的烟囱还在吐着白烟，但林子里寂静阴凉。舅舅说，烧完了人是要喝一口酒，尿一下尿的。那是我十三岁的人生第一次喝酒，大约喝了三两一小碗的酒，然后和舅舅并排站在坡上向下撒尿，但我紧张得没有尿。舅舅笑了，他说人是活的，鬼成灰了。世上鬼怕人才对，哪有人怕鬼的道理？舅舅说完话，开始亮开嗓子吼歌，荒腔走板的歌声响彻山林，惊起山雀扑棱棱起起落落。舅舅的声音里有一种既忧伤又激昂的味道。他唱歌的时候，我看见他那颗被敌人枪托砸掉的洁白的半截门牙像白骨一样刺眼，他的泪水混合着汗水爬过黝黑的面颊，像一条条冰冷的蛇。

夜半的时候，我被隐隐传来的喊叫声惊醒，拉开灯绳，发现舅舅不在房间。侧耳细听是舅舅喊叫的声音，似乎是叫着一串串名字，居然是在说夹杂着方言的普通话。想起父亲对他说家乡话的告诫，本来害怕的我就不那么害怕了。

舅舅一直对参战的经历讳莫如深，我上高中的时候，迷上李存葆的中篇小说《高山下的花环》《山中，那十九座坟茔》，每次追问舅舅参战的事情，舅舅都是闪烁其词，推说那都是好几年前的事情记不清楚了。但他的眼睛后面分明隐藏着我不知道的九重天。我那时想，也许这个世界真有多重天，你只能见到你所见到的，听到你所能听到的。等你阅历丰富了，可能会看到另一重天，听到另一种截然不同的声音，但你永远不能看透最后面的那一重天，那重天一定是一个奇异的世界。从那时起，我就想着，长大了一定当兵去，看看天地到底有多大。

舅舅在火葬场工作了两三年，那时国家推行火葬，收费十分低廉，主要靠政府补贴维持，后来甚至连工资都发不出来，舅舅便离开象鼻嘴山回王家湾务农。舅舅是个要强的人，这是军旅生涯和战火硝烟赋予他的品质。靠着国家政策和勤劳俭朴，舅舅日出而作，日落而息，在农田和山林间谋求属于自己的幸福，最终迎娶了漂亮的舅母，又在村里率先盖起了三层红砖小楼。1986年冬天，我参军入伍到外婆家辞行，舅舅拉着我参观他的楼房。楼房建在原有宅基地上，开间很小，层高很低，一层起居，二层粮仓，三层杂物，到处满满当当的，乍看起来宛如立在一片土墙灰瓦中的炮楼。舅舅说，村里人都说像炮楼，那是眼羡我呢，炮楼也是楼，楼上楼下，电灯电话。我想起他当年的普通话，打趣说，我当兵在外说家乡话还是普通话？舅舅一愣，继而大笑起来，说：家乡话听不懂，普通话吃得开，讲普通话普通话。但他的吐字归音已经完全是王家湾的地道方言了。

我到部队后喜欢舞文弄墨，经常想起舅舅不肯言说的参战故事。我原想着把他的故事好好挖一挖，也写一篇像《高山下的花环》那样的小说，但随着时光的消逝，那个念头也就渐渐淡漠了。我像舅舅一样说普通话，不同的是，我嘴里说着普通话，看书写作时心里流淌的依然是家乡话。如今年已半百，我生活在普通话的语言环境里，分外想说家乡话。为此，我曾写过一首《家乡话》的诗歌：

我的家乡不说普通话

所以我坚持写作

写作的时候

心里想着亲人愉快劳作

屋檐上一群麻雀守望炊烟

幽幽荷塘

落满天空的眼泪

无声的字词

就有乡音的风味和质感

虽然渐行渐远

至少不会陌生

不会只在沉睡中

流露令人费解的古老梦呓

无论漂泊多远多久

游子总会归于故土

也许多年之后

麦田的风会再次把我鼓得饱满

但我自知不能飞翔

唯有以农业的方式

关心人类的命运

我将暗自庆幸

在不说普通话的山村

我还保留了田间地头

自由欢笑的能力

有一年冬天，我回家探亲看望舅舅。舅舅接到电话就早早准备午饭。等我们到了，热气腾腾的饭菜已经上桌了。舅舅患有糖尿病，却坚持要喝点酒。酒酣耳热时，舅舅吩咐舅母上火锅。锅子端上来，又吩咐上家乡特有的青菜泡泡青。舅母埋怨他糊涂，指着桌上的盘子说，泡泡青都炒在这里了。舅舅很不满意，连声说马虎马虎。舅舅站起身，坚持自己到屋后的自家菜园再去采摘。舅母看着舅舅的背影，像对自己又像是对我说，你舅舅走路脚在地上拖了，身体大不如以前了。我看着舅舅的脚的确是在地上蹭着，回头又看舅母，当年年轻秀气的村姑如今也两鬓斑白，她一辈子的心都在舅舅身上，却不知道自己也老得急迫了。我和舅母站在门口等舅舅，等了一会儿不见人回来，我怕舅舅跌跤，连忙赶过去。只见舅舅佝偻着，费力地拔着青菜，拔一棵喊一个名字，答一声到，如同队伍上集合点名一样，一垄地的青菜几乎全拔光了。

寒风把舅舅的声音吹得七零八落，我听不清他说话的声音，可我依稀能够听得出他的独特的普通话，那话音让我想起多年前的深夜回荡在象鼻嘴山林的歌声和哭喊声。

父亲的葬礼

一

"老爸的情况很不好，今天你要是回不来，明天一早就往回赶。"离龙年春节还有十天，小弟的电话让我的心情一下如雾里的沼泽。

我知道父亲身体状况一天比一天糟糕，没想到他突然就昏迷不醒，被直接送进了ICU。远在京城的我们原本早早预订了除夕前的车票，期待回老家过一个火红的团圆年，现在计划打乱了，我只能请假独自往回赶。

去年九月，为治疗母亲的白内障，我曾带着父母一起去襄阳医院检查。母亲的手术很顺利，父亲的病情却令人担忧，肺大泡、肾结石、骨质疏松，腿部肌肉萎缩以至于出行只能依靠轮椅……尤其严重的是，医疗团队怀疑父亲肺部有恶性肿瘤，建议住院进一步检查治疗。可是，全天静脉点滴进行药物干预，让性格倔强的父亲十分抗拒，他坚称自己没有病，时时以绝食、拔针头和强行出走相威胁，要求即刻出院。父亲坚持斗争了五天，经与医疗团队商议，我们屈服了。

出院的路上，父亲的脸上露出孩子般调皮的得意，他说：医院吓唬人，小病也过度治疗。全身针针管管的，像绊马索一样让人动弹不得，要不采取些斗争策略争取解放，鬼才晓得老子还能不能活着走出医院。

谁知时间仅仅过去半年，父亲竟病重到这个地步？

ICU管理严格，只允许每天下午两点探视。我中午直接从车站赶到市医院，找到主治医生询问病情。主治医生是个三十五六岁的中等个子男人，口罩上沿的眼睛如榆叶落入泥淖而摇晃不定。他吞吞吐吐地说："是在家死，还是在这里死？"

我如同当头挨了一记闷棍，忙问他是什么意思？他说，若想在家里断气现在就把我拉回去，在这里……反正现在是靠药物和呼吸机吊着气儿呢！

"尽力抢救！有什么设备什么药，上什么设备用什么药！"我不容置疑。

医生见惯了生死，他如泥水中榆叶一样飘忽不定的眼神，滑过一丝无可奈何。他没说话就转身离去了。

尽管情感上不能接受，我知道父亲的生命似乎的确进入了倒计时。

医生的话透着老家的风俗习惯。一般情况下，病人医治无效剩一口气时大多会被家人拉回，这既是千百年来落叶归根的执念，同时多少也是迷信使然，旨在避免病人去世时把不吉利的东西带回家。可对我而言，把父亲拉回家即意味着生生等待死亡，选择在医院救治，或可还有一线生机。此刻，我比任何时候都对现代医学抱有幻想，默默祈求生命的奇迹出现。

等待令人期望又绝望。好不容易挨到探视时间，医生告知探视只有十分钟，每次限两人。

父亲安静地躺在病床上，吊瓶、插管纵横交错。我轻声呼唤他，却没有回应。医生说，病人严重肺炎导致的肺器官衰竭已不可逆，药物也用到极限，血压却始终在35—65mmHg之间摇摆，几乎每两个小时就心搏骤停而休克。看着人事不省的父亲，我不能不考虑如何操办他的后事。

轮到母亲进去探视，我拉着她的手委婉地说明父亲的病情，劝慰母亲见到父亲一定不要哭泣。母亲左眼刚做过白内障手术，过于悲伤不仅于事无补，反而累及眼疾。母亲说，好，我不哭。

母亲到底还是哭泣着出来了。她喃喃地说，你爸肯定知道我来了，他眼不能睁、口不能言、身不能动，但我看到医疗仪器上他的心跳、脉搏、血压在急剧变化……他在等我，他一定会好起来的。

母亲执意在病房外的长廊座椅上坐着，她说她要陪伴父亲。我们怕八十高龄的母亲出现意外，好说歹说劝她到小弟家去，有消息就通报她。

母亲走了不到半小时，主治医生呼叫病人家属。我和小弟急忙过去。医生说："病人停止呼吸了。待会儿做一次心脑波检查，就正式宣布死亡。宣布死亡后半个小时就要腾病床，你们看遗体是停在太平间，还是拉回家，抓紧商量一下吧。"

小弟一下蹲在地上抱头抽泣。

我拉起小弟，怒斥他，现在不是哭的时候，抓紧联系市殡仪馆，找懂风俗的人来处理父亲的遗体。

我决定暂时向母亲隐瞒死讯，只让陪伴母亲的大哥先给她打预防针，并委婉征询她的意见，一旦父亲真走了，葬礼在市里办，还是回四十公里外的老家唐县镇办。母亲很坚定地说："如果没法子了，回镇上。"

我赶紧让大哥联系镇上专营殡仪事务的团队。

二

傍晚，阴霾的天空先是下冻雨，随后又飘起雪花。我查看天气预报，随后几天将有暴雪。这样的天气，势必让挖穴动土出殡诸事难度陡增，父亲的葬礼又偏偏临近年关，老天真是为难人呐。转而心念一动，莫非上苍垂怜善良之人，而让普天大地缟素？

市殡仪馆的灵车很快就到了，管事的带来两个入殓妇人，都是熟悉丧葬业务的本地人。她们带来事先谈好的寿衣品类和梳洗用具，反复告诉我寿衣都是真材实料的上等品。她们从病房推出父亲遗体，利用走廊和楼梯过渡空间为父亲擦洗。妇人说，你父亲一看就是有知识的人，病成这样，身体也没脱形。

擦洗完遗体，妇人把连在一起的衬衣棉袄罩服大衣一整套寿衣让我先穿一下，再给父亲穿戴。妇人解释说，孝子穿一下，老人能记住你、保佑你。但我的身材比父亲高大，两个妇人费了好大气力才将层层寿衣套在我的身上。

父亲穿戴完毕，妇人又精心为他化妆，妆毕将一粒糖塞进他的口中，再覆盖上锦被，与灵车司机一起将父亲移送至灵车。

妇人最后提出服务价格，一共3800元。事已至此，哪里还能讲价？微信结完账，妇人才说不包括灵车的费用。

雪越来越大，迎着漫天雪花，灵车一头扎进驶向小镇的黑暗里。

父亲的灵车在前面，我们的小车跟在后面。路上基本没有什么车辆，也许还没到春节年边，城镇居民早早安歇，而外地务工的返乡大军还在遥远的路途上吧。

父亲返乡，这乡程却不是故里。我们家不是本地人，民国军阀混战期间，我曾祖父程道高为避战乱从黄陂程家河逃往桐柏山，曾祖故去，祖父辗转至随县唐县镇落户，以家族手艺养家糊口。1943年的冬天，父亲降生于大雪漫天之夜。

据说，那年雪深过膝，镇北十里棚子的草庐瓦舍压塌一片。自此雪花一年少于一年，尺深的积雪再也难得一见。

我祖父做糕食的手艺远近闻名，尤其做得一手好蜜枣。父亲不屑于经商而热心于政务。1961年，他从武汉地质学院毕业后即参加工作，先在唐县镇公社食品所，又调入环潭公社食品所。以后经襄阳财经学校培训后，转至唐县镇人民政府工作，历任秘书、民政助理、乡党委副书记、党校校长等职，长期生活、工作、奋斗在基层第一线，直至2004年光荣退休。

父亲的一生就像家乡那条溠水河，即使春天汛期，也无大的波澜，循规蹈矩，奔流不息。父亲是政府的秀才、"一支笔"，从我记事起，他给我的印象不是通宵写稿，就是跑村住户。常年熬夜导致他眼底出血差点失明，而有次连夜骑自行车下乡，不慎翻入路坑摔得嘴唇破裂。手术缝合后才出院，他就在家接待上访的库区移民，每句话似乎都在吸风漏气。

20世纪80年代初，负责民政工作的父亲一心想在镇上建福利院，让孤寡老人老有所养。他上下呼吁，左右奔走，终成所愿。福利院落成，又多方筹措经费维持日常花销，发动员工养猪种菜贴补家底。三年下来，福利院已能自给自足。那年冬天，福利院杀年猪，管事的割下猪后腿肉送至家中，父亲见了勃然大怒："良心让狗吃了吗？孤寡老人的便宜也敢占！"管事的委屈，说是转达住院老人们的一致心愿，感谢我父亲多年的照顾，让他们晚年不再孤单、生活幸福。父亲拍着桌子说："拿回去！要感谢就感谢党、感谢政府！"

母亲总抱怨父亲不够圆通，性格太过耿直，不时因工作与上级较劲。父亲的能力水平是上下公认的，领导既讨厌他，又离不开他。上级多次想提拔他，可一想到他可能在工作上与人顶牛，影响班子团结，每次又把他拿下了。父亲自知江山易改，本性难移，对仕途也不抱期望，只是教育我们工作上不服输，生活上不认命，权势前不失志，困难前不低头。人生在世就好好工作，莫问前程，无愧良心就好。

父亲的性格到晚年更加固执，他只认自己认定的老年基础病，也只吃自己认可的带国药"准"字号的药。母亲每次把五六种药丸按剂量放在小纸杯里，父亲服用前都把药丸摊在左手掌心上，右手食指一粒粒拨拉令他生疑的药丸，毫不犹豫地拨出手心，遵医嘱临时添加的药丸也不放过。父亲说，是药三分毒，什么药都嗑，老子又不是小白鼠！

父亲相信最好的治疗就是睡觉、饿肚子，可不规律的作息严重影响食欲，他吃得越来越少，而营养不良又反噬他的免疫力，长期如此，就是铁打的身体也撑不住啊！

母亲说，你爸爸犟了一辈子，但他对长辈敬重，对平辈尊重，对儿女看重。你们小时候犯了错误，他总是忍痛苛责，讲清道理，让你们下跪反思。生活上又疼爱你们，他出差第一次坐飞机，飞机上派发的小零点、小饮品，他一口不吃全部带回。母亲的话勾起我的记忆，那是一个夜晚，我们几个小孩子围坐在煤油灯下，一个个小心翼翼地拆开包装，第一次品尝到果汁牛奶、巧克力饼干的甜蜜滋味，我们是那样惊奇、快乐和满足。

父亲当年最在意的，还是移民安置。那年夏天，经他竭力协调，最后一名库区移民得到妥善安置。父亲尤其高兴，下班回家即搬了小凳坐在屋檐下吹起了口琴，兴之所至，还唱起电影《闪闪的红星》里的插曲"小小竹排江中游，巍巍青山两岸走，雄鹰展翅飞，哪怕风雨骤，革命重担挑肩上，党的教导记心头……"

三

家乡小镇没有公墓，亡人火化之后，骨灰都以棺木装置送入家族墓地安葬。我家祖坟在溠水河西岸的坡地上，祖父母、伯父伯母均安息于此。现在，父亲要和他们在一起了。无论基于民俗、出乎亲情，还是缘于对基层工作者的敬仰，我都希望能给父亲一个体面的葬礼。但时间是如此紧迫，体面又能体面到哪里去呢？

好在唐县镇有专门从事殡葬服务的班子。按老家的说法，年过八旬老人故去称为"喜丧"，家人一般要请大班子出灵、戏班子唱戏、响班子吹奏。父亲是国家基层公务员，我们自当移风易俗，节俭办事。我们兄弟几个商量，父亲去世的消息只报送老家至亲，同事战友一概不通知，不搭台唱戏，不扰民乱民，不大操大办，年前腊月二十五开个亲人追思会，即送老人火化后"上山"。

灵车到达唐县镇已是凌晨，殡葬班子办事效率是很高的，他们在临街的老干部活动室设了简易灵堂，露天灵棚即将完工，选定的棺木也运送到位。大班子六个壮汉从灵车上接下父亲的遗体，装入棺木，三只封棺的铁爪钉摆在棺木之下，在昏暗的灯火下闪着幽光。

兄弟几个接替守灵，我和侄子在家里陪母亲。

风雪交加。南方的冬天让人倍感湿冷，被子睡到半夜仍然不能温热。我听见母亲不时咳嗽，打开手机看，已是凌晨三时。

迷迷糊糊之间，忽然听到睡在客厅的侄子大喊："奶奶呢？奶奶不见了！"

我慌忙起身挨屋寻找，不见母亲踪影。母亲身患类风湿疾病，行走费力迟缓，在这风雪之夜能去哪里呢？

我赶紧与灵堂守灵的大哥联系。大哥说，老妈来这里了，劝不回她，她说要陪陪老爸。

我立即披上大衣奔向灵堂。

白雪皑皑，深及脚踝。我一边想着母亲怎样一步一挪前去与父亲相伴，一边回想她们相濡以沫六十载的漫长岁月，一时泪奔。我能理解母亲，俩人一生一世本来好好地在一起，怎么能做到说离别就离别呢？

父亲和母亲相识是经人介绍的。父亲一眼相中了母亲，当天就提了几盒点心，步行八里山路到王家湾的姥姥家。姥姥在世时曾对我说：你爸爸知书达理，却又莽撞。他上门一声不吭就直奔灶房，坐在灶边拉风箱，向灶坑里喂柴火。我吓了一跳，以为闯进了贼，忙扬起锅铲喝问他是谁，他这才慢条斯理地搭腔，说是元英的对象。

姥姥口中的元英，就是我母亲。母亲年轻时直如民国电影里的知性女青年，眉清目秀而端庄稳重。母亲又能吃苦，独自照料祖母、幺姑生活起居。我大哥三岁时，母亲仍与在环潭公社工作的父亲分居两地。为了省车票钱，母亲一直没有前往探亲，以至于父亲的同事私下传言他妻丑子歪，怕带过来让人耻笑。父亲终于听到风言风语，便打长途电话告诉我大伯。大伯是镇棉花采购站书记，当即资助五元钱路费让我母亲前往探亲。母亲带着大哥到后，父亲喜出望外，放下行李就带着母亲招摇过市，一会儿去

在巴掌大的地方绕行

商店，一会儿去大院，等到饭点，又带着母亲到公社食堂。父亲若无其事地和母亲排着队，同事来问，只说孩子妈没什么事带孩子过来玩玩儿。话里话外都是"凡尔赛"的腔调。

母亲说，年轻时我们两个人也吵架，父亲脾气暴躁，一拌嘴就摔东西。他摔，我也摔。摔了几次，不摔了。我问他为什么不摔了，他说，我每次总是拣不值钱的东西摔，你倒好，拿起什么摔什么，再摔还不把家当给摔光了？！

父母的爱情也曾有过小小波澜。父亲到村住户时，一位仰慕他的王姓妇女干部对他超越同事的关心，父亲一贯好为人师，只当同事间正常往来。好事者却疯传二人关系暧昧，母亲单位里亦有风言。母亲很伤心，一个星期不理父亲，明面上却瞅准一个单位开会的机会，公开力挺父亲，责骂好事者居心不良。风波平息之后，母亲自此绝口不提此事。多少年后，父亲一次酒后盛赞母亲贤淑，来世还要做夫妻。我母亲忽然笑着打趣："别胡说，我哪里比得上他王姨妈？！"

四

父亲的葬礼将以亲人追思会的方式进行，届时由大哥致辞，稿子由我来写。

我非常想提炼父亲的一生，像报纸宣传的英雄那样，把他的事迹上升到精神层面，让大家如我一样在内心敬仰他、记住他、怀念他。可父亲只是一个普通小镇上的普通人，丢进人堆就不见了的小老头，哪有什么闪光的思想和壮举？

坐在一隅，冷风扑面。我边吸烟边默想父亲的一生，不禁心潮起伏。

一个再普通的父亲在儿女眼里也是那样的不普通，这是我为人父后才有的人生体验。如今父亲与我一棺之隔，这种感觉更盛。

从为人之父的角度回溯人生，我们会发现，我们与父辈的关系不仅仅是血缘的继承，同时也是性情的传承。这种性情又往往影响容貌，让人一看就知这两辈人是一家子。

我和父亲长得很像，只是我并没有承继父亲的性情，不是性情优劣的取舍，而是理想追求不同。我一直认为父亲愿意像溠水河一样依恋在西码头边上的唐县镇，而我不，我很早就关心流水的方向，希望长大后像河水绕过城镇去，一去不复还。

三十八年前，我终于以参军入伍的方式离开小镇，如一条溪流奔向大江大河大海。那时，我盲目自信，总以为依靠自己的能力能够闯出一片天地，可现实并不朝着自己的意愿发展。当兵第三年，同一个火车皮拉来的战友纷纷退伍回家，我茫然了。部队领导建议我再干一年，说或许还有提干的机会。于是我给父亲写信，我信心满满地说，既然不能长期在部队干下去，多干一年不如早些复员回家，就我目前具备的能力，回到小镇也能够很快开辟自己的新天地。

那时，我就像一只羽翼逐渐丰满的雏鹰，急切地想着展翅高飞、搏击长空——我之所以不说去海里遨游而说天空，是因为鄂西北没有海，那里只有我从小就熟悉的一片天。

父亲却不这么看，他回信的字里行间似乎隐忍着一股怒火，他写道："自信过头了便是自傲。你可以排除优越的外部条件，也能够排除恶劣的外部条件吗？"

父亲的话很不入耳。我当时想，父亲曾是一个多么洒脱的文人啊？在岁月艰难的日子，每每下班回家，他会旁若无人地吹奏口琴，会就着煤油灯的光亮写些文字，会把竹床摆在树荫下专注地看书，有菜没菜也会小酌一杯酒享受片刻的快意……我很不理解父亲为什么这么功利地看这社会？而且，我不认为我的外部条件有多么优越，也不认为退伍回乡就陷入恶劣的外部条件之中。

探亲假期间，父亲与我长谈，助我分析利弊，告诉我小镇生活安逸，却是个人情社会，不仅消磨人的意志，还会同化人的心态。父亲说着说着激愤起来："你总以为我们这辈人安于现状，不愿出去闯荡。如果有条件，谁又愿意窝在一个小城镇兜兜转转一生？"

父亲说，他年轻时曾有几次机会去县里、地区工作，他也想在更大的平台施展才华。但上有老，下有小，他不能一走了之，理想不得不屈服于亲情和物质。父亲近乎悲哀地说，一辈人有一辈人的责任，我们把你们拉扯大，就算是尽了责。只是我们年轻时已有过遗憾，绝不能坐视你们重复遗憾而不管。

我听从了父亲的劝慰，继续留在部队。第二年夏天，我接到了南京政治学院新闻系的录取通知书。

得知我考上军校，父亲当晚叫来几个亲朋好友欢聚，酩酊大醉。

五

按风俗习惯，亡人要烧七纸。所谓烧七，意即从亡人去世当天起算，每七天为一七，头七、二七、三七、……尾七，每日哭拜，早晚供祭，逢七作佛事，设斋祭奠，直至七七四十九天除灵为止。父亲是年关前离世，必须在腊月二十五前出殡。而上山入土之后，便不再烧七。

母亲说，你爸爸心疼人，年前办完事，不烧来年七。所有烧七之类的事务一概都替我们省去了。

腊月二十四日晚，亲人追思会如期举行。大哥致辞，忆及父亲生平与日常，不禁声泪俱下。

第二天一大早出殡，天空飘雪越发地急，气温却不高，遍地泥泞。

从灵堂到火葬场通公路，火化完转至河西张家岗祖坟附近时，只能弃车步行。幸好田埂道上摇晃着枯草，一脚下去才有些抓地感，不至于脚底打滑而步态踉跄。

大班子头面色忧郁，他近乎乞怜地对我二哥说，从村公路到河边还有八百米田埂路，还要下坡，到时请宾客过来帮忙扶棺啊。二哥苦笑说，你看，除了孝子都是老弱病残……我尽量喊人来扶。

一千三百斤重的棺木让六个身强力壮的男人气喘吁吁，八百米的路停了三次。到坡地时，不足两米宽的便道一边临着三米高的陡坡，一边紧邻着坟茔，稍有不慎就会滑入坡底。

大班头拿来铁锹，把坡顶到墓穴的雪泥铲除，直到露出黄土。大班头招呼各就各位，大喝一声"起"，六个壮汉发力，三个宾客在侧坡防护，两个宾客在前面接引，棺木轻晃着向下漂移，直到有惊无险地落于墓穴后侧的空地。

大班子填土鼓坟期间，我们给父亲烧灵屋。吹鼓手宋艳兵是我的同学，他说，我们几个人吹奏了三天，一天一千五百元，我们这层关系，给三千八百元就好。我示意小弟结账，两个人就站在路旁扫微信。不等灵屋火光熄灭，宋艳兵便带着吹鼓手沿着田埂路歪歪斜斜地去了。

父亲的葬礼顺利而妥当，宾客亲人都吁一口长气，各自走到

在巴掌大的地方饶行

村村通公路登车离去。

二嫂见我惆怅，说，走回去吧，不远，走走还舒服些。

乡村公路穿过田野，积雪在空旷的田地里白得耀眼，一群喜鹊起起落落，杂乱的叫声远远地传来，又远远地消散。原来这些带给人欢喜的鸟儿，并不曾飞离城镇，整个冬天都在旷野觅食，只等春天花开时节，才返回人类聚集之地，迎合人们关于祥瑞的心思。

二嫂说，你多年没到这里了，前面就是溠水河。

在我的记忆中，溠水河有通向街区的数十级台阶和货船码头，青石条砌筑的码头延伸进河床，形似军舰，童年的我们以其型而名之为"水舰"，舰艏便是跳水的平台。我左张右望却不见踪迹，便问二嫂。二嫂指着前方说：水舰早就拆除了，大约就在那火车桥附近，旁边的纺织厂也早倒闭了。

二嫂的话让我想起当年我们在纺织机器刷刷刷轰鸣的伴奏下跟随渡船游泳、在沙滩上追逐的情景……那时，我们也只有六七岁大小吧。那时常有淹亡事故，父亲严令我不得下河游泳。每次回家，父亲都让我撸起袖子，用手指划一下，若下过水，在水中浸泡过的皮肤就会出现几道白印，事实面前，想抵赖都不成。

溠水河冷静地流动着，两岸修葺一新，都是标准的砖石堤岸，当年的木桩过河桥也被钢筋水泥桥取代，与河两岸的村村通公路相连接。

河水近在咫尺，却不能亲近。现代治理理念已将河水与人完全隔离开来。就像那一片坟茔，亲人们一个个走进去，与世隔绝，只每年清明隔着黄土追思，便再没有什么联系了。

只是有时，熟悉的身影会恍惚出现在梦中，黑白照片一样真实又虚幻，见了让人心里难过。

明亮的铜号

冬天的傍晚，

庭院里摇曳的灯影的余像。

那些山地的居民，

挑着桶推着车，冒着齐腰深的晨雾，

去水井和粪堆旁，

把薄冰破除……

当我读着诺贝尔文学奖得主西默斯·希尼的《阿那霍瑞什》，我仿佛看到舅爷正站在牛栏边，朝我孤独地张望，那冷静而淡漠的眼神让我禁不住一下热泪盈眶。

舅爷是个军人，又是个老实巴交的农民。当年，舅爷戴着军功章回来，政府安排他担任镇邮政所所长，舅爷奇怪地坚辞不受。

那时，舅爷只说了一句："我一个文盲，不给国家添乱了。"就带着他心爱的铜号毅然回到了乡下。舅爷含辛茹苦一辈子，没有给政府提过任何要求，尽管他当年的战友大都身居高位、领着丰厚的津贴。舅爷常说："国家日子紧呢！"

舅爷不知道自己的日子苦，日子难过的时候，舅爷总是夹着铜号到山梁上，吹得一脸红润才下来，舅爷荡漾着微笑，仿佛重

在巴掌大的地方旅行

新回到战壕，等待着胜利的冲锋。

我知道舅爷和铜号的故事，那支铜号随着他走过了大半个世纪，铜号记录着舅爷的历史和荣光。打我记事起，我就常见舅爷对着墙壁上的镜框出神，相片上十六岁的舅爷英姿勃发，一支明亮的铜号神气十足地悬在他的胯边，那条著名的鸭绿江就在他的身后流淌，涛声依稀可闻。

然而，也就是这支铜号给他们家蒙上了阴影。多年前，家人由于不满舅爷不肯申请救济，一气之下将铜号卖了，换了30元肥料钱。

当时，舅爷勃然大怒，孩子们也自此受到分家的惩治，尽管那个家本是和睦而温馨的。舅爷的性格也彻底变了。从此，没有欢颜的舅爷日渐苍老，对着阵阵松涛将那一支精彩的铜号吹得山岭透亮的情景，再也没有出现过。

舅姥说："以前日子艰难他还吹得有劲，现在日子富裕了，他倒气闷了。别别扭扭的日子可真让人心里难过呀。你如今也是队伍上的人，你倒说说这是怎么一回事？"

实话说，我早对舅爷不满，我虽然觉得铜号对舅爷意义重大，但在如今这个年代，我只是觉得舅爷抱残守缺宁可家人失和，真是固执透了。经过大潮淘洗的我实在难以理解舅爷，就像难以理解他当年辞职一样，所以，当我当兵探亲再次听到舅爷说他的铜号时，实在忍不住，便不屑一顾地说："算了吧，不就是一支破铜号吗？再说，这么大年龄了，不说要求组织照顾，也犯不着为一支号，弄得一家人不高兴……"

舅爷因我回来而显露出的微笑顿时僵在脸上，眼里也逐渐有了愤怒，舅爷的嘴嗫嚅一阵，但舅爷什么也没说，就疲惫地转身向屋外走去。我忽然有些后悔，觉得伤害了舅爷，我想对他说点什么，可什么也说不出。舅爷默默走出正屋，穿过庭院，从稻堆上抱一把稻草，走向牛棚。

冬日的阳光拥抱了他又抛弃了他，我看见舅爷家的那头犍牛愉快地把头伸出棚栏，那热烘烘的鼻息喷得舅爷一片朦胧。我看见它那晶莹透亮的眸子纯净得没有一粒尘埃，舅爷轻抚着牛头，喃喃而语，一种永恒的默契在舅爷与牛之间安静地流淌，那种平凡而又高贵的孤独，令我突然泪流满面。

舅爷这些年就是这样过来的吗？舅爷就这样固守那一片纯净的世界而不被世俗尘嚣所动吗？是什么支撑着舅爷走过漫漫人生路？就是那支破铜号？我困惑极了，那天，我一直想找舅爷说说，可舅爷总是躲着我，直到我离家回部队，舅爷也没抬头看我一眼。

如今，我读着西默斯·希尼的诗，回想着当时的情景，我一下子洞悉了舅爷那苍老而孤独的心，舅爷忍受了多少寂寞和被误解的痛苦，他靠的不是铜号。而是一种军人本色，一种精神，一种本应为我们所珍视却恰恰正被我们所忽视的精神啊！

我难过极了，我为都市给我濡染上的庸俗气息而羞愧不已，我发誓要找回舅爷的铜号，找回舅爷那颗孤独和寂寞却又高贵而纯粹的心。我匆匆请了假，买了一把铜号就奔赴车站，走在都市宽广的马路上，就仿佛走在故乡的山路上，我仿佛看到舅爷一见铜号，眼就亮了。我看见舅爷抚摸着失而复得的铜号像抚摸熟睡的婴儿。

舅爷流光溢彩，将快乐的音符洒满整个山梁，我看到我家乡的整个山梁上都飘荡着明亮的铜号的颜色，而共和国的那面鲜艳的旗帜就在那山顶上面高高飘扬。

在巴掌大的地方绕行

第二辑　文明光亮

一只旷野的孤鸦栖于枯枝，颇似思想者居于草庐令人尊敬。这实际上是一种独处而静的理想状态，读书人往往喜欢这样阅读和静思。

像城市之鸦一样飞翔

我有时会对乌鸦产生一种奇怪的错觉，感到它似乎不是一种鸟，而是一个冷峻的穿黑袍的孤独的人。我甚至梦见过自己化身为鸦，在城市的楼宇间穿插飞行，所到之处，黑暗冷寂得只有呼呼的风声。乌鸦的人生自由自在，而黑夜无边无际。

我少年时读寓言故事《狐狸与乌鸦》，很同情那只被狐狸骗去口中之肉的乌鸦。狐狸计谋得逞，是因为乌鸦以为自己歌唱的声音真像狐狸说的那样美妙动人，张口食落，狐狸遁形。毫无诚信的狐狸不被指责，爱慕虚荣的乌鸦饱受诟病，让人心里生出少年的忧郁和烦闷。

我少年时在外婆王家湾的田野里经常能见到乌鸦，外婆称之为老鸹。她说老鸹通人性，落在谁家院里谁家就会出事，老话说是老鸹报丧，这和喜鹊报喜是一个意思。为此，我曾特意观察乌鸦起落的地方，也担心哪户人家会出祸事。第二天太阳照常升起，日子平静如水，丝毫不起波澜。我把我的观察结果告诉外婆，外婆答非所问地说，万事还是小心好。有一回，一只喜鹊停留在外婆院子的门楼顶上，外婆眼花看不真切，以为是乌鸦，连忙让我拿弹弓射。我的弹弓皮绳是自行车内胎做的，颇有些威力。石子脱弓而去，没有击中喜鹊，越过院子飞将出去，正好落在三舅爷的粥碗里。那时村民吃饭时，都是端着碗到门口堰边的枣树下，自寻地方吃饭，一群人边吃边闲话，乡里乡亲的气氛很温馨。

三舅爷当时正和村民讨论话匣子里播出的令人兴奋的新闻，1977年12月21日山东临沂常林大队的魏振芳在田间发现了一颗重达158克拉的钻石，是我国最大的天然钻石，国家特命名它为"常林钻石"。据说当时三舅爷正说"要是自己有这运气就好了"，我射出的石子就噗的一声下来了。三舅爷目瞪口呆。他后来常对人说，天有奇事，有只鹊来了，天上竟然落下卵石子，恰巧落在我的碗里——我闻听哑然失笑。由此而想，人世间的所谓传奇，大抵都是这样产生、流传的吧。

喜鹊不能带来好运，乌鸦也未必带来噩耗，我在外婆王家湾的年少假期，很多时间是在寻找乌鸦的踪迹，甚至幻想能找到它们的巢穴，取其卵而孵化一只小鸦饲养，但我没有找到，心里也由此强烈感觉到它们身上有一种与生俱来的神秘。

我在大学专注文学创作时，曾在一部中篇小说《黑鸦掠过老镇》里，描写过成千上万只乌鸦聚集群飞的境况，我说远远望去的鸦群形同饱含雨水的快速移动的巨大黑色云团。之所以不说乌鸦而说是黑鸦，主要是强调黑色的象征意义，暗示隐约可见的即将到来的灾难。但这种成千上万只乌鸦群飞的壮观景象，我在生活中没有见过。我很得意自己创造出的这种紧张刺激的画面感。

在旅居北京之前，我一直以为鸦群聚集的描写只是小说的虚构和想象。谁知，当我到北京后，鸦群飞舞的景象直令我惊异万分。

有一年，我从郊区到城里办事，天色已晚，经过万寿路时，司机突然让我看车窗外的天空飞的是什么。我想也没想，说是鸽子吧。司机笑了，恐怕它们是吃鸽子的，那些是乌鸦。我心中一凛，定睛望去，一群群飞舞的果然是乌鸦。真像北岛有句诗里的意象：乌鸦／这些夜的碎片／纷纷扬扬。

我这才知道，万鸦群聚在公主坟、万寿路一带，是京城的一个奇观。

每年冬至以后，那一带的高大乔木在傍晚时分都会落满乌鸦。它们飞舞黑色的翅膀择枝而立，叫声嘶哑、空洞而悠远。上万只乌鸦白天飞往郊外四处觅食，只在此时回巢安歇，往往一根细瘦的枝丫会停落七八只乌鸦。这些乌鸦也只是冬季的几个月间集中于此地，来年春天又会迁徙而去。乌鸦栖于寒枝随风晃动，让人不知道该怜惜还是厌恶。

与我对乌鸦情感认知的不同，当代人几乎没有多少人会认为老鸹是吉利的。但早在唐代以前，乌鸦却是预言吉祥的神鸟，所谓"乌鸦报喜，始有周兴"，说的是"周将兴时，有大赤乌衔谷之种而集王屋之上，武王喜，诸大夫皆喜"的典故。自唐以降，才有乌鸦主凶兆的说法流传。

公主坟、万寿路一带每日晨昏聚散的乌鸦由来已久，即使从以往的荒郊野外变成如今的繁华闹市，乌鸦依然故我，盘旋于斯，栖息于斯，这到底是源于先祖秉持的信念，还是出于鸟类生存的本能？让人颇费思量。专家从科学的角度解释，城内虽无处觅食，但高楼耸立形成热岛效应，气温比郊外果腹之所要高出几度，自然要温暖舒适，与吉凶祸福没有多少关联。也许是吧。

乌鸦知道天地寒凉无疑是聪明的，据说在形形色色的鸟类中，乌鸦是最具有智慧的，仅次于人类。它不仅能口衔碎石入瓶喝到瓶底的水，还能把坚果放在马路上等汽车碾碎后再取食核肉。

我没有亲眼见证这些智慧传说，却目睹过它们的雄壮威武。有年冬天，我在海淀昆玉河边跑步，见到两只硕大的犹如公鸡大小的乌鸦，这和我年少时熟悉的那些鸽子大小的乌鸦截然不同。它们举止沉稳、体态健美、毛色鲜亮，一只昂首与我对视，一只兀自敲击啄食一条冻在河水表层的翻肚弯曲的鱼。我作势一扑，它们只是冷静地看着我，长而尖的黑喙像匕首一样闪着寒光，那种咄咄逼人的气势，丝毫没有"墨点无多泪点多"的八大山人画意中枯木寒鸦、"白眼对人"的状态。我们对视了好一会儿，两只乌鸦厌弃了对峙，张开翅膀如撑开一把黑色的雨伞般比翼飞走了。

我立刻喜欢上这对巨大的乌鸦，但自此却再也没有见过了。

鸟类学家说，乌鸦是忠贞鸟，从一而终，死生不离不弃。

城市的乌鸦虽不像我遇见的那两只鸦巨大，却也绝不小鸟依人，它们特立独行，性格乖张，勇猛强悍，行动敏捷。我的朋友贾连元先生对此感触深刻。他饲养信鸽，水平专业，几只靓鸽多次在重要比赛中取得佳绩。有一天，他饲食信鸽刚进屋，就见一只乌鸦俯冲下来隔着鸽笼攻击信鸽，一下就啄碎了信鸽的脑袋。多年心血付诸一啄，贾先生十分懊悔自己的疏忽，殒命的爱鸽更让他痛惜不已。更让他郁闷的是，每次放飞的鸽子能飞回来的越来越少了，他最终放弃了饲养。多年之后，他还愤懑地说，乌鸦实在太讨厌了。

在古代文人墨客那里，乌鸦却是令人顾影自怜惺惺相惜的珍奇。曹操的《短歌行》中感叹"月明星稀，乌鹊南飞"；马致远描述秋思有"枯藤老树昏鸦 / 小桥流水人家"；况周颐说人生际遇"旧苑鸦寒 / 荒皋雁瘦 / 吴霜正染青袍"；苏轼过南溪说，"谁怜屋破眠无处？坐觉村饥语不嚣 / 惟有暮鸦知客意 / 惊飞千片落寒条"。清代诗人黄景仁思念家乡老母，写了一首《乌栖曲》："老乌守巢啼 / 日暮雏不归 / 羽翼各自有 / 知他何处飞。"读来让人泪

在巴掌大的地方绕行

涌心头。辞章千古，不胜枚举。

乌鸦在西方文化中也似乎都有象征意义。美国有一部电影《乌鸦》，讲述的是摇滚乐手和他未婚妻遭到街头小流氓的杀害，一年后，他从坟墓回来进行报复，所到之处都有一只乌鸦跟着他。

那只乌鸦让剧情的发展平添了一种紧张神秘的流动感。让人更深刻地理解这样一句话："如果我们所爱的人从我们身边被偷走，要使他们继续留在我们身边，就要记住他们。建筑会被焚毁，人会死去，而真爱永存。"

国外文学家喜鸦者也众。对世界文学尤其对当代作家有过重要影响的小说家卡夫卡就很有代表性。他的小说《变形记》，讲述推销员格里高尔·萨姆沙一觉醒来发现自己变成了一只巨大的甲虫，这只甲虫仍然有人的情感与心理，但虫的外形使他逐渐化为异类，想象神奇，隐喻深刻。

"卡夫卡"在捷克语中就是"寒鸦"的意思，卡夫卡的父亲还把寒鸦的图案制作成徽章悬于店铺。

我一直对乌鸦心怀猜想和敬意，感到一只旷野的孤鸦栖于枯枝，颇似思想者居于草庐令人尊敬。这实际上是一种独处而静的理想状态，读书人往往喜欢这样阅读和静思。我总是以为只有安静地阅读，才能触摸到灵魂的肌肤和纹理，寻找到隐秘的幸福和诗意。可人心早已难以安静，如同城市之鸦，阅读如今更像一个交际场，到处众神狂欢，痴人梦呓，一张张虚伪的面孔写满了应酬。

我像乌鸦一样反复说，物质的心总是最先碰触到物质的坚硬，也总是在破碎时才能感受到彻骨的疼。

我特别钦佩那些有气节的古代仕人，人格精神保持独立，随处发现生活的诗意。即使是只人人避之不及的乌鸦，也能从中升华出深刻的生活之悟。诗意是生活的奇幻反光，没有诗意的生活，宛如枯萎的花，失去血的鲜艳，失去柔软的质感，失去内涵和韧性，不堪挤压摧折，即使阳光最轻微地抚摸，曾经娇艳过的花叶也会瞬间裂开。

城市之鸦到春暖花开就会离去，在它们看来，也许只有远方才有适合自己的如意人生。人和鸦不同，人之生活苟且多不能迁徙，只能向往诗和远方。可诗意何曾走远？涓涓细流的诗意，只会滋润敏感的眼，眷顾悲悯的心，它不能汩汩流淌过世故累积的贪婪尘土。

世界每天都在改变，我们也在随之改变。当然，旷野飞进城市的乌鸦也在改变。

喜爱乌鸦的伟大作家卡夫卡让主人公变成了甲虫，当有一天从梦中醒来，我们忽然发现自己变成一只乌鸦会怎样？当我们因看不惯人和事而心生不满时，如果偷窥时间的镜子，如果看不到自己希望看到的样子，我们该是怎样的羞愧和不安？

世界无边无际，我们犹如城市之鸦，黑夜无地自容，只能奋力飞翔。

在巴掌大的地方旅行

孤独是生命的光

一个作家总是会想尽各种办法确保自己孤独，然后再寻找各种方式消费它。这是诺贝尔文学奖的热门人选德里罗的感叹，他部分说出了一个作家的艺术和生活状态。的确，就艺术而言，倘不能独树一帜，便不能出类拔萃。就生活而言，倘不能享受孤独，便只能和光同尘。岂止作家是这样？人生来孤独，每一个人都有不堪挖掘的孤独人生，每一个人都曾有与孤独若即若离乃至和谐共生的感受。

最初感受到孤独是 1976 年夏天。我被绿皮火车拉着离开鄂西北小镇，去了三百公里开外的襄樊市。那是我第一次远行，沿途只见农田村舍从车窗掠过，没觉得新奇，可从车站走出来，五光十色的城市气象立刻迎面扑来，让人目瞪口呆，觉得襄樊这座城市实在是太大了，一条大街就顶得上整个小镇。只见南来北往的人潮涌动，除了接站的小姑，我不能认识其中任何一个人。那一刻，我少年的心中顿生莫可名状的身处人海的孤独，当即立志长大后离开小镇，将来也成为那人海中信步往来的一个。十年之后，我参军入伍如愿离开小镇，孤独却如影随形。记得冬天临近的时候，新兵连组织我们去鹅岭公园观看重庆夜景，规定集合时间地点后，大家一哄而散。当我置身山顶之上，放眼万家灯火迷幻，体悟踽踽独行真切，只身漂泊在外的孤独感缓缓袭来，浓得就像山城化不开的云雾。仿佛由此而始，渐把读书写作作为排遣孤独的方式，一路沿袭至今。

读书写作占据了我青春岁月大部分可供自由支配的时间，也由此远离了与战友结伴出游、踢球打牌的乐趣，以至于我如今仍不能在旁人评说世界杯足球赛时，插上一句半句嘴。独处的状态又催生孤独的感受，形成沉默寡言的性格，自我感觉越来越像人群中的异类。我同批入伍的许多战友曾当面揶揄道："他是文学青年，和我们不是一路人。"

文学青年在我们那个时代是让人引以为傲的称谓，不似现在充斥着嘲讽和不屑。

读书，旁人不可代劳，写作，更属于孤独者的游戏。读书是欣赏纸上的人间万象，写作则宛如在纸上笔耕，像园丁一样开垦出纸上花园。倘若你用心，纸上的花园会盛开缤纷的奇花异卉，会飞舞亮晶晶的金色甲虫，会如溪流淙淙流淌出春天的喧嚣和夏夜的萤火，会落英如雪展现秋天的私语和冬日的静谧……而且，无论四季怎样变换，那花园上的阳光总会饱含温暖人心的力量。

孤独来袭，我便默默搭建我的纸上花园，每日每夜让那些质朴的文字一个个从心里爬出来，希望它们像亮晶晶的瓢虫，碰巧落在一个过客的身上，去含泪啃噬他的情思和灵魂。

我勤奋写作，辛勤笔耕，一直希望路过的人们能看到我的私家花园，能体会到一只飞蛾之于春天的良苦用心。但是我的花园了无生机，它不能让人流连忘返，只能任它在寒风中荒芜。

我曾经认为，荒芜蕴含着被开垦的未来空间，它带给人的并不总是凄凉。现在看来，荒芜之地也不总会是未来的希望。纵然还有余热修剪杂草，但我已经没有年轻时那样的敏感、清澈和

在巴掌大的地方绕行

激情。

这有些像一个奥地利人逃亡终结时的心态，他想重建他的生活，但他六十岁了，一个城市又一个城市的流亡耗散尽他的心血和精力，他已经没有力气开始新的生活。最终带着对世界和文学的绝望选择了死，而三年之后，驱逐他的纳粹德国投降。他没能等到胜利的那一天，他留下的纸上花园，是他孤独一生的写照，至今依然散发着迷人的清香，人们心里依然温暖着他灰暗人生熔化的金色阳光。这个人叫斯蒂芬·茨威格。

很多伟大作家都像茨威格那样命运多舛，历经坎坷，一生承受着生命中不能承受之轻之重。而肉体的痛苦和心灵的孤独蕴含着思想伟力，恰恰成就了巨匠的文学人生。这也让我清楚，你只有对生活足够爱，对自己足够狠，你的纸上花园才可能繁茂，即使荒芜，枯枝杂草也会错落有致地反射人性之光。

我很早就知道我不能成为伟大的作家，我给自己的定位是文坛打旗儿跑龙套的，因为我不能长久地忍受孤独，有一段时间，我甚至对声色犬马的生活心生羡慕，这让我静心思考时倍感羞愧。当我的文学作品稍有起色，有文学爱好者向我询问写作之道时，我真心劝说他们，如果不能创造和享受孤独，切不可痴迷于写作。能当一个好读者，能自由出入瑰丽多姿的百花之园，总比在一隅苦苦培育并没有人欣赏的平凡之花强。

作者与读者互为因果，但人生况味截然不同。虽然读写都要有独处的状态，但独处绝非孤独。孤独是智慧的自取，而非环境的强加。也许能一个人安静地阅读，却不一定能一个人安静地写作。我的阅读经验让我不大相信养尊处优的人能写出深刻的作品，除非他是天才，就像35岁就完成史诗作品《静静的顿河》的苏联著名作家米哈依尔·亚历山大维奇·肖洛霍夫。1926年他构思这一不朽巨制时才 21 岁。在一个早春二月一样的年龄，却把顿河地区哥萨克人的苦难历程描绘得如夏日之海一样波澜壮阔，真让人怀疑这部史诗到底是不是出自他之手。

伟大作家似乎都产生于大时代大事件大变革的进程中，时代当然会给作家启发和刺激，更重要的是作家只是时代的旁观者，是游走于时代缝隙的孤独过客。如今的世界虽也波谲云诡，看起来却波澜不惊。在和平天幕下，安逸的生活让人倦怠，名利的诱惑又让人亢奋，欲望之海无边无际，一些作家的纸上花园充斥失血的绢花，一眼望去似乎奔放热烈、绚丽多彩，伸手触摸却没有阳光抚慰人性的温度。人们记住的不再是作品的内容，而是频繁出现的名字。究其实是，孤独正在远离本该孤独的灵魂。

没有孤独感的文学是如此让人困顿。即使创作严肃的作家阎连科，也坦陈他一生的作品 80% 是垃圾，只有 20% 比较好。然而 20% 又有多强的生命力？他说："我活着它就活着，我死掉它就死掉，我死掉这些作品也就没有人提了。"

文学又是如此让人爱恋。即使我们已经拥有了古今中外伟大作家营造的几个世纪的经典花园，即使仅仅穿过那些花园就会穷尽一生，即使知道所有的才情也不能搭建那花园的一角篱笆，但是还有那么多人在构想着耕耘着纸上花园，这就是文学延展人性的魅力。

文学的孤独因孤独的人生而神圣，但神圣的文学不能拯救世界，就像上苍心怀仁慈悲悯，世上仍有恶人横行一样。文学首先是拯救自己，让阳光普照万物，也温暖人心。

很久以来，我本以为我不会关心我的纸上花园了，但不停地写作成为习惯，说明那花园之梦挥之不去。世上繁花万种，只以个性之花最为美丽。我的纸上花园也无须百花满园，只有一枝奇

在巴掌大的地方绕行

异之花就好。可我还有多少孤独的人生可资挖掘，倘若孤独不在，我的纸上花园又如何能生长出奇异之花呢？

　　我从小镇走出来，走遍大江南北，现在的理想又是最好回到小镇去，哪怕是耕田种地、终老田园也好。人生真是一个让人啼笑皆非的轮回，这轮回也该是孤独的。

植物的生存哲学

儿时到乡下外婆的王家湾，看到成片成片绿油油的韭菜，不由大吃一惊，失声喊道："这么多韭菜，怎么吃得完？"大人们闻声立刻笑作一团，外婆也笑了，说，"傻娃子，哪里是韭菜？那是麦苗呢。不过，看上去倒是蛮像韭菜的。"

外婆是个善良的人，即使我闹了笑话，她也不忘在别人嘲讽的时候，留给我一个台阶。但好事的舅舅送我回家时将这个笑话报与我父亲。父亲当即斥责我是"四体不勤，五谷不分"。

我当时以为父亲在以蹇驴懒马为喻，责骂"四蹄"不够勤快，后来知道，"四体不勤"之语出自《论语·微子》，意在讥讽脱离生产劳动、缺乏生产知识的人不能称为夫子。而所谓四体，意指人的两手双足，五谷则是指稻、黍、稷、麦、菽。

可惜的是，当我知道这五谷之分时，已是远游他方的青年，依我的性情，当时若知必会反问嘲笑我称麦苗为韭菜的舅舅："您倒是种过地，但能分清稻、黍、稷、麦、菽吗？恐怕也只知稻和麦吧。"

现在城市的孩子更是远离农村劳动生产，别说五谷不分，就是常见的水果也未必能弄清源头。生活中就常听见少儿回答提问而说菠萝、火龙果是结在树上的。

在巴掌大的地方绕行

对于一个远离稼穑的少年来说，植物的陌生感与生俱来。我从小生活在鄂西北的唐县镇，镇子里草本植物多是常见的杨柳、泡桐、刺槐、枣树，从没有奇珍异木。那时镇里的孩子大多是散养着的，大人上班之后，孩子们便一起到河边、野地疯玩。虽然也学打仗电影里用柳树枝条和野草编做过伪装帽戴在头上，对草本的认识却有限得很。草能叫出名字的也只有象形的狗尾草。

有一阵子我试图了解一下常见的野草，一查资料，居然有300多种之多。而我国列入名录的农田杂草有704种，分属87科，366属。真是不问不知道，一问吓一跳。

我对植物学的无知，一方面源于少年时代的经验匮乏，一方面源于成年后的熟视无睹。拿草来说，没有什么比它更普通、更低贱了，人们常说恩重如山、情深似海、貌如鲜花，只有鄙视鄙弃时才会想到草，会说视之如草芥、弃之如敝屣。

鲁迅先生写过《野草》的散文诗，其中有这样的句子：

生命的泥委弃在地面上，不生乔木，只生野草，这是我的罪过。野草，根本不深，花叶不美，然而吸取露，吸取水，吸取陈死人的血和肉，各各夺取它的生存。当生存时，还是将遭践踏，将遭删刈，直至于死亡而朽腐。

但我坦然，欣然。我将大笑，我将歌唱。我自爱我的野草，但我憎恶这以野草作装饰的地面。地火在地下运行，奔突；熔岩一旦喷出，将烧尽一切野草，以及乔木，于是并且无可朽腐。但我坦然，欣然。

鲁迅写的野草只是一种象征，是宣泄他在新文化统一战线分化后继续战斗却又孤独、寂寞，在彷徨中探索前进的一种思想感情。鲁迅没有说是哪一种草，说明他的植物学知识也未必是渊博的。

这不是猜测。鲁迅在以《野草》为名的集子里收录过一篇《秋夜》，就是"在我的后园，可以看见墙外有两株树，一株是枣树，还有一株也是枣树"那篇文章，他说起繁霜洒在他的园里的野花草上，但"我不知道那些花草真叫什么名字，人们叫它们什么名字"。

从鲁迅往前推，唐宋以草入诗入文的句子多如牛毛，比如"离离原上草""芳草萋萋鹦鹉洲""遥看草色近却无""一川烟草平如剪""草色入帘青"，等等；但大体上也只是取草的象征意义，而鲜及其本身。李时珍的《本草纲目》有中草药的辨识，却旨在草本的医学药用价值。

但也有作家专门研究植物学的，《忏悔录》的作者卢梭就是其中之一。他说"因为我知道，世界上没有哪项研究比植物学研究更适合我天然的品位"，并声称他本来有可能成为一名伟大的植物学家。他晚年真写了一本《植物学通信》，这部作品不是这位思想巨人的学术著作，而是一部通俗的植物学小品，至少说明卢梭对植物的喜爱和研究之深。

然而，植物看似无名而卑微，实则永生而无敌。

还是以草来说，非洲草原霸主狮子与草便是一对命运悬殊如云泥的存在。狮子不吃草，却以食草家族为食。它虽是动物之王，威风也不过十年。而草呢？野火烧不尽，春风吹又生。

在电影《狮子王》里，老狮王对幼狮解释生死的合理性：即使是顶级的掠食者，死后也将化为青草而被食草家族吃掉，这是非洲大草原的生死循环。

狮子王是在间接解释弱肉强食的道理。但是，狮子生老病死由强而弱，当它因衰老和疾病而死去，并不直接化为青草。它的骨肉很快会被秃鹫、鬣狗等食腐者分而食之，只有难以破碎的骨块得以留存，经烈日曝晒和风沙侵蚀自然分解，最终成为来年草地的肥料。狮子不能成为青草，青草是与它迥然不同的生命。狮子王之所以这么说，其实是为草原之王保留一份哀荣，它想让小狮子知道，狮子强大到至死也不会落入弱者之口，唯青草大地能承载它的尊严，直到化身为泥，出土为草。化身为草是一种新生，是对前身为狮的所有暴行的救赎，是对食草家族的全部奉献和忏悔。

植物是生命的另一种存在形式，因它无言而普通，没有人在意它们清晨招摇鲜嫩的绿，也没有人留意它们在哪个夜晚枯萎。对动物而言，植物明亮的绿色和干枯的褐黄，都能借之以维持生命，只是口感的多汁和齿涩不同。

据说，植物具有很强的感知功能，音乐就能使花草繁茂。网传法国一位生物学家曾把耳机套在一只西红柿上，每天播放 3 个小时的音乐，结果这个西红柿居然长到 2 公斤重。科学家研究发现，植物叶片的气孔，能够感受富有节奏感的音乐声波刺激，从而使气孔扩大，更利于光合作用、储备生长能量。

不仅如此，植物之间还存在着生死竞争关系。我在福州小住的时候，后山上的树干光溜溜如肌肤的桉树就是典型的例子。桉树生长速度快，树干挺拔，姿态秀美，木材用途广，防风护林作用也强，只是其吸水吸肥能力超强，耕地种植会使土地贫瘠。桉树的精致的利己主义，实质上挤压了其他树种的生存空间。那段时间，我常徘徊于山道，仰望钻天入云的树冠，并映照自己的人生，嗟叹人与树的因果。恰如树，好苗子种对了地方，物尽其用，栽错了地方，后患无穷。人也如树，得其所，用其长，方能各显其能，各尽其才。植树易，树人难，所以古人有十年树木、百年树人之叹。

世界凡是有感知的生命，都是造物者的神奇创造，只要是生命也皆应敬畏。

闲暇之余，我非常喜爱看野生动物纪录片，喜欢看动物们对爱恨生死的直接表达。在屏幕上，我时常见到一种动物刚才还在与同伴喧腾嬉闹，转瞬便被另一种动物追逐杀戮，过程短暂，场面血腥，让人总忍不住想伸手救援。

用镜头讲述野生动物的故事，需要摄影师有一种特别的心理定力，这种定力支撑他去追踪、去守望，千转百回，让身心历尽曲折坎坷。因此，我特别钦佩那些摄影师。荒野之外，每支镜头的后面都有一双冷峻的眼睛，他们只是真实记录镜头之中的现象，而从不惊扰动物的生活。倘若心有偏爱，忍不住出手救援，举手之劳之间，动物世界脆弱的生态平衡便可被打破。

这种冷峻的观察会拂去伪善，会发现动物终其一生都在为繁衍子嗣，它们活得艰难却真实地活，因而生与死同样令人敬畏。

因为动物与人的关系看起来休戚相关，人们更能够从它们身上看到人类自身生活的影子，所以格外关心、怜惜。植物无声无息，收割、采摘、践踏它们，却不会引起我们内心的恐惧和不安，我们一天也离不开它们，但可以视而不见。

相比于狮子死后以骸骨滋养大地，我们百年后的骨灰却被后人收集起来纪念，我们的躯体除了占用土地，对土地万物一无所用。

这是一个理想与现实碰撞的哲学命题，也是生存与生活的现实问题。

人类从来高高在上，视动植物为低等生物，奴役、赏玩、愚弄、杀戮，随心所欲。不仅仅野生动物万劫不复，家畜在牺牲之前有时还有不可逃避地被人戏弄的命运。我曾看到一个令人震惊的视频，一个人给一只山羊喂肥肉片，山羊吃得津津有味。我没想到食草家族居然对肉食也如此迷醉，以至于当我再面对羊肉时，心里会突然翻涌起一股恶心。

羊本食草，却又嗜肉，食草是无法觅到肉类，食肉是机缘巧合。如果一只羊不像现在那样绵软，也装备伶牙利爪，它还会安静地在山坡啃噬返青的嫩草吗？以它的体格，野狼又岂是它生来的对手？如果羊成了与狼争锋的食肉动物，羊还能再是羊吗？如果狮虎狼豹嗜肉之时，不拒绝食草，这个队伍又会庞大到什么程度？

所幸造物有神奇的安排，给马奔跑的长腿，便不给它翅膀，给牛强壮的身躯，也不令其生出利齿，让羊温驯衣食无忧，同时也令其牺牲奉献，这是物竞天择，各得其所，唯此方能维持生物界的多样性，达到一种相对的平衡和安宁。

人之所以为人，虽为灵长，主宰万物，却同样不能像野草一样永生。人之呱呱坠地即生命开始驶向终点。在有限的生命长度和空间里，人的生命意义不同，不过是过程的不同，是未知生、安知死或者未知死、何以生的区别。这也就是所谓"向生而死""向死而生"的道理。

人的生命过程的不可重复性，让人在生命的过程中不断被希望和失望困扰，回望过去会有成就感、挫折感，当然也会有欣慰、遗憾。每一个人生都是独一无二的，如同动物界一样，每段不同的生命过程形成了人类社会的丰富性。

一个人只有对当下生活感到不堪时，才会想到重新来过。这其实是隐含着一种放弃希望之后的幻想。有希望也就会有失望。

如果人生真有机会再来一次，你不一定比当下过得更好，因为你还是会面临各种生存挑战，你的理想还是会为亲情和物质而妥协，你也许会活得与现在的你不同，但你不会活成你想要的样子。

人生似乎不必沉浸于对过去的懊悔之中，把握现在，活在当下，把余生每一天努力活成你想要的样子，即便人生不会重来，你也不会抱憾终身。

人的命运毕竟不同于植物，尽管人、动物、植物都是一个生命的过程。

目前世界上大约有 35 万种植物，它们生活在一片片的原野森林中，也成长在一个个毫不引人注目的城市缝隙里。它们的生命过程是绚丽或是寂寥我不知道，我的确对它们了解不多，对植物知识的储备甚至是匮乏的。好在，我能意识到它们也是一种生命的存在。

在巴掌大的地方绕行

3700 米高度的寻常人生

沿着布达拉宫里窄窄的木梯一层层游览，奇妙的坛城、肃穆的灵塔、神秘的壁画、沉静的藏香、酥油的烛火……看着这些场景，我忽然有重游故地的感觉，眼前的一切那么熟悉，似乎每件奇珍异宝都曾见过，每一楼层的布局陈设都曾深藏于我记忆深处，甚至就像离乡多年回家见到老屋，心里会说，对，一切还是原来的样子。

这种奇怪的感觉让我恍惚。此前我从未到过拉萨，更没有踏入布达拉宫，为什么会似曾相识燕归来？

一种宗教的神秘与不安顿生心底，让我感到空气中危机四伏，铺着地毯的木板似乎也回荡着我的脚步和喘息的声响。我虽是唯物主义者，可陌生的地方居然显现熟悉的情景，还是让我倒吸一口凉气，我困惑着、惊疑着，又故作镇静着地快速离开了布达拉宫。

穿过层层帷幔，阳光呼啦一下斜斜地灌满我的脖子，浮动湿润花香的空气轰隆轰隆挤进我的胸膛，一只只亮晶晶的小蠓虫开始在我眼前飞来撞去。我靠在围墙边大口喘气，3700 米海拔的纯净空气不能让我安宁。

多少年前，我也有过这样的恍惚感。那段时间我反复做一个相同的梦。梦中的我总在走一条胡同。那是一条感觉异常古老的胡同，每次走到胡同口的时候，迎面就会飞来一只长着葵花一样翅膀的鸟，鸟飞行的姿势同它的眼神一样诡异。鸟飞过之后，我身前身后的青石路面便一段段迅速塌陷下去。梦中的我没有恐惧，只是感到心中满是难以承受的忧伤。

每隔几天，这样的梦境就会出现，出现的次数多了，我会恍恍惚惚地把现实也看作梦境，走路的时候，我会不由自主停下来，幻想着熟悉的梦境出现。我明明知道身前身后的路不会一点点下陷，却暗暗希望也许某一刹那间路就突然陷下去，而那只长着葵花翅膀一样的鸟就会从地心一跃而起。

这种梦境与现实的迷幻交织，在我心里镌刻下深痕。日有所思，梦有所忆，后来反思，也许是因为那段时间我正处于人生的重要转折点，希望在眼前，失望也在眼前，焦虑的情绪长期弥漫心际，直到那个悬而未决的消息终于尘埃落定，才顿时释然。梦之鸟的奇幻恰恰反映了当时的人生状态。

我很久没有再想起那个梦境，但布达拉宫的奇特感受无形中又将记忆唤醒。我从布达拉宫出来，走在深墙外的甬道时，那在我一生中多次出现的古怪地爬满苔藓的胡同，再次在半空中浮现并且坍塌。那些陈年的碎片纷纷扬扬，在阳光的金针里闪闪烁烁，一片接一片地坠入湖水。

我知道这只是幻想，我希望见到的鸟自然没有出现，但在甬道转角的地方，我看见一个系红领巾的藏族小女孩。她鼻尖上亮着的一小截清鼻涕与她脸上的雀斑交相辉映。阳光时隐时现，小姑娘脸红彤彤地如葵花般灿烂。小女孩坐在地上专注于膝盖上的一本小册子，那神情就如同阳光下的羔羊在啃食山坡上返青的小草，清新、纯粹得让人心一下安静下来。

来西藏之前，我对藏族小姑娘的认识还停留在艾轩的油画上。艾轩是诗人艾青的儿子，他没有像他父亲一样写诗，而是把诗情倾注在画笔上，他画的藏族小女孩，总是裹着厚实的皮袍，独自一人在一望无际的草地、雪野、荒原上，看上去有一种与年龄不相称的沉默无语和孤独，让人心生悲悯。但眼前的小姑娘不一样，她虽也独自一人，却让人心生欢喜。

我蹲在小女孩面前，让导游问问为什么只身在此。谁知道小女孩用普通话告诉我，她家就在附近，爷爷奶奶转经去了，她看会儿书会自己回去。转经是藏传佛教的一种宗教活动，在布宫附近，随处都有人边走边摇动着刻着经文的经筒，按照太阳运行的方向和固定路线行走着。

布达拉宫是全世界绝无仅有的藏传佛教圣地。相比它的珍藏，任何个人的财富都不值一提。精神的物质的高大上，让信众的灵魂自惭形秽，他们围着布达拉宫转着经筒、念着经文日日祈福，而川流不息的人影中，小女孩安静读书的心灵不为所动。

我问小女孩看的是什么书？小女孩大方地把书递给我。小册子是《寄小读者》，这是冰心早年间写的儿童文学。

和小女孩的交谈让我暂时忘却了深入布达拉宫的奇幻感受，心里多了一分对她今后不同于祖辈人生的默默期许。这时当地友人催促我，说要变天了，还要到大昭寺、罗布林卡参观。

到西藏之前，我很好奇一些艺术家为什么总爱游历山川，尤喜到新疆、云南、川藏等少数民族居住地采风。到拉萨才有深刻体悟，大约这些地域里还有现代文明的铁铧未及翻垦之处。比如雪域高原，氧气稀薄，支撑不了人的闹腾，生理上就会让人慢下来，慢而有思，人与自然一对话，自然而然地就进入到精神世界，心也从喧嚣归于沉寂，由观照自身进而去俯察人世。视角变化，境界也就高了一层。

我曾见过史国良先生画西藏拉萨的画作，大面积红色、黑色、金色、蓝色堆砌出庄重肃穆的宗教氛围，震撼人心。到大昭寺参观时，我的头脑中会浮现那些画作，会想画家是从哪个角度把磕长头的藏民与寺院的场景融为一体。因为画作的先入为主，大昭寺的场景同样让我没有新奇和陌生感，但这种熟悉与布达拉宫的感受截然不同。这里是艺术渲染的必然结果，那里却是生活的真实体验。

和当地友人在寺院旁的八角街行走时，我忍不住说出我的困惑。友人也很惊奇，可说不出所以然来。

夜晚来临，高原静谧。因为缺氧，宾馆配备了氧气瓶，可以戴着氧气面罩入眠。可想着白天的奇幻，总也睡不踏实。第二天一大早，当地友人开车到宾馆接我去羊卓雍措湖参观。羊湖的藏语意为"碧玉湖"，是西藏三大圣湖之一，因像珊瑚枝一般，藏语中又称其为"上面的珊瑚湖"。

去羊湖的途中，我一直在想，如何面对生死，体现一个人的价值观。诺贝尔文学奖获得者鲍勃·迪伦曾这样表达自己的人生态度，那一年他24岁，正是朝气蓬勃的年龄。他唱道：

> 我知道你现在很失意
> 对自己现状很不满意
> 可你难道不明白
> 这和我有什么关系？

如果真有这样极度自我的心态和格局，必然会超越世俗的喧哗和躁动，在精神世界逍遥自在一生。可是，人生与世界相伴而生须臾不可分割，怎么可能只关注人类的命运结局而不在乎个体的生命枯萎？要知道人是有情感有记忆的高等生物，只要生活在世上，总会与人交往联系，总会生出一串串故事，不论你高兴不高兴，这些日常生活的点滴都会在记忆的天幕上留下痕迹，越想涂抹印记反而越深。

事实也是这样，很多时候，因为一些细微的关联，你以为已经忘记了的一些人一些事，会在你毫不经意的时候突然跳出脑海，那些突如其来的声音和画面，细节如此真实，呼吸如在眼前，让人心旌飘摇浮想联翩，久久沉浸于如烟往事的回忆与感慨。这时，你就会感叹：这世上的人群形形色色如水一样在身边环绕流动，怎么能和自己没有关系？

记忆是温暖的，能够随意想起的，大多是记忆深刻而又让人感动的情感性事件。记忆又是冷漠的，不愿提及和不愿触碰，必定是伤心事件和尴尬场景。即使有人刻意说起，也会假意迷茫说"不记得了，想不起来了"。

不是吗？我们成长的痕迹里，好些人和事不是与我们如影随形吗？每每念及不都会让我们身在寒冬却如春天温暖吗？当然，也有些人和事，真有些萌生"想不起来、记不真切了"的意味，想想这些冷漠的记忆，还不如在头脑中将它们格式化了好。这么想着，回头再看鲍勃·迪伦的那首歌，就分外让人感慨，让人感到冷漠的记忆其实也是有温度的，甚至是炽热的。

站在高处，羊湖尽收眼底，湖水因为倒映了蓝天的底色如同一面碧镜更加湛蓝透彻。当地友人给我拍留影照的时候，忽然停住了，他跑过来说，"你和湖水一入镜头我就明白了。"

我问他明白什么？他反问我，你是不是去过承德？我说，二十年前去过……话一出口我就哑然失笑，我一下明白为什么会对布达拉宫有奇异的熟悉感受了。

因为那里有小布达拉宫，那是西藏布宫的袖珍版。

其实，人生所有的迷幻都有现实的真切映射，只是我们身处迷幻不能觉醒，反以为迷幻比真实还真实。行走在羊湖岸边，我想起那条梦中的古巷，想起那个藏族小女孩，想起冰心那本小册子里面的一句话……我不禁有流泪的冲动，就在心里对着幽幽羊湖默默念出那句话：

"心是冷的，泪是热的；心，凝固了世界，泪，温柔了世界。"

在巴掌大的地方绕行

过眼入心话收藏

收藏伴人类文明而来，随社会发展而兴。中国古训有三："盛世藏古董，乱世买黄金，末世要修行。"当今盛世，收藏普及，但我对收藏的态度就像看书一样，轻松愉快翻阅就是了，书本任其去留，文字留在心里。

我的收藏始于 20 世纪 80 年代，当时同宿舍的一个工友喜欢集邮，就也跟着集，集了一阵子，集不动了。邮票虽说意在方寸之间，却也费时费财不好把玩。到 20 世纪 90 年代，因为好友给我刻了一方印章，由此对印章石材产生了兴趣，尤其是寿山石。寿山石是"中国四大印石"之一，产自福建；另三大印石为浙江青田石、浙江昌化石、内蒙古巴林石。寿山石的坑头、杜陵、芙蓉……门类甚广，美丽的石头仿佛有灵性，上手就难以释怀。寿山石最美者莫过于田黄石，但价值不菲，只能过过眼瘾。

有一年，寿山石雕刻名家刘北山在北京地安门开了一家名叫"红田山房"的店铺，专营寿山石。刘北山是著名造型艺术家，曾担任中央电视台《探索发现》摄制组《中国寿山石》的主讲嘉宾，其作品曾获西泠印社印学博览会金奖。我慕名到他的店里参观，与店员谈起寿山石雕艺术来，头头是道，不时挑剔橱柜里的卖品不够档次。站在一旁的刘北山误以为我是大主顾，特邀我去内室煮茶品石。进得里间，一张宽阔的书案摆满各种精品印章。行家玩寿山石，都以印章料为重，刘北山显然认为我是行家里手了。相谈甚欢，兴致所至，他又从保险柜拿出一块重500克的田黄观赏。那田石浑体凝如鹅卵，莹润细腻，萝卜丝纹隐约可见，最要命的是晶体结构极纯净，几乎没有红筋格，一下打破了无皮无格无筋不成田的俗论。这方田黄价值大几百万元，上手一观，已是福缘，若想拥有，只能望洋兴叹。后来听说这家店倒闭了，不知那块田石最终落谁家？

　　文化和收藏有着天然的联系，文人对藏品的青睐主要是历史文化价值，经济价值倒在其次，但经济价值恰恰又把文人排斥在外。寿山田黄石是中华瑰宝，号称"石帝"，其最初就是源于文人的追捧而成为顶级文玩，现在，它经数代商家反复炒作，价格始终居高不下。田黄石虽因文化内涵而声名远播，田黄收藏却已远非一般清贫之文化人所能涉足。不仅田黄石是这样，产自山林荒野的观赏石一经文化人的点化，立刻身价百倍，有的价值堪比黄金，同样，陋石一旦华丽转身，便与文人无缘。有一次参加研讨会，幸与北京赏石艺术研究会会长沈宽老先生相聚，赏石鉴石，相谈甚欢。

　　沈宽只在业内闻名，但说起他祖父沈钧儒的大名来，那可是闻名遐迩。沈钧儒号横山，是清光绪年间的进士，著名的救国会"七君子"领头人。新中国成立后曾任最高人民法院院长、全国人大常委会副委员长，后继中国民主同盟的创建者张澜先生任民盟中央主席。沈宽告诉我，他祖父沈钧儒是民国律界精英，曾以律师身份为名人主婚，也曾为名人离婚担纲律师主诉。我和沈宽先生纵谈人生，史料钩沉，仿佛民国风流人物云集于斯，真是时光荏苒，恍若隔世。

在巴掌大的地方践行

钧儒横山先生不仅是律界精英，也是收藏大家，爱石如痴如醉，藏品颇丰，去世后，他的藏石主要传给三子、中央美术学院教授沈叔羊。沈宽说，他父亲沈叔羊因病右耳失聪与律界失缘，转攻文艺又与赏石结缘，爱石不亚于横山先生。沈叔羊辞世将藏石传给了其子沈宽。沈宽亦"石痴"，他祖父书斋为"与石居"，他则将居室命名为"挚石居"。沈宽常年奔波各地慧眼寻石，藏品更盛，但只进不出，件件视如珍宝。他赏石意在自然之态，不以金钱取舍，他给自己取了个"不琢"的号，问其有何深意？他笑说："璞玉受日月精华需琢，不琢不足以成器。玩石乃自然神奇造化，琢之则失却本性。故号不琢。"我闻之击掌而叹曰："赏石实乃心怀自然神奇的敬畏，坐看云起云生的宁静，终究是另一种执着坚守的快意人生啊！"

事实也是如此，人生如石，资质卓越者如璞玉，驽钝者如乱石。璞玉不琢即顽石，山石乱琢即粉尘，都需有慧眼者识之。不同的是，长久无人问津，璞玉仍能无价，乱石则会风化。石乱而价高，须知价不在山石自身，而在于相石者的品位。但我不是石痴，鉴赏观赏石也只是惊叹大自然的鬼斧神工。

说起收藏自然绕不开书画。我舞文弄墨也久，好歹可算文化人，对书画自有偏好，闲时也临帖习书，水平不高，修身养性而已，我的战友、同事、同学中却有不少书法家。但我对书画收藏颇不能两情相悦，书画市场太乱，炒作痕迹明显，只能"予爱莲，可远观而不可亵玩焉"。

艺术品收藏考眼力、财力，收藏品拍卖更是离普通人远了些，咱老百姓喜欢的还是大众收藏。前些年，男女老少嗜串成风，大街上看去，人们左右手腕上花梨菩提、水晶玛瑙、翡翠白玉等各色手串琳琅满目。我也未能免俗，三百五百，杂七杂八的都买了几串，品茶散步时拿一串搓搓，也有趣味。有条蜜蜡珠串很喜欢，因为下手早，几百元的价格入手，现在价格翻了好几倍，很是得意。

我喜欢收藏，鲜有藏品，闲来玩味收藏主要还是体味收藏的文化意蕴。现在有些朋友玩得入迷，甚至有点"奋不顾身"，窃以为大可不必。大众收藏是需要量入为出的，毕竟不是专业人士。而且藏品永无止境，多少财力也不可穷尽。"神龟虽寿，犹有竟时"，生命有定数，无论多长寿，去时还是两手空空。很多收藏大家都清醒地认识到这一点，在对藏品的态度上显示出令人尊敬的风范。

张伯驹先生曾用 4 万块银圆购买《平复帖》，更是斥黄金 170 两入手《游春图》，仅此一件就使他从豪门巨富变为债台高筑者，甚而被匪徒绑架、生命堪虞。1955 年，他却将 8 件国之重宝捐赠给国家。著名的《明式家具珍赏》一书作者王世襄先生穷其一生收藏古典家具，后来也深感所藏家具不可能长期为己所有，最后将其全部捐献给国家博物馆保管陈列。他们共同的认识是，文物只有回归社会，供世人观览研究，方能物尽其用，而这也是最好的收藏。

苏轼在《前赤壁赋》中说："天地之间，物各有主，苟非吾之所有，虽一毫而莫取。惟江上之清风，与山间之明月，耳得之而为声，目遇之而成色，取之无禁，用之不竭。"这话直逼人性的弱点，说得真是简明而又深刻。齐白石先生刻有一方印章也有此境界，印文为：万物过眼，即为我有。

过眼即入心，入心即拥有，这种超然物外的豁达心态，恰恰也是轻松收藏的不二法门。

隐于朝市

　　中国古代士人不得志时总会选择归隐以彰显气节。隐也有大小，所谓"大隐隐于朝，中隐隐于市，小隐隐于野"。在朝在野的归隐，都很难做到，相比生活没有着落的小隐，隐于朝的大隐更是难上加难。你想啊，要在皇帝眼皮底下混，得有多大的慧巧、明智和心机？

　　曾有人说萧何、东方朔能算得上大隐，认为他们宦海一生虽有波澜却也善终。我不大认同，这哥儿俩一个巧舌如簧油嘴滑舌，一个战战兢兢煞费苦心，皇帝时而考验之，臣工时而妒忌之，炙手可热的人物哪里算得上大隐？大隐小隐不易，或许最好的便是中隐了。白居易写过《中隐》诗："大隐住朝市，小隐入丘樊。丘樊太冷落，朝市太嚣喧。不如作中隐，隐在留司官。似出复似处，非忙亦非闲。"

　　白老先生说的"留司官"是太子宾客，无职无权，闲散舒适，既可站在道德制高点对太子予以规谏，又可过上衣食无忧的体面生活，在东宫一隅隐藏还真是不错的选择。

　　凡此种种只能算作是藏身隐形，算不得真隐士。什么是真隐士？说白了就是有本事当大官干大事却偏不伺候人的爷。正如《南史·隐逸》云：隐士"须含贞养素，文以艺业。不尔，则与夫樵者在山，何殊异也"。换句话说，做隐士也是需要资质的，没两把刷子隐在山中也就是个上山砍柴的。

隐士属于高人一脉。有人总结古今社会现象时戏言，一个人要成功需有四人：高人指路，贵人相助，本人刻苦，小人监督。把高人指路排在第一，是因为有人指点迷津，对于懵懂无知者确有醍醐灌顶之效。

年轻时很是羡慕隐士的高深学识，更向往那种倚杖静观云海、开轩卧听松涛的闲适。曾读张良的传奇故事，相传他偶遇隐身岩穴的高士"圮上老人"黄石公，经老者几番考验后得传《太公兵法》，顿时文韬武略、绝学在身，一路辅佐刘邦打下汉室江山。金庸武侠小说里也常有类似的江湖高人，凡人一经指点，武功精进，三两月即至不可思议的境界。那时，我常常做白日梦，梦见自己或至云峰，或入幽谷，或得秘籍，或遇奇人，天文地理无所不晓，琴棋剑画无所不通——梦醒之后便叹息："我要能遇上高人逸士，未必不能一鸣惊人啊！"

故事毕竟是故事，即使是故事里，那些真正参透宇宙过去未来的隐士神龙见首不见尾，没有机缘绝难遇逢。西晋文学家左思有《招隐诗》，其旨在歌咏隐士清高的生活。诗曰："策杖招隐士，荒涂横古今。岩穴无结构，丘中有鸣琴。白云停阴冈，丹葩曜阳林。"

是隐士就真归隐，并不在乎市人见与不见，不在乎隐于朝于市于野。

这方面的先进典型是晋朝时的介之推。介之推不以学术闻名于世，而以忠义青史留名。春秋时代，晋献公宠爱骊姬，致太子申生自杀，吓得另外两个儿子重耳与夷吾逃亡他国。重耳就是后来大大有名的晋文公。他逃亡途中染上风寒，高烧说梦话想喝肉

在巴掌大的地方缓行

汤。介之推一听，吃食都没有哪来的肉？一咬牙一跺脚，操起尖刀割下自己大腿上的肉煮汤。重耳喝后病症不药而愈，当他得知肉汤源于介之推的肉身，感动得不得了。重耳知道食人肉而不呕吐，真该浮一大白。

流亡十九年之后，重耳返回晋国登上大位，随同流亡的臣子们争相邀功，介之推看不惯又不能和光同尘，带着老妈就退隐山林。有人为他抱不平，重耳才想起了他"割肉煮汤"的恩泽，急忙派人寻访。介之推却不买账，拒而不见。重耳听人计策，放火烧山逼他现身。介之推宁死不见，等火灭之后，只寻见他与母亲抱住一棵树的骸骨。重耳悔恨不已，命人将那棵树制成一双木屐穿在脚上，时时慨叹曰："足下，悲乎！"这也是尊称对方为"足下"的典故来源。

也有与介之推不同的隐士。武王伐纣的谋臣姜子牙最初隐于渭水，终日用直钩垂钓，蜀汉卧龙诸葛亮当年也是隐于隆中茅庐。但这种隐只是一种心机，本质是为显而隐，否则，何必每天又是高歌"凤择枝而栖"，又是直白"愿者上钩"？他们整天为别人视而不见心里着急，变着法地吸引武王蜀帝们慕名垂询，日晒雨林、餐风饮露，也真是够拼的了。

隐士之心多有宏图不展、壮志难酬的苦闷失败感。如果不对人生抱有宏大的理想志向，人们还是期望安稳一辈子，走平平坦坦的道路，过顺顺当当的人生。可天下山川河流崎岖坎坷，哪里总能一马平川呢？人生也有悲欢离合、喜怒哀乐，又哪里能够事事如意、事事顺心呢？

隐士不能对天下苍生的生存状况视而不见。尤其中国古代战乱频仍，城头变幻大王旗，士人对家国天下爱之深责之切。之所以选择归隐，其实是以另一种方式坚持精神理想，更是一种逃避现实的自我保全。

尽管隐士缺乏直面惨淡人生、正视淋漓鲜血的革命品质，但并未丧失对社会政治的关注和生存环境的感知，像"千年隐逸第一人"陶渊明之类的隐士，在退隐归于山林田园之后，也为文学的花园增添了许多俏丽的山花，美学意义上的贡献更是深远。

时过境迁，天下太平。世事功利，心智浮躁。隐士早已沉没于历史的浩瀚烟波之中，现代人别说当隐士，就是隐的心思也绝无仅有了。君不见网络上晒文晒财晒花晒草，生怕别人不知道不关注，真是娱乐至死始方休。

隐士和隐逸文化有一定的腐朽性，若能化其腐朽为神奇也未必不是一味济世的良药。如果人们有那么一点隐士情怀，不那么闹腾，给喧嚣的社会吹拂一些宁静的风，我想不会是坏事吧。

当然，隐士我是做不成了，在热闹的氛围中，我也未能免俗。我的一位作家朋友退休前告诉我，退就彻底退下来，不与世界联系，不与社会联系，不与同事联系，就是看热闹也不往舞台前边站。现在他退休了，也做到了。我从心里佩服他带有归隐意味的含饴弄孙的家居生活。

网络时代无隐士，执意做隐士也不现实，更不提倡年轻人做隐士。但是，或闭目冥想，或品茗读书，或寄情山水，让浮生偷得半日闲，给灵魂一次富有诗意的栖息总是可以的。

如果这样说得通，那么，人生拼搏的途中，放飞一下心灵，放下一会儿执着，其实也是一种归隐，而你我皆可为隐士。

在巴掌大的地方绕行

一辈子徜徉在花开的声音里

年轻时常为一些小事赌咒发誓，动辄即说要"一辈子"怎么样怎么样的，如今过了大半辈子，才终于明白"一辈子"是怎么一回事。"一辈子"的时光太长久了，那些过几天就忘的小情绪、小过节、小事件，哪里能经受"一辈子"的反复碾压呢？若说有什么真能经受得起"一辈子"煎熬，大约便是写作了。写作这事，自从狭路相逢后，生死疲劳度春秋，我"溺爱"了她大半辈子，她"剥削"了我大半辈子。眼看垂垂老矣，依旧认认真真读书，老老实实笔耕，余生看来是要"一辈子"徜徉在文学花开的声音里，"一辈子"迷醉在写作的花香中，"一辈子"与之相知相守、恩爱白头了。

我说老老实实写作，是一种真实的心态，既有对文学的敬畏，也有资质驽钝的无奈。敬畏自不必说，没有敬畏之心，一切皆同儿戏。资质驽钝也不是自谦，这的确是自我缺少灵性和韧性的真实写照。半生创作，乏善可陈，若真有灵性，不说弄个诺贝尔文学奖，至少不也得弄个茅盾文学奖啥的收入囊中？

我从鄂西北小镇走出来，半辈子漂泊旅居，回头看去，人世间一辈子痴迷于文学的，似乎小城镇比大城市的人更广泛、更持久。大城市资讯发达，往往是流行文化的风向标，时尚元素和现代意识总在传统文化领域攻城略地，倒逼传统文化向流行文化妥协。而在小城镇，传统文化的主导地位往往不可轻撼，虽然也时有流行文化浸染，但总体上人们还是传承过往的生活习惯和方式，对文学更是保持一颗尊崇的心。

这种差异性是很大的。我大学时候有一个同学是北京人，他见多识广、口若悬河，所说的一些人和事，让人闻所未闻，脑洞大开，我们与之相比真是孤陋寡闻、笨口拙舌，常常自惭狭隘和无知。北京是政治经济文化中心，历史文化名城，身处其中耳濡目染，自然比小城镇的人道听途说要真切、丰富，这种天然的优越感是显而易见的。而小城镇的人们生活在一个相对封闭的环境中，地域小而注意力更集中，环境熟而人情世故更容易认识和把握，所以更恋家、更愿意生活在熟悉的土地上。

电影《海上钢琴师》的男主人公叫 1900，他一辈子生活在船上，无师自通练就一身连当时最负盛名的爵士钢琴家都甘拜下风的钢琴技艺。但他从不敢离船上岸，当他因为思念陆地上的心爱的女人准备下船探访的时候，他在舷梯上看见鳞次栉比的楼宇望不到尽头，一下愣住了。他不知道无边无际楼宇后面会是什么，他看不透那不能把握的前景，他一生能把握的就是 100 米长的甲板。于是，他折身而返，与船终身相伴。

大城市的生活丰富多彩，人生机遇多而具有多重选择性，小城镇的人往往囿于己见，大多一辈子只选择做一件事。我的北京同学就是这样，左一榔头，右一棒槌，岗位换了一个又一个，每一个都似乎可以有功成名就的前景，可每一个都没能坚持下来。我不如他活泛，不如他智慧，但我只做一件事，看起来却似乎要比他当初想做的事做得更多一些。

我一辈子想做的事，就是文学。

小城镇的人爱文学，很大程度上是因为文学的世界远比现实宽阔，容易让人心生梦想、向往远方。文学不是消遣娱乐性的事业，热爱文学也不纯粹是让人快乐。我特别佩服一些老老实实写厚实作品的人，比如路遥。他的文学作品用了曾国藩结硬寨、打呆仗的办法，一个字是一个字，一滴血是一滴血，实在得让人扎心地疼。这和那些投机取巧、哗众取宠写一些短命文字的人是完全不同的。

　　现在人们能娱乐身心的事很多，短暂的快乐很容易得到，不必一定从文学中寻找。就像流行文化，花样翻新，刺激感官，放松心情，让人一时兴奋的玩意儿层出不穷。

　　文学不是这样，文学作品让人充实，文学创作却充满孤独感。

　　有人说，世上没有人办不成的事，只有办不成事的人。这话绝对了，文学这事就不一定能成事。文学路上的高峰太多了，哪怕穷尽一生也未必能爬到半腰上。可明知这是一件一辈子也干不成的事，却吸引人一辈子心甘情愿地去孤独跋涉。这就是热爱。

　　我初恋文学是相信了励志的故事。记得那年看了海伦·凯勒写的一本书《假如给我三天光明》，心潮澎湃。这个双目失明、两耳失聪的女作家，因为她坚强的意志和卓越的贡献感动了全世界。试想，如果盲人有三天光明，他们想干的、能干的事太多了，绝不会像正常人那样奢侈挥霍时间。

　　于是我珍爱时光开启文学之路。最早写诗，后来觉得诗不够展现丰富的世界，而小说可以用虚构的人物和情节创造虚构的人生，以弥补自己人生经历的欠缺，就转而进行中长篇文学创作。当我的第一部4万字的中篇小说《民兵连长》发表在当时著名的大型文学双月刊《昆仑》杂志上时，我自己都很吃惊。受此鼓舞又陆续发表了中篇小说《无处流浪》《1972年的爱情故事》

《爱情至上》《野菊花》《黑鸦掠过老镇》等百万字的作品，长篇报告文学也相继出版发行。

一切似乎行向理想的轨道，生活却未必能成全理想，意志也常需要妥协于物质。由于工作所累，我没有大块时间做中长篇这样的工作，转回头来又写散文诗歌。因为写小说的惯性，诗歌里面自然带有了情节和细节，形成了自我感觉独特的叙事的诗风，这些诗歌发表后受到朋友们的欢迎。

我在和文友交流的时候，他们常问我为什么至今仍能保持创作能力。我说写作是坚持下来了，创作能力是谈不上的。要说有一点可以自傲，那就是写作一直是认真的。这种认真是源自年轻时代养成的习惯。在我记忆中的年轻时代，那时大家似乎做什么都是认真的。我当年曾经给重庆人民广播电台写新闻稿，编辑部每每采用都会邮寄采用稿费通知单，几元钱的稿费不多，却认真得让人感动，它至少体现了从业者对文字工作者的尊重，同时也是对自己的尊重。

现在文学没有往日的光彩了，我相信我们一定能等到文学的再次回归。当整个世界都充满喧哗与骚动的时候，总有人希望过宁静的生活，而这些宁静的追随者，就是文学的特定对象。

更重要的是，文学不会因为年龄老少嫌弃你，值得你一辈子热爱。当年《西北军事文学》在全国有很大影响力，我写的一篇小说《土坎上的日头》发表了。当时我还是大学生，读者认为我是一个老作家，就打听我，碰巧问到我的大学同学，把他乐得够呛，说："他哪是老作家？他是老作家，我就是老老作家了。"

那时人年轻，不言老，现在可以说我是一个老作者了。我年轻时很羡慕一些老干部，每天清晨拿着红灯牌收音机，贴着耳朵边散步边收听新闻。我现在也在朝退休老干部进军，所不同的是用手机而不用收音机。

　　文学让我欢喜让我忧，这半辈子没干成的事还要干下去，老老实实地做人，老老实实地写作，对文学保持一份挚爱，对读者保持一份真诚，毕竟这是"一辈子"的事。

　　我喜欢"一辈子"徜徉在花开的声音里。

尹公亭，今安在

北宋时期的随州远离京师，其地僻绝，却聚集过顶尖文人墨客。其中，一代文宗欧阳修在随州长大，他的好友尹洙因为赞同范仲淹的政见，最后也被贬黜随州。尹洙是一个不以升迁谪贬为意的君子，他在家北面山岗上结了一个茅亭，仰观风云，俯察草虫，常与当世名流文人论时品文，尹洙离开随州后，随人仰其人品学识，称那茅草之亭为"尹公亭"。

"亭者，停也。人所停集也。"（《释名》）。亭最初建筑于交通要道路旁，以后渐入山水园林。所谓五里一短亭，十里一长亭。古代怀古惜别登高望远的诗文常常与亭有关，比如李白在《菩萨蛮》中有"何处是归程？长亭更短亭"的感喟，辛弃疾在《京口北固亭怀古》中发出"凭谁问，廉颇老矣，尚能饭否"的嗟叹，等等。

中国古代文人对亭似乎有种特殊的情感认知。在文人眼中，亭结构简易，四通八达，随形就势，形态各异，恰如山水园林之眼，集无形于有形之内，化有形于无形之中，具有深刻的哲学意蕴和绝妙的美学品质，成为一个非常典型的传统文化符号。

亭虽不如宫殿豪门辉煌壮阔，却能借名人之文章逸事而流芳百世。岳麓山脚下的爱晚亭、江西九江之侧的琵琶亭、琅琊山麓的醉翁亭、绍兴兰渚山下的兰亭、北京西城的陶然亭、杭州西湖的湖心亭，等等，每一座亭都有一幅迷人的自然风景，每一座亭都有一些让人迷恋的人文典故。比如湖心亭，明代张岱有篇《湖心亭看雪》，就写得生动活泼，意趣盎然，区区两百字的文章把赏雪观景之美、偶遇同道之慨、孤芳自赏之情写得精彩至极，湖心亭也由此更加声名远扬。

尹公亭也概莫能外。因为此亭始建于我的家乡随州，所以我对这座文化之亭的前世今生更为关注，尤其想知道它今天处何方位、是否还有遗存。但我客居京城久矣，且心为形役，每次返乡匆匆来去，不及有暇而专门实地考证。我也曾询问随州文化艺术界的朋友，遗憾的是，他们均不知其具体所在。

亭以名人而传，寻亭自须寻人。从史料上看，尹公亭的主人尹洙在北宋时期可算是名满天下的人物，他曾与欧阳修、梅尧臣发起了古文运动，一洗当时西昆体雕彩巧丽、韵律铿锵、对仗工整而内容空洞浮夸之诗风。他所著《河南先贤文集》《五代春秋》颇受世人好评。欧阳修在《尹师鲁墓志铭》中盛赞："师鲁为文章，简而有法。博学强记，通知今古，长于《春秋》。其与人言，是是非非，务穷尽道理乃已，不为苟止而妄随，而人亦罕能过也。遇事无难易，而勇于敢为，其所以见称于世者，亦所以取嫉于人，故其卒穷以死。"能让欧阳修评价如此之高，足见其声誉过人。

不仅如此，尹洙还是一个敢爱敢恨、义薄云天的人，他被贬至随州，与其说与政见异同相关，倒不如说是与性情相关。当时，范仲淹指责丞相吕夷简而被贬至饶州，尹洙挺身而出，上疏自言与仲淹义兼师友，当同获罪。于是官为起居舍人、直龙图阁的河南人尹洙被贬为崇信军节度掌书记，监郢州酒税。节度掌书记是从八品官，相当于现在的副科级，而监酒税之职主要负责为州官府征收酒税，相当于现在的税务局局长。

崇信军即今日随州。当时，随州乃军事要地，故以军为建制。宋太祖赵匡胤"尚念前劳，特从宽贷""特建随州为崇义军"，以后为避宋太宗赵光义之讳，"崇义军"被改称为"崇信军"。

北宋时期的随州辖唐城、随县、应山，城际多为山丘环绕。景祐三年（公元 1036 年），尹洙居于随州城东开元佛寺金灯院。当时，金灯院北面的山岗上竹林如海，松柏繁茂，幽泉淙淙，鸣禽声声，是个宜人赏景静思的所在。尹洙便命人结茅成亭，每天在亭内以考图书、通古今为事，忘却了自己到此地乃是贬谪之官。

尹洙品行高贵，学问高深，擅长辩论，随州内外的文人学者、社会名流都慕名前来亭中拜会，每每听闻尹洙畅谈，一干访客都感到他才高八斗而己所不及远甚，尹洙因此而声名远播。

尹洙在随州享受了一年多太平日子，到朝廷陕西用兵时，被起用为经略判官，累迁至右司谏，知渭州，兼领泾原路经略公事。然而，令人叹息的是，尹洙最后又"为其部吏诬讼，贬监均州酒税"。说起"诬讼"，实为尹洙私自以公帑偿还部属所欠款项，此举通情理而背法理，确实也太过书生意气。

庆历七年（公元 1047 年），尹洙病逝。在此之前，他的好友范仲淹完成了千古名篇《岳阳楼记》，岳阳楼得以誉满华夏。

关于尹公亭，唐宋八大家之一的曾巩曾写下名篇《尹公亭记》，借亭而记叙尹洙的卓越学识和贵重人品，又撰写一首律排《尹师鲁》赞扬，诗曰："众人生死如尘泥，一贤废死千载悲。汉初董生不大用，厥政自此惭隆姬。至今董生没虽久，语者为汉常嗟欷。尹公素志任天下，众亦共望齐皋伊。文章气节盖当世，尚在功德发豪氂。安知蔓草蔽原野，雪霰先折青松枝。百身可赎世岂惜，讣告四至人犹疑。悲公尚至千载后，况复悲者同其时。非公生平旧相识，跽向北极陈斯诗。"

欧阳修在《尹师鲁墓志铭》里也提及尹公亭，但和曾巩的文章一样，都是在人不在物，并未对亭多着笔墨。对于醉翁亭，欧阳修留下了"峰回路转，有亭翼然临于泉上者"的描述，而尹公亭是什么样子？只能任凭后人想象。

尹公亭本来是尹洙就地取材、依山而建的，尹洙离开随州后，它自不能久立于风雨而不圮。所幸随州人对文化名人怀有敬仰之心，即使尹洙一再贬谪也于心不弃。治平四年（公元1067年），赞皇人李禹卿到随州做太守，为怀念尹洙，专门把尹公亭的低矮处增高，把狭窄处加宽，以粗壮树木换掉四柱，在亭顶铺上屋瓦。新亭修好后，既宽敞又爽亮，环绕着随州的大小山峰尽皆扑入亭中人的眼帘。

李禹卿翻新之亭已非原亭，但他尊重前辈的文化视野和情怀却值得今人学习。实际上，一千年前的文化场所，久经战乱与时代变迁，能保留下来的真实文化遗存少之又少。包括一些著名的亭台轩榭，大都为后世重建仿建，只有谁更接近于原址原貌，而没有真实不真实的问题。

尹公亭更是如此。随州为鄂北咽喉，中原门户，北控三关，南达江汉，为历代兵家必争之地，别说一个木亭，就是尹洙所住的开元寺、金灯院也灰飞烟灭，只知史有其名而不知其所终。清康熙六年（公元1667年）编纂的《随州志》中，随州名亭涢阴亭、瑞莲亭、温泉亭、洗心亭、许仙亭等均有记载，却不见尹公亭的踪迹。那也就是说，尹公亭至少在清康熙六年前就已消失于滔滔历史长河之中。

尹公亭，今安在？

骕骦，在历史夹缝中嘶鸣

中国古代的马匹不仅是农业生产、交通运输和军事活动的主要动力，同时也是主人身份的象征。马以人贵，周穆王八骏、秦始皇七骏、昭陵六骏皆以王闻名遐迩，乃至以后的赤兔、乌骓、绝影等，也以关羽、项羽、曹操之名而名扬四海。

但是，也有良马神驹嘶鸣于历史的夹缝之中，名噪一时，又昙花一现。

有这样两匹马，驰骋于皇皇楚国郢都之内，搅动汉东之国风起云涌，见证伍子胥鞭尸、申包胥救楚等历史名人的征战杀伐，但见马蹄翻飞，瘦骨铜声，飘飘然而迅疾如风，咴咴鸣而仪态万方。

这两匹良驹宝马便是春秋时期唐国的骕骦马。

唐国，春秋时期的诸侯国，今湖北随县唐县镇。如同古代欧洲一个海岛、一片幽林便有城堡国王、王子公主，春秋诸侯国也是星罗棋布，多如牛毛，有史可考的就有一百多个。国之大者如秦齐楚赵魏韩燕七国，疆域辽阔，国力雄厚，皆有争霸之心之力。小的诸侯国不过几个村庄、人口数百户、披甲之士数百人，偏安一隅，苟延残喘。

唐国便是蕞尔小国，系周天子分封的姬姓所在地，居于汉东之地。史载"汉东之国随为大",随国即今日随州市,唐国地处随州西部,东连随州城,西与枣阳市接壤,因国力微弱,沦为楚国附庸。

历史烟云长空漫卷,故国人物灰飞烟灭。2500年前的唐国早已不在,但其山河故地犹存,只是地名随朝代更替而改变。到新中国成立之后名为唐镇区;1958年改红旗公社;1975年改唐镇公社;1984年建唐县镇。算来我在镇上生活了十八年,熟悉这个镇子的格局、镇子上的人,听说过一些茶余饭后为人所津津乐道的遥不可及的春秋战国奇闻逸事,儿时也曾与玩伴游戏于镇北古土城与壕沟之间,隐约间刀光剑影、烽火狼烟近在咫尺。

尤其是1978年随州发掘出战国曾侯乙青铜编钟后,人们对随州及周边乡镇的历史兴趣更加浓烈,当地文化馆组织人员广泛搜罗编纂出不少史料、逸闻。受此影响,新成立的唐县镇也将街区重新规划命名,一些叫了好几辈人的地名如十字街、西码头等,皆改称为骕骦、紫金、文峰之类洋溢着浓郁历史文化味道的地名。但直到我那年当兵离开小镇,除了那半截土城,至今也没有见到有关春秋时期的真实历史文化遗存,而且等我多年之后再次回到小镇,那半截土城也不见踪迹。

在街道新名中,最有历史渊源的还是骕骦,因骕骦为宝马,人们议论也最多。比较统一的看法是:公元前510年,唐成公继唐惠侯执掌唐国国政,有马两匹,异常神俊,唐成公十分珍爱,将其命名为骕骦,以作"传国之宝"。

"传国之宝"之说,时见于随州本地人著述,在大家看来似乎唯有传国,才能彰显那马儿的珍贵。

骏马作为古代重要战略资源,各国都是重金相求,有的君王甚至不惜以城池交换。但在查阅的史料中,只见骕骦其为宝马,并未见誉之为传国之宝的记载。《左传·定公三年》记载的也只是提到唐成公到楚国晋见楚昭王时，车乘有二马："唐成公如楚，有两肃爽马，子常欲之，弗与，亦三年止之。"

骕骦马究竟是怎样的马呢？明代冯梦龙、清代蔡元放改编的小说《东周列国志》第七十五回中有述："唐侯有名马二匹，名曰'肃霜'。'肃霜'乃雁名，其羽如练之白，高首而长颈，马之形色似之，故以为名。后人复加马傍曰骕骦，乃天下希有之马也。"

这真是一匹好马！唐国乃丘陵之地，似乎没有这样的好品种，想必是重金购于北方。历代对这马的描绘也都不相同，在我的心中，它们自有一幅图画：唐国西码头下，两匹骏马高首而长颈，毛色如练白，低首畅饮于金沙滩头，扬颈长鸣于溠水之滨，湖光山色，芦雁双飞，恍惚之间，疑似东海白龙浴于天河……

马儿无论有多珍贵，我仍怀疑其能否承担"传国之宝"之任。一匹马的寿命终究不过三五十年，长寿者也不过六旬，以区区不足百数之期何以传国？莫不成唐成公并不期望家国传之百世、以期永年？以此见，传国之宝的说法大概率是今人街谈巷议，不足为凭。

但是，一场血雨腥风的历史事件的确是由此骕骦马招引而来。

公元前507年，唐成公到楚都郢朝见楚昭王，楚国令尹子常——也就是囊瓦，一个贪而无厌的权臣——得知唐国有骕骦宝马便执意索要，唐成公当然不允。囊瓦索马不得，也不强夺，只向昭王进言，说唐成公等将会为吴国做向导而攻打楚国。昭王一怒，将唐成公幽禁于楚地，时达三年。后来，唐国义士灌醉唐成公的随从，将骕骦宝马偷出献给囊瓦，唐成公才得以放出回国。

唐成公回到封地，倍感屈辱，誓与强楚决裂，他与同受楚国霸凌的蔡国暗通款曲，更是坚定了灭楚的信心。

在巴掌大的地方纵行

这真是两匹骏马引出的"血案"。

仅从这一点来看，唐成公似乎缺乏战略眼光乃至政治权谋的心智，他不权轻重，不明利害，更不知道良马失而可另求，而国家社稷亡则不可复得。恰如韩非子在《亡征》中说："国小而不处卑，力少而不畏强，无礼而侮大邻，贪愎而拙交者，可亡也。"唐成公若能格局再大一些，能忍一时之愤，如勾践卧薪尝胆、富国强军，或许唐国的命运会出现另一种走向。

公元前 506 年，吴国得知唐国、蔡国国君因囊瓦贪婪而受辱，当即联络灭楚之计，三国一拍即合，决定联合出兵伐楚。联军以伍子胥、孙武等为将，连战连胜，一举攻破楚国的首都郢。楚昭王仓皇而遁，逃到汉东之大国随国避难。这就发生了伍子胥掘墓鞭尸的历史事件。

当时，伍子胥擒楚昭王而不得，为泄私愤，命人掘开他父亲楚平王墓，鞭尸三百，以报其冤杀伍氏父兄之仇。对此，《史记·吴太伯世家》云："子胥、伯嚭鞭平王之尸，以报父仇。"《史记·伍子胥列传》曰："及吴兵入郢，伍子胥求昭王。既不得，乃掘楚平王墓，出其尸，鞭之三百，然后已。"

古人对先人敬重，视若神灵，伍子胥"鞭尸籍棺，皆不由德"的为世人所不齿的举动，也为他日后的悲剧埋下伏笔。

但是，楚都虽破，而昭王尚在随国偷生，楚国大夫申包胥忠义，誓死复楚。

申包胥姓不详，名包胥，因封于申邑，故称申包胥，又称王孙包胥、申鲍胥，华夏族，今湖北省京山市人。考虑到楚昭王乃秦国公主所生，是秦哀公的外甥，且秦国富兵强，申包胥赶赴秦国求救。见秦哀公犹豫不决，申包胥就"哭秦廷七日，救昭王返楚"，秦哀公终于感动了，决定发战车五百乘，遣大夫子满、子虎救楚。

申包胥也是拼了，为救楚不吃不喝，日夜哭泣。

《春秋左氏传》记载："（申包胥）立，依于庭墙而哭，日夜不绝声，勺饮不入口七日。秦哀公为之赋《无衣》。九顿首而坐。秦师乃出。"

公元前505年7月，楚军联合秦军出兵唐国，包围唐都，唐国寡不敌众，终被楚国所灭。唐成公和将军华宝战死唐都以北10公里的山下，民间感其诚，以此地为唐王店，以对面之山为华宝山。

骕骦马引发的唐国湮灭的历史悲剧就此落幕。

如今，唐王店与华宝山的故事到处流传。现唐王店村位于随县吴山镇南部、唐王水库脚下，面积7.2平方公里，东与唐县镇华宝山交界，西与唐县镇十里村交界。华宝山位于唐县镇东北，属桐柏山余脉，方圆5平方公里，主峰海拔403米，是唐县镇境内的最高峰。

华宝山盛产大枣，由此秘制的金黄蜜枣，驰名大江南北，享誉长城内外。但类若骕骦之马自唐国灭亡后便再也没有出现过了。或许是荆楚之地多湖泊，地狭隘，并不适合牧马，抑或是唐都毁灭于战火，一切繁华归于沉寂吧。

神马都是浮云。云端之上的历史天空，却会时时传来骏马处于夹缝的嘶鸣，仿佛在提醒人们，这座世人并不熟知的鄂西小镇，在春秋战国的时空中也曾绽放过夺目的光芒，它也必将在新时代的阳光下再放异彩。

一只飞进落日的鹳雀

　　隆冬至山西，当地朋友说，看看鹳雀楼吧？彼时，大雪纷飞，我眼前却浮现黄河东去风满楼，一只只鹳雀在落日里奋飞的壮美边塞景致。我说此时不去，更待何时？

　　说不清是心里装有一座楼，还是听从一首诗的召唤，我们立刻向鹳雀楼疾驰而去。

一

　　来山西之前，一座活在唐代边塞诗里的鹳雀楼，一直伴随"欲穷千里目，更上一层楼"的吟哦，让我心驰神往、浮想联翩。

　　鹳雀楼的最初出现并不为诗情画意，相反，它充满战争杀戮的血腥味道。公元 557 年，北周大将军宇文护镇守蒲州，在黄河东岸建造了一座戍楼，六角形，高十米，三层砖木建造，墙宽壁厚，用于军事防御和监视敌情。戍楼临河，觅食鱼虾的鹳雀成群栖息于高楼之上，当世之人便称之为"鹳雀楼"。

　　宇文护是一个政治野心爆棚的权臣，他随叔父宇文泰征战东魏，屡建战功。北周建立后，宇文护专政，三年内连杀宇文觉、拓跋廓、宇文毓三位皇帝。权倾朝野最终被权力反噬，天和七年

（572 年），宇文护被北周武帝宇文邕诛杀，累及其一干子嗣、党羽。宇文护绝不会想到，他的一座戍楼会有朝一日名满天下，历数次坍塌焚毁而重建，仿佛神灵附体一般得以永生。

千古名楼的命运大致相同。闻名遐迩的黄鹤楼、岳阳楼最初也是军用建筑。岳阳楼始建于东汉建安二十年（215 年），是时横江将军鲁肃在洞庭湖边建的"阅军楼"，用以观阅水军操练。三国吴黄武二年（223 年），孙权修筑夏口城时，在城西南角黄鹄矶建造了一座瞭望守戍的楼台，即黄鹤楼。

这些楼台从军用建筑转化为民间景观，不仅需要盛世繁华的时代背景，同时也需要一个更深层的文化诱因，而开启这种转换门锁的钥匙就是诗人。

楼以诗存，诗以楼扬。"故人西辞黄鹤楼，烟花三月下扬州。孤帆远影碧空尽，唯见长江天际流"，这是李白留给湖北黄鹤楼的诗意表达；"先天下之忧而忧，后天下之乐而乐"，这是范仲淹对湖南岳阳楼的精神馈赠，包括王之涣登临鹳雀楼而引吭高歌，楼之盛名无不仰仗文人骚客的诗词歌赋颂扬。那些千古绝唱里蕴含的文化力量，足以拭去覆盖其上的任何历史污点与血迹，而以全新的文化面貌呈现于世人。

即使同为中国四大名楼的江西滕王阁也概莫能外。当然，滕王阁是其中唯一不为军事所用的人文景观。唐永徽四年（653 年），唐太宗李世民之弟滕王李元婴任江南洪州都督，大兴土木，他在城北嘉陵江畔的玉台山修建了玉台观和滕王亭，唐高宗上元二年（675 年），洪州都督阎伯屿重修滕王阁，恰逢其会的王勃挥笔写下千古奇文《秋日登洪府滕王阁饯别序》，文章与楼阁顿时闻名天下。

戍楼因戍守而生，自也随兵退而灭。宇文护的戍楼本来也会随战争消失而匿迹，但它等来了一个伟大诗人王之涣，自此凤凰涅槃般得以新生。

那一年，时任冀州衡水主簿的王之涣遭人诬陷诽谤，拂衣去职，居家悠游，寄情山水。他的一次偶然登高而歌，让鹳雀楼成为中华文明的又一个灿若星辰的符号。

也在这一年，伟大诗人李白顺江而下，仗剑去国，辞亲远游。可惜，李白未能远涉至此，否则是否会如他登临黄鹤楼与崔颢诗词和鸣一样，与王之涣也演绎一段诗坛佳话呢？

二

古来圣贤多以游历天下为增慧益智之径。"德侔天地，道贯古今"之孔子，"史家之绝唱、无韵之离骚"之司马迁，"人生如逆旅，我亦是行人"之苏轼，等等，都有在周游四方中历练人生、洞察世事、格物致知的故事。

这种行万里路的游历，栉风沐雨，卧雪眠霜，苦其心志，劳其筋骨，世间万物万象以体力和智力的方式涌入身体，让人眼界变得开阔，知觉变得灵敏，思想变得浑厚。这与当代旅游热的远足截然不同。现代假日经济与快捷交通，让原本一路游历的过程，变成从此地到彼地点对点的对接，古人在远行中感知世象的游历，也变成现代人放飞心情的城际网红景点"打卡"。

今兮昔兮，路虽一样行得万里，知行未必合一。

王之涣的游历是本真的游历。他与岑参、高适、王昌龄一同被世人称为唐代"四大边塞诗人"。物以类聚，人以群分。从人生履痕与思想志趣看，四大诗人皆出于盛唐，才华横溢，又命运坎坷。少壮游历而怀才不遇，暮年沧桑而心绪惆怅。不平则鸣，以诗明志，人生的逆境反倒成为他们进入伟大诗人之列的顺境。

单就游历而言，岑参出长安、渡黄河、抵绛州、两出塞，最终抱憾客死他乡。岑参笔下的《走马川行奉送封大夫出师西征》之“君不见走马川行雪海边，平沙莽莽黄入天。轮台九月风夜吼，一川碎石大如斗，随风满地石乱走”，《白雪歌送武判官归京》之“北风卷地白草折，胡天八月即飞雪。忽如一夜春风来，千树万树梨花开”，直把战场的恶劣环境与边塞的奇异风光如画卷铺展，尽显戍边将士以身许国的英雄气概。

高适“二十解书剑，西游长安城”，客游梁宋，定居宋州，终于耕读自养残生。他的《燕歌行》充满了对边塞战争的现场描摹与深刻反思，“摐金伐鼓下榆关，旌旆逶迤碣石间。校尉羽书飞瀚海，单于猎火照狼山”，诗句瑰丽而雄浑，句句涤荡人心。

王昌龄居嵩山、赴河陇、出玉门、游襄阳，因才被妒，死于非命。“秦时明月汉时关，万里长征人未还。但使龙城飞将在，不教胡马度阴山”即出自这位“七绝圣手”的《出塞》，读后不禁让人联想屈原《国殇》之“带长剑兮挟秦弓，首身离兮心不惩”，悲壮中的豪情如同雷电交加时从乌云撕裂处突降一道明亮的天光。

王之涣更是一生都在游历。他“本家晋阳，宦徙绛郡”，晋阳即山西太原，为其原籍，后其祖上任职绛郡举家移居，绛州即山西新绛。据传，少年王之涣尚武崇文，心中充满侠义之气，常跟随五陵年少一起游历闯荡，既舞长剑慷慨悲歌，又勤学以穷经典之奥。壮年入仕途受辱，干脆辞职优游，写诗著文与友人酬答唱和。

据史料记载，开元十四年（726 年）至开元二十九年（741 年），王之涣家居十五年，专心写诗，常与王昌龄等人相唱和而诗名远扬，《登鹳雀楼》一诗便诞生于此时，同时期的还有著名的《凉州词》："黄河远上白云间，一片孤城万仞山。羌笛何须怨杨柳，春风不度玉门关。"

一杯桑落酒，满目旧山河。谁能理解一个边塞诗人报国无门的悲情与落寞、壮志难酬的遐思与感伤？

三

相比王昌龄等边塞诗人，王之涣的诗作并不多见，《全唐诗》仅录有六首诗，包括《登鹳雀楼》《送别》《宴词》《九日送别》和《凉州词二首》，而最有名的还是《登鹳雀楼》。

有人说，王之涣的《登鹳雀楼》为随口吟出。我对此多有疑虑。诗人口占一绝是有的，笔落纸端而润色修改，便算不得口占，说口占更多的在于盛赞诗人才思敏捷，而能口占如此绝妙的诗句，真世所罕见。

"白日依山尽，黄河入海流。欲穷千里目，更上一层楼"。这四句近乎白话的诗句，三岁儿童都能诵读，细品却有"缩万里于咫尺，使咫尺有万里之势"。而且，从诗词格律看，质朴无华的语言里暗藏机锋，前一联正名对，后一联流水对，皆工整到极处。如果有幸登上临鹳楼，极目远眺，一种美景与心境合二为一、浑然天成的现场画面就会扑面而来，直荡心胸，诗美景美，美得让人窒息。

王之涣家居绛郡，离蒲州一百三十多公里，想必王之涣少年时便已远涉而至鹳雀楼。等他去职归来再次登临，心绪怎能同于少年时？

王之涣的《登鹳雀楼》诗名远播，鹳雀楼亦成为人们登高望远、凭吊怀古的胜迹，以至于元初鹳雀楼因战火而毁，明初遗址因黄河改道而湮没后，人们竟把蒲州西城楼当作鹳雀楼，春潮花朝时，登高赋新诗。

车至永济，远远就看见那座楼阁。确如朋友所言，如今的鹳雀楼仍建于黄河东岸，不过不再与城郭相连，而是孤立于空阔广场中央。史载的四檐三层仿唐式建筑，也变为八十米六层钢筋混凝土楼宇。鹳雀楼飞檐翘角，雕梁画栋，气势雄浑，直指云霄。从北周十米高的戍楼，到唐宋高三十米的观景楼，再到如今六层电梯直达的地标式建筑，楼非楼，楼是楼，南北飘飞之雪在望，东西呼啸之风在闻，时代变迁的滚滚浪潮如在眼前。

登至楼顶，雪落原野，黄河柔软似练，不见咆哮奔腾之势，华山隐于飞雪，亦不见抱天怀日之姿，中条山横卧如一道天然屏障，默默为鹳雀楼背书。也许是边塞风光与诗人风骨的联想幽思，我第一次对现代仿古人文景观不怀排斥之心。只要文化之根脉在，楼之存续不过一个缘起，仿不仿古、变与不变又有什么关系呢？

站在六层平台，我久久凝视王之涣的青铜塑像。诗人左手握卷，右手执笔，风吹衣袂翻飞，鹳舞文思潮涌，心中不胜感慨，王之涣何尝不是一只向着落日飞去的鹳雀？恰若楼阁临河之楹联：

　　唐宋重文章，自司马光前，范水模山惟子厚；河楼留胜迹，问王之涣后，登高临远更何人？

第三辑　青春印象

　　她把七八枚黄桷兰花一字排开在钢琴上，阳光从靠东南的窗口照射进来，酡红的琴板、黑白的键盘、白如凝脂的花瓣，和谐相处犹如悠远宁静的油画。

中山北路 305 号

北方春天柳絮漫天飞扬的时候，曾经也是南京法国梧桐茸毛"四月飞雪"的季节。

如今，中山北路上的二百六十八棵法国梧桐全部被绿化迁移，街道旁的南京政治学院也已华丽转身，并入北京的国防大学。这对十年树木的绿化和百年树人的教育，也许都是功德无量的事情，但当年学子对母校的不舍、留恋，却是分外让人唏嘘、叹惋、惆怅的。不禁想起《红楼梦》里林黛玉咏叹柳絮的词《唐多令》："粉堕百花洲，香残燕子楼。一团团、逐对成球。飘泊亦如人命薄，空缱绻，说风流。草木也知愁，韶华竟白头！叹今生、谁舍谁收？嫁与东风春不管，凭尔去，忍淹留。"

南京政治学院于一九七七年建校，迄今四十五年，曾赢得"军中北大"的声誉。我毕业于南京政治学院新闻系，校友中很多人是新闻界和文坛上叱咤风云的名家，有小成者更如过江之鲫，似乎也背负得起这"南政北大"的美誉。

中国人喜好以南北为界类比，我的人生也是以南北为界，青年时代生活、入伍、求学在南方，之后旅居京城二十余载，习惯了北方的风沙和寒冷。我在南方的日子似乎离不开长江，出生的荆楚大地有长江奔流，"万里长江横渡，极目楚天舒。不管风吹浪打，胜似闲庭信步"。入伍在巴渝重庆，有朝天门码头辉映夕照，可见嘉陵江和长江清浊汇合，由此出发，三峡旖旎风光尽收眼底。大学在金陵古城，依然有长江浪击霜天，伫立南京长江大桥桥头堡俯瞰，滔滔江水一往无前，真有逝者如斯夫之感慨。三地游走，佳友眷念，真可谓"我住长江头，君住长江尾。日日思君不见君，共饮长江水"。

南京长江大桥向南五公里，便是南京政治学院的大门，中山北路三百零五号。

三十年前的夏天，我报考军校并终于接到盼望已久的特殊公文牛皮纸信封，我至今仍清楚地记得微微发抖的手指是怎样小心翼翼从里面抽出一张硬纸。那纸片宛如屏风，白底亮光，一纸三折，正面印着大红的"南京政治学院欢迎您"耀眼醒目，烫金繁体字"录取通知书"熠熠生辉，古色古香的教学楼剪影韵味十足；正文手书笔迹也潇洒俊逸，通知书填写的日子更是特别：八月八日。短短几行字，看了又看，甚至背面入学须知提出的严肃要求，每一个字读来都那么可爱，仿佛字字珠玑，每个字都蕴含着人生的远大前程。

一张纸改变一生的命运。我们许多人都是从这张纸上开始新的人生，我感谢这张纸。那年那月那天，我带着这张让人踌躇满志的纸，来到六朝古都南京，开始了青春红肩章的逐梦之旅。

一

位于鼓楼区中山北路三百零五号的南京政治学院办公及教学区，曾是原国民政府交通部等机构的办公地点。学院大门没有当代建筑门庭的高大宽阔、气宇轩昂，但民国风韵依稀，设计感满满。简约牌楼式三门洞的大门，新民族风的蓝脊青瓦红檐的传达室，有如北京故宫前的金水河与金水桥的通往大街的小桥流水、玉砌栏杆……透过院门眺望，便可见那座闻名遐迩的建筑文物——原国民政府交通部办公大楼。

据说，大楼始建于一九三二年，当时，时任交通部长以建筑邮电部大厦的名义兴建此楼，并请来俄国人耶朗设计。只是斗转星移，这座建筑被列入全国重点文物保护单位，如今已成为培育军事人才的授课学习之堂。

我们新闻系二班（后改称十五队）的宿舍、食堂均在大楼一层，男生居于南，女生居于北，圆厅食堂居于中，平时上课也在楼内。学院其他诸如政工系、哲经系的学员则居住于大楼后的田径运动场之侧。大学期间能起居于全国重点文物楼宇内，大家都感到有一种殊荣，平添了一分历史文化的厚重。

文科类学校有些历史文化的意蕴，无形中会让学员濡染儒雅之气息。但军校毕竟是军校，军校最大的特色是个"军"字，军校学员必须有军人的样子。从地方考入的青年学生理所当然要完成"地方青年向军人的转变"，即使是当了几年兵的战士学员，入校之后也都要重新回炉，把"兵"的意识上上发条，其捷径就是集训。那年报到不久，所有新学员就被几辆大轿车一起拉到南京郊外训练基地封闭集训一个月。从此，每个学子的心里又多了一座堪比三山五岳的高山：方山。

方山，只有从方山凯旋，才能重回或正式迈进中山北路三百零五号大门，成为南京政治学院的正式一员。

新学员统一归属学院新训大队管理，一个系一个中队，我们新闻系九十六名学员编为一个中队，两个排，九个班。新闻系大都是报道员出身的士兵学员，相比高考入伍的青年学员，已在革命熔炉里煅烧过一两年，思想更为活跃，管理起来也要多费心思。为此，学院特意从政工系干部学员队调来经验丰富的老队长任新闻系教导员、军事教研室资深军事教员任中队长，另配两名副职，排长则由新入校的干部研究生学员担任。

教导员何政宁一米八几，面色如酱紫，声壮如虎吟，不怒而威。他最著名的事迹，便是遏制学员浪费粮食的恶习。一天早饭后，他集合队伍，拎来一个泔水桶放置在台阶上，突然伸手从桶里捞起一块水淋淋的馒头。他说：现在一块馒头不值几个钱，但浪费粮食的习惯更不值钱。话音未落，已将泔水浸得饱满的馒头塞入口中。大家目瞪口呆之际，几个队干部走上前去分食。此举让我们深受震撼，心里都在埋怨丢弃馒头的学员，集合回宿舍的路上，大家喊番号的声音齐整而高亢。多年以后，我常在不同年代的军事题材影视剧里看到类似桥段，让人高度怀疑剧作家嫁接了何队长的创举。

张宇队长属学院少壮派，队列动作标准，言谈举止干练，白发闪耀于黑发之间更显英俊潇洒，自带一股闻战则喜的劲头。事实上，张队长常与其他系暗自较劲，紧急集合、队列会操、五公里越野等必须一比高下自不待言；文体比赛也是拉开架势，不分胜负决不休兵的气势咄咄逼人。一次篮球比赛，上半场中途学员体力不支，频频换人。张队长飞身上场，叫停换人，厉声大喝："一场球都打不下来，怎么上战场？从现在开始，我们队一个也不许换！我就不信，一场球还能打死人？！"

张队长身先士卒，腾跳挪移，我方队员本已处颓势，见队长上阵，精神一振，一旁观战助威的同学也是群情激昂，喊声响遍行云。那一场球，你来我往，精气神毫不逊色于参加全国篮球职业联赛的专业球员。

张队长的硬汉形象让男生钦佩，也让我们队十五名女学员视其为"男神"。张队长绝不怜香惜玉、无原则偏袒女生，他有一句话"没有男生女生，都只有一个身份：'学员'。"这话让男生彻底服气。

方山集训不只是队列、体能训练，同时还修"军事地形学"之类的专业课程。军事地形学有个课目是依托方山地形地貌特色上实践课，教员专拣风高月黑夜来上，让学员既现地识坐标、高程、方位角，又练团结协作、实战胆量。最刺激的课目我们俗称"按图索骥"，教员暗藏情报、给出目标参数，学员依地图寻找，找到一个情报，再依情报数据寻找下一个目标。女生胆小，混编于男生小组，男生多爱搞恶作剧、当促狭鬼，不时弄出古怪动静，吓得一个个女生夸张地惊叫。最让女生们难忘的，还是张队长和军事教员设定的终极目标，那份情报居然藏在一座无主墓地的坍塌洞里。千辛万苦寻到终点，有个女学生盲目自信，大胆伸手探穴，竟摸出一根白骨，当场就吓吐了。

训练的心理恐惧并不足为奇，真正让新学员担心的是："淘汰出局，退学。"到方山参训之前，就听说往年集训结业考试时，曾有学员因军体、学课考核两门不及格而退学的，因此，退学的无形压力一开始便如剑般悬于新学员的头顶。

怕什么来什么，开训第三天，就有学员从队部通信员处得到消息："可能今天有人会被退学！"

刚入校就被退学？新训大队气氛骤然紧张，我们中队早餐前应有的饭前一歌环节也省去了，都惴惴不安地猜测队干部的表情。教导员黑着脸站在一旁，副中队长李家同手捏一张纸对他耳语，他不耐烦地摆手，让副中队长到队前去。

副中队长说："我念到名字的不要吃早饭，随我去队部。"他每念一个名字，队列的目光便朝答"到"的声音聚去，七个名字念毕，大家都如释重负，同时又对那七声"到"充满了惋惜和同情，一上午的训练与学习，都沉浸在低迷的情绪中。午饭的时候，七名同学返回，一个个沉默不语，脸上挂着凝重的表情。大家围拢过去，又很快散开，实在不知道该怎么去安慰。

下午，七名同学没有参加训练。

晚点名的时候，值班副队长讲评完工作，忽然提高嗓门说："今天，听说大家都为七名同学担心，这充分体现了同学情战友爱。我们几个队干部也提心吊胆，为啥？怕出意外，要是他们退学了，太可惜。"

值班副队长语焉不详的口气，一时让大家摸不着头脑，但他接下来说的话成为以后同学相聚时被模仿的保留曲目。他说："告诉大家一个好消息，刚刚接到通知，七名同学留下来了。入学体检有啥指标不指标的，这回去复查都达标了！"

值班副队长绕口令一样的"指标、指标"话音一落，队伍安静了几秒钟，又突然响起了愉快而响亮的鼓掌声、欢呼声。那声音真响亮啊，即使天有乌云，也会被顷刻冲散于无形，露出明媚春天里的灿烂阳光。

值得一提的是，军训结束，我居然被评为"优秀学员"并获嘉奖，这说明那时我训练是刻苦的。训练的确强健了我们的筋骨，它让我们能抵挡住一阵子的风雨，能够坚持一路走下去。

更重要的是，它让我们学会了乐观，不抱怨。在以后的路上，我常想起那段时光，提醒自己：负重前行的方山泥泞路都爬过来了，又不是在战场上面临生死抉择，这柏油马路、上下楼梯的起起落落还有什么值得矫情的？

每次同学聚会，大家也都会自问或他问，方山苦吗？队列、

在巴掌大的地方蜗行

射击、野营拉练……也许当时更多的是觉得困乏交加，烦躁不安，又敢怒而不敢言。现在却觉得，何时能回方山再当一次学兵呢！

二

新闻系招收学员有一个特殊条件，就是要在省级以上报刊发表过新闻作品，能入校学习的大多是部队的"小秀才"。

我入学前，虽写新闻稿，但更专注的还是文学。记得入校不久，教写作课的盛沛林教授布置写两篇作文，我当即洋洋洒洒地将数十页稿纸递交上去；盛教授大为赞赏，红笔圈点，朱笔点评，还专门写了一封信，鼓励溢美之语让我飘飘然宛如飞天。谁知第二天上课，盛教授突然点名让我和同学王雁翔两个人登台介绍写作体会。我没有思想准备，惶恐不安，站在讲台上语无伦次，不知从何说起，东拉西扯，杂七杂八，惭愧自己才疏学浅，只恨书到用时方恨少。但忽然的仓促亮相，竟然除了我的功名浮躁之气，自此暗下决心，定潜心治学之志。

盛沛林教授是浙江镇海人，毕业于复旦大学新闻学系，著述颇丰。盛教授头发稀疏，面容质朴，背微微有些佝偻，行走于街头巷口，与普通退休工人别无二致，可一站上讲台，却声若洪钟，神采飞扬，声情并茂，讲到情绪激动时，眼睛里会泛出泪光。他的板书极为有力，似乎每一个笔画都想把黑板穿透。我至今仍不能忘记他提点我时的激昂声调。

我从中山北路三百零五号毕业后，仍得到盛教授的无私指导、热心鼓励，我至今仍保留着他以圆珠笔用力点画写给我的信。老师表扬我，旨在强我自信；老师点我，意在扶正祛邪。其言辞恳切，每每读之，感之喟之，怀之念之：

文胜同志：

读了你的两篇文章，深感你的文学功底厚实，有自己独特的视角和新颖别致的精巧的构思，文笔犀利，笔力雄健，语言流畅，感情真挚。你对生活的特殊感受，再加上飘逸灵秀的文笔，使你的文章如含英咀华，齿颊留香，长此下去，一种沉重无奈而又雄健沉浑顿挫的风格就会形成；只是文笔过于沉重，使人读了喘不过气来，笼罩一种如夜雾的哀怨和愁苦，是否可适当调节一下？人的心目，一半是天使，一半是魔鬼，文学有驱邪镇魔的作用，也应当让天使潇洒一些，爽朗一些，毕竟光明在前。愿你努力笔耕，早成大器，大展宏图。

朋友盛沛林

六月十八日

同样是复旦大学新闻系毕业的徐乘教授，性格温和，语气平和，讲课时娓娓道来，一副黑边框的眼镜垂在鼻尖，让人担心它随时会从鼻梁上滑落。徐乘教授是杂文家，二十世纪六十年代初，他曾写过一篇脍炙人口的杂文《"火车头"与"老黄牛"》，伟大的共产主义战士王杰曾将它摘抄在日记里，对英雄的人生产生过重要影响，成为广为传颂的历史佳话。有一年，徐乘教授带着我们到张家港实习。当时学校要求采访一周后，必须有见报作品，大家都很焦虑，我亦苦寻新闻线索不及。有天到田间地头，偶然见人收割大豆，一问竟是外地农民。二十世纪九十年代农民外出打工很热，多是到企业厂矿当工人，没有想到还有农民外出务农的。我心中窃喜，赶紧采写了一篇新闻特写《这里来了"打农仔"》。徐教授看了认为点子好，亲自提笔修改润色。改好后的稿子显得质朴淡雅、生机盎然，稿子见报后，《农民日报》曾来函告知我要编入一个文集。此文虽远算不得名篇佳作，却是我最爱的新闻作品。因为这里面不仅凝聚着师生的浓厚情谊，而且这小稿件连着大世界，大世界有着小青春啊！

南京政治学院的很多老师，如文雅的刘亚、幽默的余琦、字正腔圆的赵志刚、怀着身孕的狄志红、一口伦敦腔的周林……都在讲台上奉献了一生。但也有例外，新闻系副主任顾勇华老师就是其中之一。我们毕业后，顾老师到人民日报社华东分社工作，后来成为分社副总编，并担任中华全国新闻工作者协会党组成员、书记处书记。顾老师是学者型领导，对南政新闻系的毕业生关爱有加，虽然工作繁忙，每每有学生前往拜访求教，都循循善诱、提携有加。

一次，我们与顾勇华、刘翎等老师小聚。那日，天有微雨，顾老师背着双肩包从外面进来，一个劲儿抱歉坐地铁辗转迟到了。顾老师头发花白，却精神抖擞，他专门从家里带了两瓶好酒。刘翎老师还是那么温和、清爽、秀气，言谈之中闪烁着智慧的幽默。和老师相聚少不得要请教学问，我说现在看经史子集越来越不敢张口了，生怕读错了字。譬如"郦食其"，明明白白地写在那里，偏偏读音八竿子打不着。顾老师笑道："的确有秀才识字认半边的，更有望文生义者，闲来读书看报无妨，传播到业界的人就显得不那么专业了。比如'澹淡'一词本是指水波动荡，也有人误以为是水波不兴的意思就拿来用的。"顾老师由此谈论开去，指点报业错漏如数家珍。

这次小聚，我们师生相谈甚欢。顾老师从不吸烟，那天也破例吸上烟。他虽然退休了，社会活动依然繁忙，既没有脱离世界，又没有脱离青春，好像在经历人生的第二个春天。

三

说起中山北路三百零五号，不能不提我那些同学的"光辉事迹"。新闻系主任、博士生导师蔡惠福从学院训练部部长领导岗位退休时，在整理资料时，看到自己当年写的一篇文章手稿，当即把它用微信发给我的同学、解放军报社文化副刊编辑室主任刘笑伟。笑伟很感动，又转发给我说："文章提到你。"

那是一种绿色方格的稿纸，蔡主任用隽秀的蓝墨水钢笔一字字填充着他的欣赏与欣慰：

《新闻系学员一批作品引起较好反响》：1.十五队学员徐双喜、叶佳波撰写的报告文学《生命铸成的奥运奖牌》，用丰富的材料、优美的笔法，生动记叙了我军冰上运动员叶乔波为了五星红旗迎风高扬而拼搏奋斗的感人事迹，在《光明日报》一版发表……2.十五队学员田水泉发表在《解放军文艺》的小说《当过兵的爸》被八一电影制片厂改编成电视剧，即将搬上屏幕。3.十五队学员程文胜继去年在《昆仑》杂志上发表了近四万字的中篇小说《民兵连长》之后，今年又在《西北军事文学》发表了一万多字的小说《土岗上的落日》，在《小说月刊》上发表了近三万字的中篇小说《野菊花》……

蔡主任眼里的学子们是光鲜的，但他们当年的生活远比他记录的要精彩。比如民以食为天，同学们仅仅一个吃相就让人忍俊不禁。

新学员最烦的是伙食不好，总觉得吃不饱肚子，饿得出奇的快。睡在我上铺的兄弟——名字就不说了，说了有损他现在的儒雅形象——有天中午突然面色苍白、虚汗盈面，一宿舍的人关切询问，他摇着小手，气若游丝地说："不妨事不妨事，胃缺肉的老毛病犯了。"学员个个缺肉，哪里寻肉来吃？就匆匆泡了桶牛肉方便面递将与他，他立刻寻得肉粒猛嚼，转眼间哧溜哧溜将一碗面嗅得滴水不剩，眼里也渐渐由灰而明泛出精光来。毕业好多年，他这"胃缺肉"的"病"才彻底"痊愈"。

有一次晚自习回来，宿舍有人泡了方便面，大家只觉得香气萦绕。面主试着问大家来尝一口？话音未落，众人立即围将起来，须臾之间碗里只剩汤汁。同学"胖子"回来，已然迟了一步，端起汤汁一饮而尽，贪吃神态颇似《西游记》里的猪悟能，自此"胖子"又添"二师兄"的雅号。

学校西北角供家属进出的小门边有个滨滨餐厅，那是我们周末打牙祭的地方。一人来一碗大肉面、大排骨面，肉片宽四指、厚一指，形同巴掌，哧溜哧溜，分外解馋。有一天，小门忽然封住了，但是，学员很快与餐馆老板达成默契，餐馆临院的一面墙上的宽大窗户定时开放，窗下一声喊，即刻放出一个竹梯来，拾级而上，一个个晃晃悠悠地由窗出入的身影，成为那个时代学子们的特殊记忆。

同学们更多的还是痴迷于专业。每到周末，有在图书馆善择美邻而居之的悦读者，有在夫子庙秦淮河游历人生的摄影者，有在自习室挥毫泼墨的书写者，也有到教员家中借求教之名同时蹭饭的一箭双雕者……新闻二班九十六名同学在三百零五号大门内外的学习生活愉快而顺利，只有两名同学没能与大家一起走到毕业，一名因故退学，另一名因病辞世。

病故的同学叫谢勇，他在一区队，我在二区队，平常交往不多。他入学前据说是某集团军小有名气的战士诗人，而我向来看重喜爱诗歌的人，加之我们又都是烟民，碰面交谈便没有了陌生感。课间休息时，我们几个烟民总爱扎堆匆忙地吞云吐雾。那时我们确实很快乐，大学给未来提供了无数可能性，大家即使清苦得只剩下快乐，也不会失去明天的希望。

谢勇见了我会熟练地掏出纸烟盒，右手食指中指并在一起敲打烟盒一侧，等一根烟卷自然弹出，就一边谦恭地点着头叫哥，一边伸长手臂递过来，看起来既大方，又讲究。更多的时候，是他向我讨一支烟嘬。也许是烟瘾大，他的嘴唇看来总有些皴裂且微微红肿，那样子让我想起入伍前在工厂时厂乐队的小号手，他吹完曲子把号身倚在胸前时，他的嘴唇就是这种红肿模样。

记得当年送谢勇骨灰返乡的同学介绍，谢勇的四川老家是比较贫穷的，用家徒四壁这个词形容也不为过。家里最值钱的怕是院子里一棵小树下拴着的四五十斤重的黑花猪。同学最后感叹说，他家的房屋真矮呀，不知谢勇一米七八的大高个儿平时怎么进出。

又岂止是进出！他还是一家人憧憬幸福生活的最近在眼前的希望。但希望在那一刻终止了，悲伤自此在那低矮的瓦舍上空经年挥之不去。

大家当时听完同学的介绍都默不作声，过了半晌，一个同学一脚把宿舍中间支着内务板的打牌用的马扎踢飞了，扑克牌飞了一地，宛如清明时节空中翻飞的烧化的纸钱。

以后的日子我总会想起那一瞬，以至于我研习书法临苏轼

《寒食帖》时，每当行笔至"空庖煮寒菜，破灶烧湿苇。那知是寒食，但见乌衔纸"，便想起当年纸牌纷扬的画面，只感到心里有一股堵不住的冷风穿刺其间；再写"君门深九重，坟墓在万里。也拟哭途穷，死灰吹不起"四句时，已是笔沉气滞，颓然乎难以挥毫行墨了。

那年，我们自发为谢勇同学家捐款，以表达同砚之情。

弹指三十年，一个个从中山北路三百零五号大门走出来的队长、学员排长、同学们，如今有的已跻身将军行列，大多数也为军中正师、副师职军官，成为机关、部队、院校的中坚力量，转业地方的同学也多为各界领导专家、地方知名人士，对此我深感自豪。毕业后，我自南而北游历半生，此后又在国防大学、解放军艺术学院、南京陆军指挥学院学习过，其中在国防大学两度入学，一次是联合战役参谋班，一次是军队政治工作研究生进修班。现在政院和军艺都合并入国防大学了。但我不会忘怀中山北路那座古老建筑里的灵魂风景。

结束本文之前，我脑海里甚至不断地浮现出这样的画面，当年在学校求学的莘莘学子如同一群儿童，在长江的沙滩上嬉闹着、欢腾着、快乐着，而老师们则是一个个宽袍大袖的智者，伫立在秦淮河的木舟上，他们独立微风，长髯飘洒，沉思着、畅想着、期盼着。这样想着，顿觉多少年来荒废了人生，感觉愧对了老师、愧对了那个临街的门。眼里忽然就模糊了，仿佛当年中山北路漫天飞舞的梧桐茸毛钻入了眼睛，让人心里难过。

黄桷树下兰花香

　　每当夏季来临，我便想起重庆那株高大的黄桷兰树。黄桷兰又称白兰，花期长达半年，香味清新淡雅，兰花初放为纯白色，略经时日，花瓣渐成蜷曲状，颜色转深为米黄。花开时节，常有小贩以铁丝穿蒂成串沿山城小街叫卖，颇有"小楼一夜听春雨，深巷明朝卖杏花"的意味。重庆酷暑湿热，人们常以黄桷兰挂于胸前、案头、帐中，雅芳盈室，移步生香，真是川渝人间一味芳香独到的天然香水。

　　我当兵时师从西南师范大学音乐系傅丽坤教授学习声乐，她家旁边便有一株高达十数米的黄桷兰树。傅老师曾是海军政治部文工团著名歌唱家，多次在全军文艺调演中获奖。家喻户晓的歌剧电影《红珊瑚》，主角珊妹的演唱便是由傅老师担纲。1960年秋，《红珊瑚》剧组从海政文工团遴选了三名歌唱家为剧中主角珊妹配唱，由于种种原因迟迟不能确定最终人选，剧组只好把著名作曲家彦克请来，组织各方专家一起会商。剧组将三名候选人的演唱录音编号，逐一播放审听。彦克认为第一号音色太暗，适合演中老年妇女角色，第二号洋味太浓，没有民族特色。当听到傅丽坤的录音时，他立刻被那甜美、纯净、圆润的嗓音所吸引，激动地说："太好了，太好了！珊妹就是她！"电影公映后，主题曲《珊瑚颂》风靡一时，"一树红花照碧海，一团火焰出水来，珊瑚树红春常在，风波浪里把花开"的动人歌词与旋律，至今仍在人们耳旁回响。

傅老师十分喜爱黄桷兰，花开时节，她把七八枚黄桷兰花一字排开在钢琴上，阳光从靠东南的窗口照射进来，酡红的琴板、黑白的键盘、白如凝脂的花瓣，和谐相处犹如悠远宁静的油画。冬天的时候，她把夏日花瓣聚于纱袋，悬于厅堂、置于枕旁，傅老师说，黄桷兰的香不急不躁，就像一个安静的小姑娘。那时，傅老师身材矮胖，她偏身对我说话时，左腿自然地抬起放置在琴凳上，如老家大娘一样亲切而随和。

我和傅老师的师生之谊纯属偶然，那年八一建军节，驻地学校、街道都组织来部队联欢，音乐系的师生表演完了，战友们一齐吼歌，只吼得气宇轩昂，响遏行云。吼完队列歌曲，大伙又怂恿我单吼一个。年轻气盛的我就吼了，吼的是《七律长征》，吼了一半忘了词，反复就是"长征不怕远征难"这一句，战友们疯狂鼓掌，我当然知道那掌声更多的是向地方同志表达一种不甘示弱的意思。联欢会结束的时候，一个胖胖的、飘着银发的矮个子老师叫住了我。她摸了摸我的喉头，称赞我自然条件不错，说经专业训练后会是一个不错的男中音。然后问我愿不愿意学唱歌。我还在犹豫的时候，另一个老师叫起来："赶快应了吧，傅老师这两年还没收几个学生呢！"

我立即答应了。联欢会散后，指导员李友明不停地用拳头捣我的肩膀，操着山西普通话对我说："你小子有福气，傅老师当过兵，对部队有感情，好好学，好好唱，说不定还真成了歌唱家呢！"

自此，我每周四、周六下午到傅老师家里上声乐课，一学就是四年，直到我考上军校离开重庆。傅老师既教美声唱法，又教乐理。见我声乐进步很快，傅老师又替我找了一位钢琴老师，并做通了音乐系琴房管理员的工作，破例让我租用琴房练琴。琴房一小时收五角钱，每次训练两小时，有时甚至是半天。

傅老师上课时，她爱人张老师不时过来旁听。张老师是萨克斯管演奏家，脸长鼻阔，魁梧高大，操一口带武汉味道的重庆话，为纠正我的声音位置，常语速急迫地发表他的意见。张老师说话的时候，傅老师总是微笑着听他说完，然后吩咐他去做一件不太重要的家务。但隔不了多久，他又转了回来。上课间隙，傅老师也给我讲她演出的经历，尤其是当兵的故事。讲述中，她时不时地拿起黄桷兰花在鼻子下嗅一嗅。

傅老师也曾是如黄桷兰花一样安静的少女。她7岁登台演出，一曲歌罢，观众雷鸣般的喝彩把她吓哭了，老师告诉她这是观众喜欢她呢，她才破涕为笑，鞠躬致谢。她在重庆兼善中学读书时，经常参加募捐义演，展示出良好的音乐天赋。但是，真正改变她一生命运的是一场电影。那是1949年12月，重庆北碚尚未解放。一天晚上，电影院放映苏联电影《丹娘》，这是一部苏联故事片，描写苏联卫国战争中女英雄卓娅的故事。傅丽坤看后，心情激荡。回校后，她就在班上演讲。她说，全国即将解放，女人也有自己独立的人格，同样可以昂首走进社会，同样可以拥有自己的一片蓝天，同样可以凭自己的才能实现自己的梦想！

同学们被感染了，商讨了一夜，一个大胆的念头产生了——找解放军当兵去，成为光荣的解放军战士。于是，11个同学，凑了9块银圆，从青木关步行100多里路，赶到重庆，又走了3天多的路，终于找到了部队。傅老师因为有较好的文艺才能，当即被二野3兵团11军文工团录取，穿上了绿军装。1950年8月，

在巴掌大的地方飞行

部队移防青岛，19岁的傅老师坐着闷罐车来到青岛，被编入海军基地文工团。

海军基地文工团的生活很艰辛，文艺小分队常年辗转于各个小岛之上。有一次，在 -20℃的漫天大雪中为边防战士演唱，唱着唱着，演员和战士都像一座雪雕一样，被雪盖了个儿。到了晚上，没有房子住，借了老乡的旧棚，十几个人侧着身挤在一起，一人翻身，大家配合一起翻。

辗转于海岛之间，有时还面临生命危险。有次去长山列岛演出，傅老师乘坐的炮艇坏了。当时，天黑，灯灭，方向盘失灵，信号弹也用尽，炮艇随波漂浮在茫茫大海上，剧烈摇晃。若是碰上暗礁，汽缸爆炸，后果不堪设想。傅丽坤几乎绝望了，又饿又累，强烈的晕船反应，让她不可遏止地呕吐，直到吐不出什么东西，导致胃出血。当时，艇长甚至已作了临终动员，号召沉船时，全体乘员共呼口号……直到凌晨4点钟，基地终于在寻找一天一夜几乎失去信心的时候找到了他们。

傅丽坤每当讲起文艺小分队千里奔波于边防，死里逃生于海上的故事时，满脸都洋溢着自豪和光荣的笑。这个生动的表情给我留下了不可磨灭的印象，以至于我不能不反复思考，一个艺术家为什么能在那么艰苦的条件下，为艺术而舍弃一切？只因她首先是战士，她心中有一股永不枯竭的青春激情，有一种战胜一切困难为兵服务、为人民放歌的炽热之爱！

傅老师对部队怀有深厚的感情，她也因此希望我能长期在部队工作，而掌握好演唱技能、为兵歌唱就是一种本领和动力。有一年，听说总政歌舞团到重庆演出后，她兴奋地写了一封推荐信，让我一定要去见见老战友歌唱家克里木，考一考总政歌舞团。可是，那时我太年轻，没有按照老师指定的路走去当歌者，而一直想着去报社工作当记者。如今看来，我既没成为歌者，也没当成记者，真是辜负了她，对不起她。

傅丽坤老师是一位天分很高的艺术家，能够驾驭各种流派的歌曲，她演唱的歌曲不仅为人民所喜爱，也得到国内外专家的好评。1979年，傅老师得到平反重返工作岗位后，把所有精力投入到声乐教育与科研工作中。她四处讲学，足迹遍布巴山蜀水，歌声传遍大江南北，真是幽兰雅室香，桃李满天下。

傅老师有句话说得好："一个艺术家不根植于民族，不为人民歌唱，不为声乐后继有人作出贡献，算不得一个好的艺术家，我大舞台不能登了，但生活中有小舞台，哪里需要歌声，我就到哪里去。"

傅丽坤老师2002年5月5日病逝于重庆，那时她家旁边的黄桷树正在吐蕊，她也化身为一朵白兰隐现于枝头，把安静如少女的香气氤氲于人间。转瞬二十载，如今又至黄桷兰开花时，那一朵朵夏风里微笑的白兰花，真的很美、很香，可哪一朵是风波浪里把花开的那个唱甜歌的珊妹呢？

在巴掌大的地方缓行

青春印象

齐耳短发、娃娃脸、长睫毛的眼睛，矮而瘦小的身材，说话不时蹦出英语单词，重庆女孩柔弱的笑声——我能记起的只有这些清晰的细微之处，但它们组合起来依旧是一个模糊的面容和身影。

很多曾经那么熟悉的人，如今都是这样遥远着、清晰着、模糊着，有的人连名字也忘记了，有的人只记得一个绰号或一个片段。即使这个人迎面走来，你也不再认识他了。

那个重庆女孩就是这样，不同的是我还记得她的名字，记得她闺蜜的绰号，记得她和闺蜜都收到毕业留校任教的机会，也记得第一次去她的大学女生宿舍，她和闺蜜放下蚊帐，躲在里面换衣服，我能隐约看见却装作看不见。

那是三十年前的青春岁月，记得我们是在单位团委组织的五四青年节联欢会上认识的。联欢会后，收到她邀请我去她们学校跳舞的信。然后，我就按事先定好的时间赴约。那天，我们几个人一块儿去校园的圆顶舞厅。她拿菜票购买入场券，学生票每张一角钱。几张票的钱足够吃一份米粉蒸肉。

舞厅其实是餐厅，桌椅收拾到墙边，旋转彩灯射出的光斑不能遮掩水磨石地面上的汁痕，脚下也有腻涩的触感，空气里当然会隐约有酱菜的味道。但我只闻见她头发里散发出的洗发香波的味道。这个味道让我记起她的矮而瘦小的个头，跳舞的时候，她的头顶只到我的下巴，我垂下头看不到她的脸，只能看到她柔顺的飘着香味的短发。她的脸埋在我的胸口，我能感受到胸口有一股温热的气息。我记不得我的心跳是否比以往跳动得更急迫，但在节奏动感的舞曲声中，它一定比以往更有力。

从舞厅出来，我们一路很高兴地说笑着，校园里八桷树在微风里发出沙沙的声响，八桷兰花的幽香让人迷醉。到女生宿舍门前时，楼道门口一个高个子的男子忽然迎过来。

她认出那是她父亲，她有些惊奇。她父亲见了我也露出奇怪的表情，向她更像是对我解释，他是出差路过顺便看看孩子。她便介绍我们认识。我们的手握在了一起，那是一双绵软的大手。他谢谢我关照她，然后推说自己还有事要走。我赶紧也推说有事，要抢在他之前离开。那时，我们仿佛都像是不合时宜出现的人，都仿佛是自己做错了一件事。

终于是我一路小跑着抢先离开。与其说离开，倒不如说是在逃跑。

我初中时也有过一次逃跑。有天下午放学，天降大雨，我没带雨具，站在走廊上想等雨小一些再走。雨下了好久，也没停下来的意思，正想冲进雨幕，我的衣服被人拉了一下，回头一看，却是坐在我前排的小胡。她刚做完值日生的工作，撑开一把黑色油布、竹制伞骨的雨伞，邀我一路回家。我犹豫了一下，便和她一伞同行。

雨点在油布伞上发出沉闷的响声。我撑着伞，小心地择着路，把伞尽量靠近她的一侧，她也不时把伞推向我这一侧。出校门的时候，遇见几个在大门拱顶下避雨的同学，他们见了我们，

在巴掌大的地方绕行

立刻起哄，阴阳怪气的笑声盖过了雨鸣。

我脸有些发烧，赶紧把伞柄塞给她，顶着书包就从伞下逃跑了。我听见她喊我的名字，但我没有回头。

现在，女同学小胡留给我的印象，只有一柄黑色油布伞下互相推让的片段。我不知道她现在在哪里、生活得怎么样，还能不能记起那个在雨中奔跑的我。

我从重庆女孩身边逃走之后，依然偶尔见面、通信，但再没有那次舞会上的感觉了。直到有一天，我收到一封没有留下地址的信，信封里只有一张印花的信纸包着几朵八桷兰。我猜想是她，希望是她，便再次去学校找她。她的毕业留校当助教的闺蜜告诉我，她考上南方一所大学的研究生，已经不在这里了。

离开的时候，她的闺蜜忽然说："你这人怎么那么不靠谱？"我追问为什么，她却连声说没什么、没什么。

其实我知道闺蜜话里的意思，但我假装不明白她的意思。

闺蜜也是圆圆的、白皙的脸，记不清她的名字了，只记得她是白族人，性格开朗，有一个很是特别的绰号。

不仅仅遥远的故人是可爱的，一些身边用惯的物件也让人惦念。有一天，我用了十几年的一个小物件不见了，翻箱倒柜找了好几天也找不着，彻底绝望之后开始回忆：它质地细腻、小巧可心，柔顺而含蓄的光莹润在表面……总之，关于它的所有细节都被记忆复原，而失去它宛如失去博物馆里珍藏着的一件珍贵的藏品，日子越久越让人惋惜。

可是有一天，不经意之间，它又出现了，让人内心禁不住一阵惊喜。激动很快就化为沮丧，眼前的它工艺粗糙、颜色灰扑扑的，一点也没有记忆中珍宝的模样。想起它在记忆里光彩的样子，我落寞得几乎就要把它立刻扔掉。

但我没有扔掉，我知道这就是它原来的样子，因它握在掌心有熟悉的手感。陪伴我们的很多物件，它们从没改变，是我们自己浸染于世俗沉迷于虚幻，变得逐渐陌生，有时只是迷失，有时却面目可憎。

在巴掌大的地方绕行

文学的诺言

一

有一次，父亲不经意间看了我写在作业本上的小说，那是我模仿明清小说写的神话，文白夹杂，情节离奇。父亲当时的表情异常复杂，他把作业本合上，沉吟了好长时间，也没有说出完整的话。后来，他情绪低落、像对我又像是对自己说了一句话，他说："文学能当饭吃？"

我母亲当时正从大锅里捞出煮得断生的米饭，那时还没有电饭煲，米粒要先煮软，让米汤从筲箕里渗入汤盆，再重新入锅，盖上草锅盖小火慢蒸，如此工序总是米香诱人，同时生成的副产品锅盔也金黄香脆。母亲接过父亲的话开导我，逻辑严密，爱愁交织，说的是普天下父母最寻常又最入理的唠叨，母亲说："你才上初中呢，将来考不上好高中，就上不了大学；上不了大学，也就没有工作；没有工作，温饱都是问题，文学什么时候能当饭吃呢？文学什么时候也不能当饭吃。"

我父亲对母亲的话不置可否，他坐在灶口，只是又叹一口长气，把我写有小说的作业本一页一页扯出，塞进灶塘里，火光映得父亲的脸忽明忽暗。

父亲是唐县镇公社大院少有的能称为秀才的笔杆子。那时镇子上的人们文化程度不高，对能写材料这件事情看得很神圣，能写的人也都自命清高，谈吐不凡。父亲毕业于老牌子的武汉地质学院，又爱好文学，更是内心充盈着骄傲。他藏有一本同学毕业纪念册，一百多页芯纸都是纯蓝墨水、圆珠笔甚至毛笔手书的临别互赠诗词，格律工整，感情真挚，一页页翻过去，仿佛青年才俊们一个个气宇轩昂在眼前吟哦，简直就是文学青年的一次西园雅集。父亲订阅了很多文学期刊，说起他对文学作品的认识来眉飞色舞，像换了个人一样，周身洋溢着欢乐的神采。

父亲知道文学会让人的内心世界充满精神理想，他本可以写出他的文学人生，但最终妥协于物质和亲情，放弃了努力。我知道，父亲一方面为我能爱好文学欣慰，同时忧心我今后的前程。事实上，父亲是对的，如果我不喜爱文学，我的一生不会像现在这样过得如此沉重。

可是，我的青春正值文学空前繁荣的时代，那时，我的同学们都痴迷于当时蜚声文坛的作家诗人，眼神里流露着诗性的忧郁，对话里激扬文学的腔调，似乎每个人已经是偶像的化身。

寻常人生只有一次，文学的美妙之处却可以无限延长你的生命，让你体验与现实不同的多样人生，相当于在这个世界上重新活过一次又一次。这样的文学梦想，岂能像那父亲处置作业本那样一烧了之而化为灰烬？

相对于父亲的阻止，中学语文老师申绍成则大肆鼓吹他的学生爱文学，最好是多出作家、名作家。

申老师是师范学院中文系毕业生，上课的时候，他常声情并茂地朗诵他自己的文章。文章内容如今记不得了，但记得那文章里形容词如晨曦之色花红叶绿，排比句如长江之水一浪一浪，尤其是他陶醉于文学的举止神态，更是深深印在我的脑海里。课堂上，他也常宣读我的作文，并预言我今后在文学上的发展。

但是，我资质平平，虽然发表了数以百万字的文学作品，终究是一个三流之外的作家。尽管如此，申老师却以我为荣，他曾在一家教育期刊发表论文，就以我的文学成长为例，说明兴趣是文学创作最好的老师。

有一年春节，我去看当了唐县镇中学校长的他，说起当年的文学记忆，很为他当年具有那样的文采而最终没有成为作家而感到可惜，极力建议他重拾笔墨刀枪。申校长听了一愣，居然因多年荒废写作而面带愧色。他轻轻旋转酒杯，不停地说，老了老了。

其实他那会儿不老，也就是像我如今这样的年龄。从他家离开的时候，我忽然冒出一个奇怪的想法，我想也许今天晚上他就会提起笔来，开始重续旧梦了吧？

那时正值春节放假，雨雪后的中学校园里空无人影，我独自打着手电筒，小心地择路前行，周围一切静悄悄的气氛让我心里异常落寞。

二

这种落寞的心情不是现在才有的，自从喜欢上文学后，我的心绪就很少能够安宁。

我初中同学刘国平与我一样喜爱文学。他喜欢在文章里穿插文言文，读起来抑扬顿挫，我认为他将来一定能成为作家。他自己也认为不能成为鲁迅，至少能成为像《高山下的花环》作者李存葆那样的作家，他甚至起了个笔名以备将来之用。但他父亲不这么认为，说："国平要是能成为作家，九儿也能。"

刘国平的父亲开了间香油磨坊，半条街都能闻到清晨霞光里磨坊散发出的焦香味道。他对国平的教育是，学好数理化才是正儿八经的事情。如果连大专、中专学校都考不上，别说当作家，生活都成问题，只能跟着他磨香油了。这和我母亲劝导我专注学业的观点如出一辙。

刘国平的父亲口里所说的"九儿"，是我们镇子两个著名精神病人之一，另一个是曾先生。

曾先生整日穿着不知原来是什么颜色的旧式西装，脏兮兮地在弥陀寺巷子里一边哼哼英语单词，一边从垃圾堆里寻找死猫死狗甚至老鼠。中午，他会回到自己倚墙搭建的棚子里，用一口不大的黑行军锅煮食他寻得的战利品，那时巷子里便会弥漫刺鼻的橡胶味道，很涩。曾先生一般不和人交流，看起来对人和善，性格也开朗，一副快乐大叔的样子，却不知为什么会精神不正常。

九儿不同，九儿是疯子却不认为自己疯，常捏紧拳头，把拇指从食指和中指之间穿出，形成一个锥子头，突然向朝她起哄的孩子眼睛戳去。虽然孩子多半逃脱，镇子里的人们还是不忘恫吓孩子"小心被九儿戳瞎眼睛"。

国平有天告诉我他的发现，他说："其实曾先生和九儿未必是疯子。九儿在家特别安静，曾先生知道列夫·托尔斯泰，还知道高尔基原来叫阿列克塞·马克西姆维奇·彼什科夫……"

国平咬牙切齿地冷笑着说：疯？怕是镇子里的人逐渐在疯。

国平说话时，眼睛里仿佛有被九儿戳中似的泪花涌动，他的话也让我长时间沉默。我在想，他能有这种惊人的发现和怜悯，更加证明他有作家的潜质。

一个冬天的夜晚，我和刘国平按照白天的约定，各自带了馒头到他家的香油磨坊会合。刘国平的父母忙碌一天回去了，值守防盗的任务就落在他的身上。这个场所也就成为我俩专属的文学沙龙会所。

我推门而进时，国平披着大衣坐在火盆边烤火，他看见我就示意我把临街的门关上。炭火盆烧得很旺，他黑黑的脸庞被炭火映得熠熠闪光。我们围坐在火盆边，很用心地烤着馒头片。味蕾有了烤馒头片的刺激，思维随之活跃。我们开始就某个文学名著的主旨争论，很兴奋很大声地说话，最终谁也没有说服谁，就安静下来，只听得炭火毕毕剥剥地响。

天晚了没话说了，我准备起身回去。国平突然拉着我，好像是要说一句憋了好久的话，他说："我准备给《人民文学》投稿。"

国平的凝重神情让我一下觉得投稿这事很神圣，而在此之前我根本没动过投稿的念头。

国平说："我查了杂志地址，也去邮政所打听了，二十页信纸寄挂号信两毛钱。这事要保密，不要让第二个人知道。"

得到我的承诺，他重重舒口气又坐下伸开手掌烤火。

我忽然有些莫名地妒忌，赌气似的跑出门，屋檐下的一只黑狗受到惊吓，嗖的一声跑远了，雪地上脚印歪歪斜斜。

自此之后，刘国平开始等回音。在他等待的时候，我也开始偷偷摸摸投稿。当我的作品第一次变成铅字时，我很想告诉他，向他炫耀，但我没有，我怕他伤心，怕他埋怨我没有像他把秘密告诉我一样地告诉他。

我的同学国平很执拗，他又写了很多稿件，也投了很多刊物，可直到我高中毕业离开小镇，他也没有等到编辑部的采用通知，甚至连铅印退稿单也没有。国平备受打击，却没有因此消沉，只是他骄傲的神情再难看到了，这让我很是怜惜。

以后我离开家乡漂泊在外多年，辗转多个省市，开始还有通信，后来联系便少了，对文学更是讳莫如深。再后来，只知道他高考落榜后还在小镇里磨香油，日子单调而重复。

有一年，我有幸到一家国家级大报社工作，参与编辑每周半个版的专刊，我赶紧写信给国平，告诉他可以写点文章来，可能会有发表的机会。但我始终没有等到回音。

我探亲回老家，也曾专门去磨坊找他，磨坊还在，可已换了主人。听说他几年前就去南方打工去了，直到现在也联系不上。

我不能设想国平现在的生活，但我知道我跋涉半生而无建树的艰辛路途。我知道，对一个文学青年而言，无论今后从事什么职业，无论是否坚持写作，心中都会有解不开的文学情结。这是文学青年的共同梦魇。

三

文学又岂止是青年人的梦想呢？

那年回家乡随县探亲，一位年逾七旬的老人通过我堂兄找到我。老人进屋的时候，我和家乡的几个朋友正在堂兄家边吃边聊，大家心里高兴，都已略有醉意。堂兄抢着介绍说，老张是县纺织厂退休职工，早知道我的大名，又不认识文学界的人，写了一辈子也没发表一个字，特别希望能得到指点。

堂兄介绍的时候，老张一直点着头。饭前我只听堂兄说有文学爱好者想让我看看稿提提修改意见，没想到竟是一位老者。出于礼貌，我邀请老张一起坐下喝酒，他立即惶恐不安地拱手谢绝，一个劲儿抱歉自己来早了。堂兄便把我们带到另一个房间，找了一个小方桌让我们面对面坐下。

那时，春日的阳光让空气里的浮尘旋转成几根明亮的光柱，从窗口那边斜斜地照射过来，我看见老张已经谢顶，脑门上渗着细密的汗珠。老张从帆布包里拿出一沓书稿摊在大腿上，双手费力地来回在稿纸上按压想把起卷的纸张抹平，他脸上挂着既兴奋又尴尬的笑意，好一会儿才把书稿递给我。

我接过书稿，只见普通带红杠的信纸上密密麻麻地写着蓝墨水钢笔字，为方便修改，每两行空出一行，一大摞稿纸粗估一下约有二十多万字。我立刻心生感动而醉意全消。本想好好看看，可因傍晚还要去机场赶着回北京，只能粗粗看了十几页。张姓老人的作品是长篇小说，写的是退伍军人回乡改造荒山致富的事，可流水账的叙事和达到发表水平差距甚远的语言，实在让人难以卒读。

我看书稿的时候，眼睛余光发现老人一直很紧张地看着，当我合上书稿看他时，老人却躲闪起来。我不忍伤老人的心，就说了几句违心地鼓励的话。

老人很激动，急切地问能不能出版，我一时语塞，不知如何作答。老人说："要不这样，我借你的光，作品署上你的名字？"

我连忙拒绝，我说，这不是署名的事情，我又不是巴金老舍，我的名字不能给作品增色，而且出版社三审制度很严格……

我说的是实话，那时出版社审稿确实很严格。

老人终于听明白我的意思，眼里的光亮渐渐淡去，他把书稿重新放回包里，沉默了好久忽然说："这下死心了，也写不动了。也许可以干点别的什么了……"然后，老人起身向我道谢后告辞出门，他走得很慢，背好像也佝偻起来。

也许他来时就佝偻着吧，我这么想着，忽然感到心里十分难过。

这个文学老人的名字叫张炳华，一辈子我也忘不掉。

每个人心里都会有一座城市、一个乡村、一台大戏，有一张张面孔、一个个生动的挥之不去的情感记忆。

这些过往的生活痕迹，构成精神世界最原始的积淀，形成性格中悲悯和敏感的部分。如果年轻，又恰好爱好文学，这些沉睡在记忆河床中的物质就会觉醒、激荡、纷纷扬扬，让人产生表达的冲动和当作家的梦想。而文学的梦魇往往自此如影随形、挥之不去。

一生一世，对于爱好文学的人而言，文学简直就是梦中留给天上人间的一句诺言，一言既出，驷马难追，没有谁能真正走出这个梦魇。

在巴掌大的地方绕行

凝视英雄的背影

英雄无外乎两种：一种是闻名遐迩的著名精神道德典范，另一种是默默无闻的草根无名英雄。无名英雄有的能够事后知道名字，有的却连名字也没能留下。但只要是英雄都会受到人们的敬仰和怀念。我从小就景仰英雄，所以投笔从戎，军装一穿就是三十年。我不认为喜欢文学与爱军习武是相互对立、不可融合、非此即彼的。自古以来，集文学修养与武学韬略于一身的英雄大有人在，比如雄才伟略的曹操、贞观之治的李世民、抗金名将岳飞、豪放派词人辛弃疾、心学集大成者王阳明、晚清名臣曾国藩，当然还有马克思、恩格斯、毛泽东、周恩来，等等，个个文采飞扬、谋略深远，有的还亲自披挂上阵，尽显英雄气概。

马克思无疑是一个天才的英雄。有年春天，我在威斯敏斯特大学学习间隙，曾专程去伦敦海格特公墓拜谒。途中，我的耳旁一直回荡着他说给燕妮听的声音，他说："亲爱的，我又给你写信了，因为我孤独，因为我感到难过，我经常在心里和你交谈，但你根本不知道，既听不到也不能回答……"这让我感到，马克思更像是一个真实活在我们身边的人。海格特公墓静谧幽深，花香四溢，更像是一座寂寞的花园，许多生前素不相识的人在人生的尽头陆续汇聚于此，于是河流不再喧腾，尘埃飘然落定，彼此尽享无牵无挂的灵魂安宁。墓地小路两侧挤满高高低低的墓碑，上面大多安放着十字架，或者是垂着悲悯翅膀的天使石像，似乎寄托着亲人让逝者永远沐浴光辉的祈祷与祝福。唯有马克思墓例外，这位停止思考的思想者长眠在小路的拐角处，不过几平方米见方，但辨识度极高。

1883 年 3 月 14 日，马克思病逝于英国，3 天后的 17 日，就在这里举行了葬礼。马克思虽然安睡在地下，但把伟大的头颅高高举在墓碑顶上，在周围十字架的重重包围中，他散开的头发和胡须就如同迎风招展的信仰者的旗。仰视马克思令人尊敬的头像，眼前瞬间出现这样的画面："一个幽灵，共产主义的幽灵，在欧洲大陆徘徊。为了对这个幽灵进行神圣的围剿，旧欧洲的一切势力，教皇和沙皇、梅特涅和基佐、法国的激进派和德国的警察，都联合起来了……"

马克思的思想改变了整个世界，堪称当之无愧的英雄。但英国人的价值观把英雄定义为另外一些伟大的人物，并把他们埋葬于威斯敏斯特教堂。那里除了王室成员，牛顿、达尔文、亨德尔、哈代、丘吉尔等都埋葬在那里。英国人因此把威斯敏斯特教堂称为"荣誉的宝塔尖"。马克思断定"无产阶级是资产阶级的掘墓人"让他们恐惧自不待言，拜伦、雪莱等革命性诗人均被拒之门外。英国 19 世纪伟大的哲学家、著名的社会进化论者赫伯特·斯宾塞，也安葬在海格特公墓，他与马克思墓相对距离不足 3 米远。有意思的是，英国批判现实主义小说家狄更斯的亲人被埋葬在海格特，但由于狄更斯的文化符号意义，其本人被葬在威斯敏斯特教堂的诗人角。我曾到那里参观，也去了狄更斯青年时代的故居。相比富丽堂皇的威斯敏斯特教堂，我

在巴掌大的地方旅行

更喜欢那座古老的裂了缝的房子，它让我能够呼吸到那个年代的时代气息。

西方人对英雄的尊崇，似乎并不要求一个人完美无缺，他们更在意的是一个时期甚至一个时刻的真实表现、人格魅力和民族情怀。前不久热映的英国电影《至暗时刻》的许多背景，都发生在我伦敦学习期间的威斯敏斯特，从旅店到学校的途中，都会走过丘吉尔当年沉思的街口。影片描写丘吉尔在"二战"时期是否与德国宣战的艰难时刻。影片里丘吉尔穿着睡袍像堆烂肉一样，从早到晚躺在床上喝酒抽雪茄处理公务，光着身子不等女士回避就从浴室冲出来，对即将到来的战争害怕得要死，差点屈服于内阁的和平乞求压力——这样一个邋遢老头却赢得了英国人的尊敬，只是因为他有大爱、大忠、大勇，在这样的领导者带领下，英国人同仇敌忾，虽是至暗时刻，人们心中却没有恐惧的阴云，地铁上、街市中处处都是明亮的色彩。但是，威名显赫的战时首相在战后的选举中却遭到了选民的抛弃，黯然消失在伦敦的浓雾之中。直到他死后，才享有了被人长久纪念的荣誉。

我们中国人也有备受尊崇的总理，他就是周恩来。周恩来总理鞠躬尽瘁、死而后已，是我心中不可磨灭的英雄。二十年前，作曲家三宝为电视专题片《百年恩来》谱写了主题歌《你是这样的人》，歌中唱道：

> 不用多想，不用多问
> 你就是这样的人
> 不能不想，不能不问
> 真心有多重，爱有多深……

第三辑 青春印象

137

乐句质朴自然，咏叹真挚，听来荡气回肠，如见其人。这首歌被许多人翻唱过，主旋律的歌能如此直逼人心、拷问灵魂，堪称人格精神与艺术魅力的完美表现。音乐绕梁不绝于耳，这样的大写的人却一去了无痕。你是这样的人，我们是怎样的人呢？回首过往，真是去意徘徨，别语愁难听。

相比伟大人物，我也从内心深处景仰草根英雄，除了大家耳熟能详的董存瑞、黄继光等英雄人物，印象中有两位女英雄让我难忘，尤其是她们说的话荡气回肠，令我感动落泪，真是让须眉男儿自当汗颜。一个是电影《女狙击手》的女兵——苏联女狙击手帕夫柳琴科。她在敖德萨和塞瓦斯托波尔保卫战中，独自击毙309名德军士兵。在被邀请到美国白宫参加记者招待会时，这个普通女孩只说了一句话："我今年25岁，射杀了309名法西斯侵略者，男人们，你们还想在我背后躲多久？"话音一落，举座鸦雀无声。另一个是京剧《穆桂英大战洪州》的杨门女将，穆桂英身怀六甲披挂上阵，刀劈辽将白天佐，出征前她对八贤王赵德芳和天官寇准只说了一句话："穆桂英为国家我何惜自身！"

在我的军旅生涯中，我也曾多次近距离接触过一些堪称无名英雄的普通人，我称之为平民英雄。1998年夏天，中国三江流域暴发全流域特大洪水，我和著名作家乔林生奔赴一线采访，率先推出了全景式报告文学《九八中国大抗洪》，书籍出版后，在全国引起反响，获得全军抗洪题材优秀作品奖，中央新闻单位均予以报道。书中记录了一大批与洪水进行殊死搏斗的普通军人的身影，一些年轻的士兵甚至献出了宝贵生命。我脑海中至今仍会闪现出他们面对洪水时的坚毅表情，以及接受采访时脸上显现的稚气微笑。

我更为尊敬的是为中华民族牺牲奉献的无名烈士。有一年，我和解放军报记者武天敏一起宣传一个全国重大典型，在查阅历史档案中，看到八路军某部 1945 年抗日烈士登记表上记录的一串血染的名字——

战士张振明，28 岁，河南滑县人，牺牲日期 3 月 12 日，来队一日牺牲。

伙夫杨兴兰，38 岁，河南南阳人，牺牲日期 3 月 25 日，来队当天牺牲。

通信员石家福，20 岁，籍贯不详，牺牲日期 3 月 28 日，来队当天牺牲。

伙夫张哑巴，岁数不详，真名不详。4 月 18 日牺牲。备注一栏中特别注释：哑巴不会说话……

参军当天就牺牲了，已经让人沉默，当看到"哑巴不会说话"的字样时，我的内心受到极大震撼。看着这些名字，仿佛凝视这些无名英雄远去的背影，多少年过去都忘不掉。

我景仰英雄，曾经梦想做一个英雄，但我毕竟只是一个凡人，其实做一个凡人英雄也许更令人尊敬。我曾写了两首诗歌，一首《景仰英雄》，一首《凡人英雄》，说的就是这样的心境，诗歌发表后引起一些反响，后来这两首诗在全军文学征文中获得诗歌类一等奖，媒体转载甚多，看来大家对此也是认同的。诗歌在表达思想情感方面，也许比散文更有力量。在这里，我将它们抄录下来，与大家分享。

景仰英雄

少年时代我就景仰英雄
缅怀英雄的时候

我会独自站在高处
像王成紧握爆破筒一样紧握竹杖
用稚嫩嗓音高喊：

向我开炮——

我会盘腿坐在油菜花地里

仰望蓝天白云

大声诵读《可爱的中国》

仿佛自己就是方志敏

正在从容面对刽子手的排枪

想起烈火中永生的邱少云

我会点燃一根火柴靠近皮肤

悉心体会烈焰烤炙的伤痛

想起只身堵枪眼的黄继光

我会举起一根针猛地刺向自己

想象密集的子弹

如何呼啸着穿透身体

还有舍身炸碉堡的董存瑞

还有飞身拦惊马的欧阳海

那时我不懂战争与和平的深刻含义
可我真是钦佩英雄的意志和牺牲啊
所以　我做梦都想成为英雄
甚至荒唐叹息错过了那个年代
甚至一心期待战争风云
在某个清晨忽然惊现

在巴掌大的地方绕行

景仰英雄

形成了我性格中坚强的部分

让我在喧腾的世界里懂得如何安宁

在安静的生活中如何保持激情

景仰英雄　让我知道

漠视牺牲的国家今后将不会有牺牲

而崇尚英雄的民族必然英雄辈出

所以我携笔从戎

所以我秉持男儿的血性

所以我倾心战争准备

以逝去生命的名义

我持枪——

让和平阳光在枪刺上闪耀

我执笔——

让思想锋芒在笔端上激荡

我知道　追寻英雄的足迹

也许不能成为英雄

但景仰人民英雄

我肯定能成为一名好兵

凡人英雄

我们身边总会有这样一个人

总是装着别人的冷暖

总是心怀回报世界的感恩

总是希望别人过得更好

我们身边总会有这样一个人
总是笑对清贫疾病
甚至死亡
总是想着我能做什么
我还能做点什么
让人忍不住想去劝慰
为什么要这样
何必总是这样
面对那真挚的微笑
同情的心却被同情
安慰的心反被慰藉

我们身边总会有这样一个人
活着的时候
没觉得有多么崇高
远离的时候
才发现他的点点滴滴
是多么来之不易
是那么意味深长

我们心里总会装着这样一个人
每当想起的时候
眼里总是湿湿的
心里总是暖暖的
每当想起的时候

在巴掌大的地方旅行

就会反复叮咛自己
今生今世啊
一定要做这样的
好人

较劲的人生

我年轻时常听父亲说，一个人要有出息，必须与人生较劲。当时我颇不以为然，认为和人生较劲是伪命题。人生的概念太空泛，年轻时看不清未来的发展方向，人生的意义是什么都含混，较劲是瞎较劲。人到中年，生活的各种压力交织而来、集中释放，让人疲于应付，哪儿敢主动较劲呀？到了老年，心力交瘁，较劲也只能与疾病和衰老较劲了。

阅历渐丰，我才发现我的认识看似有理，实际是肤浅的。年轻时的困顿、中年的焦虑、年老的病痛其实都是实在的人生。人不较劲，还真对付不了漫长的人生。人要活出精气神来，还真要和自己较较劲。较劲当然要付出代价，伟人与常人概莫能外，首先就是生活不会过得太舒服太安逸。我夫人的姥姥不识字，却让一家人敬畏，她一头银发顺顺溜溜，一身穿戴齐齐整整，屋里屋外干干净净，颇有《史记·万石张叔列传》中万石君的样子，"子孙胜冠者在侧，虽燕居必冠，申申如也"。别人赞姥姥精神，称她不像别的老太太五十出头就不修边幅、佝偻腰背。姥姥说："歪着躺着也舒服啊，可我就要挺直腰板坐着，人上岁数了，不和自己较劲，老态就出来了。"

姥爷就不一样了，胡子拉碴、穿着随便、粗声大嗓，点火就

在巴掌大的地方践行

着，八十岁了还穿着拖鞋骑自行车到街边看人打牌，常和人争得面红耳赤，丝毫看不出是有高级职称的南下干部。姥爷舒服任性了一生，家庭地位却不高。姥姥常恨铁不成钢，说教育他五十多年也教育不过来。后来，两位老人相继去世，前后相隔不到一星期。我和夫人赶去告别，参加葬礼的人很多，谈起他们的一生无不感叹、尊敬和怀念。

我真正感到不舒服的较劲日子，还是在当兵以后。先是和军被较劲，每天牙咬手捏地想让软绵绵的被子屈服，变成我想要的"豆腐块"，被子一年到头轻易不敢晾晒拆洗，担心伏贴的棉絮又蓬松成了"面包"。又和队列动作较劲，一遍遍踢腿甩胳膊，一步一动，手腕立得直直的、脚尖绷得平平的，军姿一站一小时，左晃右晃，眼冒金星。五公里更是较足了劲，落后了觉得很没面子。

自己较劲还不算，连排干部也暗暗较劲，眼睛盯着别的连排，变着法地争上游。大学在南京方山集训，又过了一次新兵连。有一次，队与队举行篮球比赛，我们队有学员上场几分钟体力就顶不住，不停示意裁判换人。当时场上比分正吃紧，张宇队长也是参赛队员，见了很生气，大喝："咱五个谁也不许下场，打场球还能累死人！"结果五个人撑了一场球，终场哨音响了，大家累得脸色煞白，败也败得悲壮，真是虽败犹荣。

当新兵、当学员这样较着劲的日子，生生把一个个地方青年塑造成了兵的样子。

和体力较劲只是一时的意志考验，和内心较劲却是长久的磨难。京剧大师梅兰芳八岁学艺，业师朱小霞是梅兰芳祖父梅巧玲的弟子，也算是名家，但他认为梅眼皮下耷、没有扮相，心拙手笨缺少悟性，教了半年死活不教了，说"祖师爷没赏饭，还是干点别的吧"。梅的伯父梅雨田不甘心，想方设法让他传承梅家衣钵。梅兰芳也和自己较劲，另择名师吴菱仙，勤学苦攻青衣。当年，为求舞台表演效果，他穿着绷鞋在结冰的地上练莲花碎步，一练一整天，终于十一岁登台，又兼收并蓄，别开门派，成为一代宗师。朱小霞后来见到成名的梅兰芳愧叹自己眼拙，说有眼不识泰山。梅施礼答谢他当年的轻慢，说没有他的话鞭策刺激，成不了今天的角儿。可见当时梅兰芳受了多大打击，又隐忍着和自己较了多大的劲。

人生需要较劲，艺术也需要较劲。我当兵时曾跟随歌唱家傅丽坤教授学了几年声乐。傅老师是海政歌唱演员，是电影《红珊瑚》珊妹的主唱，当年一曲《珊瑚颂》红遍大江南北。她后来转业到西南师范大学音乐系任教，歌手李丹阳就是她一手培养的。傅老师上课时，让我双手叉腰感受气息。吸气使横膈膜下沉，腹肌收缩反向上顶，两股力一较劲，气柱稳稳上升，引发胸腔、咽腔、头腔共鸣，声音就有了穿透力和金属感。傅老师总结一句话，叫对抗产生力。

对抗就是较劲。傅老师的话让我很受教。由此发现艺术和人生是相通的，比如戏剧也需对抗，没有人物冲突的剧情，戏不出彩。书法的毛笔之软要和纸较劲，没有一种刷的摩擦感，味道也出不来。较劲让艺术生色，也能让人生出彩。

较劲是一种健康向上的人生态度，相反，所谓放下执念、执着更多的是一种消极避世的心理。现在常有人从古人那里寻章摘句，劝人豁达，对事业不用孜孜以求。其实，有些先贤的智慧觉悟是在设计一个个圈套，一步步把人从社会、自然、本我中剥离出来，在所谓的升华境界中，让修行者自欺欺人地独自走向物我相忘的孤寂之境。试想，一个人倘若没有极度的自私自恋自虐，如何能渡尽劫波以达彼岸，如何能有大逍遥、展大抱负、得大自在啊？

比如林则徐说的名言："子孙若如我，留钱做什么？子孙不如我，留钱做什么？"若以励志后人，有理，但这只是说话的一面，真实生活还有另一面，那就是"父让子亡，子不得不亡"的封建纲常。你也许豁达，但你忍心让子女受难？

人生也好，艺术也好，较劲是生活的一种常态。和自己的人生较着劲，也只是律己上进，绝不是心怀妄念，更不是固执己见。但我不大喜欢传说中的老太太铁杵磨针的较劲方式，铁杵或可成针，成本代价太高了。有这股劲，完全可以另辟蹊径。不就一根针吗？和一根铁杵较什么劲。

麻雀的生死时刻

我早上从宾馆房间出门，突见走廊地毯上落着一只麻雀，身形轻健，羽毛光鲜，目如点漆，俨然一位中世纪的孤独少年。它看见我并没有飞走，而是在地毯上蹦跳着，我走它也走，我停它也停，它镇定自若的样子让我十分惊奇。

我所居住的稻香湖酒店依湖水而建，布局宛如迷宫，来访者如果不借助指示牌很容易晕头转向。我的房间位于三楼，在这隆冬时节，楼宇各处窗户又是关闭着的，真想不出这只青春的麻雀是如何飞进来的。

麻雀不紧不慢地在我前面蹦跳着，一直前行到走廊尽头的拐角处，而再向前就是通向酒店大堂的楼梯。窄长的楼道连接的角厅使空间陡然增大，麻雀反而不那么从容不迫了，眼见无路可走，麻雀顺着墙角钻进了一个三人座沙发靠背的后面了。

我童心顿起，很想继续与那只骄傲的麻雀周旋，恰巧手机铃响，有比逗鸟更重要的事催我离开，于是，我没有惊扰躲藏的麻雀，径直离开去办自己的事。谁知，就在我离开的当口，那只麻雀正在独自经历着生死时刻。事后我想，倘若我那时遵循童心的指引，或可避免它出人意料的命运和结局。

一生中，在我目力所及的世界，麻雀恐怕是最卑微又最亲近人的鸟类了。年少的时候，屋顶院落树枝电线上到处可见叽叽喳喳叫个不停的麻雀。麻雀天然愿意与人类伴生，以至于哪里有麻雀成群飞舞，哪里就会有人烟。记忆中城镇的粮站、仓库，农村的谷堆、晒谷场麻雀尤多，以至于其被列为"四害"，成为举国追杀围剿的对象。大人响应号召家家户户敲锣打鼓，自西向东，由北向南，长杆短棒不间断袭扰，让麻雀们疲于奔命，无枝可栖，最后力竭吐血坠地而死。大人以麻雀为害，我们却以麻雀为乐，小伙伴们常从屋檐、土夯的墙洞里掏麻雀窝，有时能掏出雀蛋，有时则能看到张着嫩黄小口的雏雀。也会支起扁筛诱捕涉世未深的幼雀，或用弹弓射击树枝上打盹的老家雀。那时，品尝麻雀肉的鲜美，在物资匮乏的年代无异于饕餮盛宴，让我们这些黄口小儿的日常生活充满了欢乐和幸福。

我儿时的玩伴对大人骂我们黄口小儿很是不满，雏雀才是黄口，嗷嗷待哺的雏鸟张着喇叭一样嫩黄的嘴巴，很是让人怜惜。我们互相察看，又对着镜子反复观察，也没看出嘴角有如雏雀嘴的嫩黄颜色来，于是得出"黄口小儿"完全不通情理的结论，个个义愤填膺，嘲笑大人们是在信口雌黄。心里的意思是大人含着黄颜色的水像滋水枪一样喷吐黄浆，却不明白黄口是借代、雌黄是古代涂改书写错误的颜料。童年的无知也是快乐。

大人们憎恶麻雀源于专家，后来知道错怪了麻雀，也是专家出面为麻雀平反昭雪，使之由四害之一归为益鸟。成也专家，败也专家，在生活的各个领域，信口雌黄这个词用于某些专家倒是还有几分贴切。

益鸟的身份并不能改变麻雀生命的卑微，它不是濒危物种，也不是世界奇珍，终日四处觅食，一口一口延续种族的宿命，尽管族群也在日渐稀少，但生老病死丝毫不会引起人类的注意。人心有悲悯，可只有慢下来才会敏感，才能发现原本被忽略的卑微存在。现在人们大都急匆匆地奔走楼宇之间，心里想慢也未必能慢得下来。

有一年，作家屠格涅夫带着猎犬去郊外，在闲适之中忽然发现麻雀的灵光闪现，他眼中的那只从树上俯冲而下，把不慎坠地的雏鸟挡在身后而勇敢面对并吓退猎犬的麻雀，也让我心里佩服得不得了，我没想到如此卑微的生命也有堪比人性的高贵，自此就再也不去掏鸟窝、吃雀肉了。

我年轻时有很长一段时间对鸟类有了兴趣，感到鸟类的本能和习性有种与生俱来的固执。它们独处群居、往返迁徙或定居栖息，都是源于身体里根植的种族生存的密码和亘古不变的信念，这种执念，使麻雀不会羡慕鸿鹄的志向，鸿鹄也不会安于麻雀的巷陌，也正因此促成了生物的多样性，使飞过天空的鸟有形态各异的天籁和色彩律动。相比人类趋利避害的选择性，鸟的生活展现了更多的自由。我那时比较喜欢的一句话是：天空没有翅膀的痕迹，而我已经飞过。

但是，自由往往都会在探寻中付出代价，这种代价有时是生命。譬如我早晨从宾馆出门时遇到的那只麻雀。

我本来忘了那只麻雀，中午回来经过宾馆那张沙发的时候，一下想起那只麻雀，忽起好奇之心，就想看看它还在不在，我踢了踢沙发腿，没听到响动，我想它大约飞走了吧。

正当我绕过沙发准备离开，不经意回头一瞥，蓦然看见靠背与墙的缝隙之间，隐隐有什么东西。我蹲下身仔细一看，不由一阵惊喜，那只麻雀居然还在，它张着翅膀、低着头，一副准备腾飞的样子。

我把沙发挪开，心里立刻发凉：麻雀被一张捕鼠的胶贴粘住

在巴掌大的地方绕行

了，已经没有了声息。我看着麻雀的神态，设想着它的生死时刻。当时，那只麻雀慌不择路，它当然不会知道沙发背后隐藏着本是捕鼠的陷阱，它蹦跳上胶面时，双脚一定立刻被粘住了，它本能地伸开翅膀想飞，随即翅膀上的羽毛被粘牢了，它挣扎着把头向前伸，随后下颏也被粘住了。可怜的麻雀显然不能挣脱连硕鼠也不能逃离的强力胶粘，只能保持着起飞的姿势，毫无尊严地把生命留在了这个冬季，那双曾经不知疲倦的翅膀，自此再也不会回到田野草丛树梢屋舍之外的天空了。

只有我知道它曾像中世纪的孤独少年在楼道里出现过，那么轻盈、美丽，又是那么羞涩、忧郁。

稻香湖朔风阵阵，窗外看不到干枯的苇丛中有麻雀的身影。麻雀的生死时刻曲终人散，过不了多久我也就遗忘了吧，世界将没有人知道这只麻雀的存在。可是，若干年之后，谁又知道我们的存在呢？

难以忘怀的遇见

大学毕业后，我在北京一家国家级报社当实习编辑，每天要从丰台的家赶到市区报社上班。先坐339路公交车到六里桥，再步行至公主坟坐地铁到南礼士路，然后转乘公交，途中要转三次车，需要一个半小时。

公主坟是中转站。有时加班晚了，为了省时间，就坐私营的小公共回家。那时公主坟有不少点对点的小面包车，一般停在路侧，等人上得差不多了，会在车内过道摆上小凳子，然后发动马达让车沿街缓慢地开。售票员多为女性，似乎都有武功绝技，远远就能看见她拉着车栏杆，半个身子探出车门外，手臂忽上忽下伸向行人，不停高声吆喝着终点站名称和票价，希望再招揽些乘客，让人担心她一不小心从车上跌落下来。

那年冬天，有天天色已晚，我从公主坟地铁站匆忙出来，忽然被一个乞丐拦住了。乞丐折了条腿，盘坐在草毯子上。他灰白的头发蓬松如蒿草，面色暗红积满油垢，眼神躲闪着，像在看你又不像在看你。乞丐对我摇晃着一只搪瓷水缸杯，稀稀朗朗的硬币在里面碰撞出零乱的声响。他一边摇一边嗫嚅着什么。我知道他一定是想让我朝那个杯子里丢些零钱，可我身上只有整钱，总不能让他找换吧？我飞快地逃离了。

寒风卷集着尘土，塑料袋、快餐盒、碎纸片被吹向半空飞扬，脏乱的街道上，行人都把自己包裹得严严实实，一个个行色匆匆急于回家。天寒地冻，往日来来往往的小面包难见踪迹。我越急着回家，越觉得时间漫长，彻骨的寒意也越是无法抵挡，想跑几步御寒，又担心走得太远，错过了忽然出现玻璃窗上写着熟悉地名的熟悉客车。

等车的时候，我看到拐角路灯旁有人在烤羊肉串，顿觉饥渴难耐，就买了十串。等烤好了，吃上了，忽然想起地道口的那位老人，心生怜悯，就又买了十串，边吃边朝对面的地铁口去。但等我带着热乎乎的羊肉串返回去找他时，那里已经没有老人的身影了。

他的腿残疾成那样，能到哪里去呢？我满腹疑惑却又不能耽搁太久，只得拿着羊肉串回来。原本想让烤串的小贩加加热，谁知小贩也不知去向了。我只好把那份善心放进包里，恰在这时小面包车售票员喊着"丰台云岗"的吆喝声由远而近。我急不可待地钻进车门，只听得风从窗缝挤进来，发出嘘嘘的哨音。

第二天、第三天……连续好几天，我有意无意地经过那个地铁口，但始终也没见着他。自此，我出门的时候总会带些零钱，也总能遇到需要帮助的人。我的习惯也影响了我的女儿。那些年，她会因为景区的一个小贩是老婆婆而买自己不想要的东西，在城区地下通道口遇到乞丐，也会毫不吝啬地把零花钱送给他。她甚至也希望能见到我所说的那个摇搪瓷缸的冬天寒风里盘坐的老人。

几年后，我们举家从郊区搬进了市里，孩子在我工作的单位就近入学，我不再早晚奔波了。有一天傍晚，我和同事去北大医院看一个病人，出来的时候忽然见到路边有个盘腿坐着的老人，我的心立刻急促跳动起来，莫非是他？

正当我掏出钱包准备过去的时候，同事一把拉住我，他说："你给他钱？他恐怕比你还要富有。"

我对同事的态度很不满。同事笑说，你没看报道？看来你真不知道？曾有记者专门采访过街边、地铁、通道里的乞丐，都是职业乞讨者，他们在郊区租房住，早出晚归，尽管乞讨方式不同，收入差距也大，但每个月最少也能挣到5000元。

我一下惊呆了。我看着老人，一样蒿草的灰白头发，一样躲闪着的眼神，一样残疾的大腿……但他没有能摇晃出声音的搪瓷水杯，他的面前是一只保温桶，里面有零乱的细钞，我不能确定他是不是那年我遇到的人，我还是毫不犹豫地把零钱放进了老人面前的保温桶里。

二十几年过去，我在西城区生活了八年，在海淀区购买了经济适用住房，又生活了十几年，市区的交通状况早已发生了天翻地覆的变化，地铁开了十几条线、公交划设了专线，私家车普及了，我们早就摆脱了颠簸出行之苦。尤其是我居住地附近变化更大，临水而居，左面有玲珑塔公园，右面有紫竹桥公园，沿街也遍布大大小小的花园，每天晨昏都有闲适散步的市民，脸上都写满富足安康、享受生活的微笑。公主坟的美丽变化，更让人感叹不已，而我再也没有遇到过像那年冬天摇晃搪瓷缸子老人一样的乞讨者了。

有年春天，我到伦敦威斯敏斯特大学学习，居所附近的尤斯顿地铁站口有一个大超市。有一天，我买完第二天的早餐出门，忽然见一个衣衫褴褛的中年英国男子坐在台阶旁，他留着棕灰色的长发和胡须，面前放着一个塑料盒，里面有零散的小钞和钢镚儿。英国乞丐！我在北京多年未见的乞丐身影如今在英伦现身。

在巴掌大的地方践行

这一发现让我竟然有些兴奋。我抑制住兴奋的情绪，把超市收银员找给我的钢镚儿全部拿出来，有三个英镑。我把英镑叠成一摞，像绅士一样放在他伸开的手掌里。

英国乞丐低头向我致谢时，我又想起当年的那个老人，忽然感到是祖国改革开放的成就，让我在老牌资本主义国家的疆域上，有了中国人扬眉吐气的尊严。

古巷里的小女孩

我曾在好几部小说中渲染过一条小巷，小巷一头接着集市，另一边通向土夯的城墙，两壁都是长满苔藓的黑青色方砖。风从城墙的缺口涌进来，那些方砖便会脱落尘粉，在青石条铺就的巷面上点射出一种残存的荣耀和陈年的孤独。我的许多故事都是从那小巷开始的，那小巷不是我的虚构，它其实是我故乡唐镇的一条叫作弥陀寺的古巷。

那时，我常常怀着一种神秘的激动和忐忑的焦虑躲在一根电线杆后面，那条小巷便在我的关注下变得古朴而忧伤。那时我的手心总是冒汗，汗水浸湿了油木电杆。我的记忆里有两块泛黄的掌印便怎么也涂不掉了，使我在任何时候都对印迹产生一种强烈的怀旧和伤感。

我其实是在等一个小女孩。每天黄昏，当斜阳辉煌灿烂的时候，那个小女孩就从小巷深处走来。小女孩将一只黑瓦药罐捧在胸前，瓦罐在她的胸前染上黑色的喇叭花样的图案。小女孩站在两米开外的地方，她的眼睛是亮而沉稳的，脸上是一种与她年龄极不相称的木然。

小女孩将药渣倾撒在巷口，于是小巷里便弥漫起中药的苦香。小女孩就这样捧着药罐出入那条小巷，那些药渣逐渐堆成了

在巴掌大的地方繞行

两个小包，中药的苦香也一天天淡去。

每星期两次开到小镇的班车，是小巷最瑰丽的时刻。班车一鸣笛，小女孩便风也似的奔出小巷，踮着脚向车窗里张望。小女孩瘦弱的身体在风尘满面的归客的夹缝中，显得更加瘦弱。

班车走后，小女孩拍拍灰尘垂头向巷里走去，她的脚步沉稳，没有失望和忧伤。

小女孩在等她的父亲，小女孩不知道她已经没有了父亲。她父亲的烈士证书就压在她母亲的病榻下面。班车的鸣笛和中药的苦香成为小女孩的希望和梦境，她不知道忍不住苦难其实是可以哭泣的。小女孩没有眼泪，也没有欢笑。她不知道在油木杆的后面，有个灵魂在追随她的呼吸，成为小巷又一道风景。

生活的苦难造就小女孩的凝重与高尚，小女孩又成就了一名作家的品质和荣光。小巷就那么以古朴的意蕴为两颗幼小的心灵刻下人生第一条曲线，让我们在还不懂得沉重的时候懂得了生活和生命的张扬。

若干年后，我一身戎装去了西南，那巷口的风景使我丝毫不敢懈怠。我知道军人的意义已超越了自身的功利与荣辱，我不敢忘却那些苦苦支撑家庭、苦苦期盼亲人的父老乡亲，不敢怠慢了军人家庭里那些如小女孩一样高贵而又凄凉的心灵啊！

现在那条小巷不存在了。小巷被一片盒式居民楼所取代。小女孩也不在了，那位烈士的后代长大后也从军去了远方，她血洒边疆的故事曾在那里流传，如今也渐渐在那里冷寂。

可是，我要说不要忘了她，不要！我要说：在祝愿祖国经济腾飞繁荣昌盛的同时，也为她树一座心碑吧！

第四辑　家在随州

　　一条河流穿越城市，像飞舞的白练破空而来，城市布局的稳定性瞬间被打破，因而变得灵动，而川流不息、吐故纳新的流动性，则让城市每天都富有朝气。涢水就是这样一条穿越随州的河。

欧阳修长在随州

一

欧阳修写《醉翁亭记》时，他本是被政敌攻讦贬谪滁州、年虽四十却苍颜白发之人，但他不悲天悯人反而乐观通达，喜欢热闹、爱喝小酒又"饮少辄醉"，醉时能与人同乐，醒时又能著以文章，这种随遇而安的性情与我家乡随州的乡亲何其相似乃尔。我有理由相信，他性格中豪爽奔放的部分，必是形成于自幼在随州生活的时间和经历。

《宋史·欧阳修传》记载，欧阳修"四岁而孤，母郑，守节自誓，亲诲之学。家贫，至以荻画地学书。幼敏悟过人，读书辄成诵"。欧阳修祖籍江南西路吉州庐陵永丰，即今江西省吉安市永丰县，父亲欧阳观任四川绵州军事推官。公元 1007 年，欧阳修出生，那年欧阳观 56 岁，可谓晚年得子，只是天不遂人愿，四年之后，转任泰州判官一年的他便去世了，留下妻子郑氏及一双儿女。当其时，家境窘迫，举目无亲，万般无奈之下，誓不再嫁的郑氏把丈夫的灵柩送回老家吉州，然后带着欧阳修兄妹入鄂，投靠远在湖北随州做推官的叔叔欧阳晔。欧阳修自此在随州生活了十八年，直至天圣六年（1028 年）。22 岁的欧阳修"携文谒胥学士偃于汉阳，胥公大奇之，留置门下。冬，携公泛江，如京师"（《欧阳修年谱》）。

在随州生活期间，欧阳修留下了母亲郑氏在城南折荻为笔、以沙为纸教他读书识字的故事，史称"画荻教子"。

中国古代有很多伟大的母亲因教子有方而名垂青史，战国孟子的母亲择邻而居，东晋陶侃的母亲封坛退鲊，南宋岳飞的母亲刺字精忠报国……都是良母教子的典范。欧阳修的母亲画荻教子也是这样，没钱买纸笔，便因陋就简，就地取材。

我脑海里总是浮现出这样的画面。朝晖夕阴之际，河流淙淙，鹤声阵阵，金沙绵延，芦苇摇曳，岸边滩涂之上，一对母子相顾而应答，暖风湿气氤氲而环绕，温情柔意散发而弥漫……

即使现在，随州城南仍有涢水汤汤，想必欧阳修便是在这河岸滩涂读写诗书吧，只是河岸遥遥，他城南居住之地或岸边画荻的具体方位世人皆语焉不详，欧阳修书文之中也鲜有提及。

欧阳修所在的北宋时代，至今已逾千年。那时随州属京西南路，离汴京仅 400 公里，"其山川土地，无高深壮厚之势"，人口也只有 3 万户、6 万大众，可谓地广人稀、风调雨顺、民风淳朴的宜居之地。千年之前的涢水流淌于这汉东之国，绝不会像如今的涢水这样久经人工治理而形态规整，河道如同沟渠，流水波澜不惊。

那时的涢水该是一条桀骜不驯的河，汛来而奔涌，潮去而安澜，河涨而橹声长，水落而金沙现——只有在河边沙滩畅玩过的人，才能知道金沙的意蕴——我一直以为金色河沙是一条河的安魂之床，流水因之而纯净，鱼虾因之而灵动，而失去河沙的河流只能如现在的涢水一样算作是沟渠。沟渠皆以水泥砖石堆砌为岸，不见沙砾何以能"画荻教子"？

实际上，画荻学书，古已有之。东晋王嘉在《拾遗记》中说："任末年十四时，学无常师，负笈不远险阻。每言：'人而不学，则何以成？'或依林木之下，编茅为庵，削荆为笔，刻树汁为墨。夜则映星望月，暗则缕麻蒿以自照……"欧阳修之后的岳飞也曾效法于此。岳飞幼年丧父，家贫如洗，乃积沙为纸，树枝为笔，勤学苦练。不仅武功盖世，一首《满江红》词，惊天泣地，竟与张若虚的《春江花月夜》一起在文学史上留下了"孤篇盖全唐，一词压两宋"的美誉。

画荻教子与囊萤映雪、悬梁刺股、凿壁借光之类，多是文人总结提炼的励志传说，未必是真实描述。譬如晋代车胤以练囊集数十只萤火虫照明读书，便被好事者捉萤入囊以实证，结果，靠那虫屁股大点的闪亮原本是不能辨别字迹的。

这些励志故事往往都会归结为一个共同的结论：家贫而志远，踔厉而奋发，有志者事竟成，有心者天不负。欧阳修画地学书，以荻为笔练字也是如此，至于是郑氏自涢水河滩取沙土而置于箩筐，还是母子同去那岸边的金沙之地练习，似乎不那么重要了。

但是，我仍然相信欧阳修是在涢水岸边习文，他在母爱的目光注视下，会在沙滩嬉戏，会折荻为笔，会书写天地，会在柔软的金沙上留下一代文宗稚嫩的脚印与字迹。

二

一条河流穿越城市，会像飞舞的白练破空而来一样，城市布局的稳定性瞬间被打破，因而变得灵动，而川流不息、吐故纳新的流动性，则让城市每天都富有朝气。

涢水就是这样一条穿越随州的河。

据史料记载，涢水属汉水水系，发源于大别山麓的大洪山，是汉水东面最大的一条支流，流经随州、安陆、云梦，至应城与云梦交界的虾咀分流，西支经汉川北部至新沟注入汉水，东支由云梦入孝感之澴河至武汉谌家叽注入长江。

中国古代文人往往从日月之行、江河之涌中悟天地之理、人生之道，譬如孔子所说"逝者如斯夫，不舍昼夜"，譬如李白说"黄河西来决昆仑，咆哮万里触龙门"，陆游说"三万里河东入海，五千仞岳上摩天"。日月江河之所以能开阔人的视野胸襟、使人顿悟，是因为河流会直观地促使人们思考一个人生命题，那就是人何其渺小，能从何处来，又到何处去？

涢水虽非大江大河，却也水系发达，波澜壮阔。面对穿境而过的汩汩奔流之河，临水而居的欧阳修面对水的流向，他不能不思考：涢河之水流到哪里去，水的尽头是怎样的远方？

这既是一个天赋异禀的少年之问，也是一个心往远方的赤子之心。

北宋时期的随州是荆楚蛮荒之地，农耕稼穑是生活日常。先秦《击壤歌》有云："日出而作，日入而息。凿井而饮，耕田而食。"这种渔樵耕读的农耕文化传统，形成随州人闲适、自得、保守、封闭的地域性特征。欧阳修年幼，生长于斯，自当受到这种文化濡染。他叔父欧阳晔在随州任推官二十五年，其为人正直，又以廉洁自恃，得叔父庇护。欧阳修一家虽贫困而温饱尚存，这在客观上加固了地域文化在他身上的稳定性。

问题是，欧阳修自幼丧父，而母亲郑氏出身望门，奉行贞节自守、母以子贵的纲常伦理，日常少不得灌输学而优则仕、志者当闻达于诸侯的信条，母亲望子成龙的期许与自我光宗耀祖的理想，最初的动因都是一扫寄人篱下的窘迫之境。欧阳修曾写有

《读书》一诗，诗云："念昔始从师，力学希仕宦。岂敢取声名，惟期脱贫贱。忘食日已晡，燃薪夜侵旦。"由此可见欧阳修读书用功初心之念念切切。

他不愿久居此偏僻之地，唯愿心如流水奔赴远方更大的疆域，甚至是汴京。

如果说画荻学书对他今后的书法打下基础只是臆测——欧阳修书法精湛，其传世书法《集古录跋尾》，凡58行，每行字数不一，共792字，其笔势险劲，字体新丽，用尖笔干墨作方阔之字，神采焕发，膏润无穷。苏东坡曾中肯地评述他的书法特色："用尖笔乾墨作方阔字，神采秀发，膏润无穷，后人观之，如见其清眸丰颊，进趋晔如也。"——那么，一次偶然的遇见，却真正改变了他的人生。

《欧阳修传》载：公元十岁，在随。家益贫，借书抄诵。州南大姓李氏子好学，公多游其家，于故书中得唐韩昌黎文六卷，乞以归，读而爱之。为诗赋，下笔如成人。都官曰："奇童也，他日必有重名。"

欧阳修在《记旧本韩文后》描述更加具体："予少家汉东，汉东僻陋无学者，吾家又贫无藏书。州南有大姓李氏者，其子尧辅颇好学。予为儿童时，多游其家。见其敝筐贮故书在壁间，发而视之，得唐《昌黎先生文集》六卷，脱落颠倒，无次序；因乞李氏以归。读之，见其言深厚而雄博，然予犹少，未能悉究其义，徒见其浩然无涯，若可爱。"

韩昌黎即"唐宋八大家"之首韩愈。苏轼曾经这样说过："欧阳子，今韩愈也。"

这次相遇足以展现少年欧阳修的与众不同。按当时流行的文风，韩愈之文不受待见，所以才书落"敝筐"，无序颠倒。欧阳修不慕时尚，能从"过气的"文章中发现永恒的光亮，与其说是他的幸运，倒不如说这是随州给予他的一次机会。

韩愈文卷就像二百年深藏不露的蒙尘宝石，等待有缘人的相见。从某种程度上说，没有这次意外相逢，就没有一代文宗欧阳修。

我说随州成就了欧阳修并不为过。首先他有惴惴之心。欧阳修寒门孤子，初涉陌生之城，惶恐而敏感，多愁而善感，而这恰恰是未知的随州在为他培育着一种文学的内在气质。欧阳修的确是感情丰沛的，这从他后来写的两首词中就可以看出。一首是写春光的《望江南》，是何其温柔细腻："江南柳，叶小未成阴。人为丝轻那忍折，莺嫌枝嫩不胜吟。留著待春深。十四五，闲抱琵琶寻。阶上簸钱阶下走，恁时相见早留心。何况到如今。"另一首写给亡妻的《生查子·元夕》，又是多么的缠绵悱恻："去年元夜时，花市灯如昼。月上柳梢头，人约黄昏后。今年元夜时，月与灯依旧。不见去年人，泪湿春衫袖。"

其次，他有靠谱玩伴。好学上进的家藏韩愈文卷的李尧辅自不待说，连黄庭坚的叔祖父黄梦升也是他的玩伴。欧阳修说："予少家随州，梦升从其兄茂宗官于随。予为童子，立诸兄侧，见梦升年十七八，眉目明秀，善饮酒谈笑。予虽幼，心已独奇梦升。"（《黄梦升墓志铭》）

第三，他有良师启蒙。当时黄梦升的哥哥黄茂宗在随州当官，黄茂宗也是文章妙手，大中祥符八年（1015年）登进士第二甲第三十五名，是崇信军（随州）节度判官，他与"弟滋、湜、淳、涣、灏、浃、注、渭、浚，十人并驰文声，时人号曰'十龙'"（嘉靖《宁州志》卷一七）。欧阳修有幸成为他的伴读童子，与黄梦升一起，朝夕得口传心授、耳提面命，耳濡目染之久也，眼界心胸自不相通。

当然，最令欧阳修受益的，还是那次与韩愈文集的仓促相遇。

欧阳修推崇韩愈历经四个回会。一是初见，就是这次机缘巧合的意外之得。但是十龄童，对大家雄文"未能悉究其义，徒见其浩然无涯"。二是迷恋。17岁那年，欧阳修应举随州，试左氏失之诬论。其略云："石言于晋，神降于莘，内蛇斗而外蛇伤，新鬼大而故鬼小。"虽人已传诵，却因"坐赋逸官韵，黜"。落榜的欧阳修重新找来韩愈文章研读，"读而心慕焉。苦志探赜，至忘寝食，必欲并辔绝驰而追与之并"，爱之深切而笔力陡增。三是流传。欧阳修入仕途，大力传播韩文，认为"宋兴且百年，而文章体裁，犹仍五季余习。锼刻骈偶，渜涩弗振，士因陋守旧，论卑气弱"。出资对《昌黎先生文集》六卷进行勘校增补。四是创见。就是走自己的路，青出于蓝而胜于蓝。

这种立下志向便不追风尚、一以贯之的学思定力，也体现在他做官上。他说"故予之仕，于进不为喜，退不为惧者，盖其志先定，而所学者宜然也"。意思是为官晋进时，我不会为之高兴；降退时，我也不会为之惧怕，大概是我的志向先已定下了吧。

对欧阳修的文章，苏洵论说："孟子之文，语约而意尽，不为巉刻斩绝之言，而其锋不可犯。韩子之文，如长江大河，浑浩流转，鱼鼋蛟龙，万怪惶惑，而抑遏蔽掩，不使自露；而人望见其渊然之光，苍然之色，亦自畏避，不敢迫视。执事之文，纡余委备，往复百折，而条达疏畅，无所间断；气尽语极，急言竭论，而容与闲易，无艰难劳苦之态。此三者，皆断然自为一家之文也。"

的确，文品亦如人品。相比孟子、韩愈的文章，欧阳修的文章委婉详备，曲折变化，却条理清晰而通达，文字疏阔而畅适，气无间隔，意不可遏，立论高远，气势磅礴，妙语连珠，平易近人，充盈着浓郁的人文精神和家国情怀。

欧阳修的文字就这样如同悠悠涢水，蜿蜒于城市乡村，波光粼粼而柔美顺畅，意志坚定而水质清澈，一路绵延不绝向东奔涌而去。

三

早在春秋战国时期，随州也如同今日的北上广，经济发达，文化繁荣。这从1978年出土的曾侯乙墓葬青铜器便可窥一斑，尤其是至今仍能发出天籁的编钟，更是震惊世界。

可惜的是，千年战乱，数世沧桑，那繁华终究沉寂于地下。至北宋时代，随州已是穷乡僻壤。

一条涢水流逝千年，既推动着随州，又禁锢着随州。

欧阳修从童年到青年一直在随州长大，他22岁离开时思想观念、心理特征已基本定型，随州的人文环境包括文化传统、师承关系、民俗民风等，都在他为人为文的方式上烙下了深刻的印痕。

但是，欧阳修写了那么多文章，却几乎没有歌颂过随州。欧阳修很困惑，他说："朝廷达官大人自闽陬岭徼出而显著，往往皆是，而随近在天子千里内，几一百年间未出一士，岂其库贫薄陋自古然也？"

这一问，也适合今天的随州。从表面上看，随州已然向现代化城市迈进，经济腾飞，事业发达，立汉襄之肱骨，显古城之神韵，创立了专用汽车之都、神农谒祖圣地的经济文化品牌，一派崭新气象。从深层次看，似乎依然保留着原始的地域文化情感。如果你深入市井生活，你会发现它更像是一个人情社会，人与

在巴掌大的地方绕行

人的交往联络，更多的不是靠组织形态，而在于人与人之间的人情交往。民间友情往来强调一种仪式感，不论婚丧嫁娶、福禄寿喜，一家主事，四方来贺。从本质上讲，这是人的社会性的表达，同时，在经济上是一种互助，感情上是一种联络。这种人际交往以点带面，纵横交织，上下渗透，从而把整个社会高度地联系并稳固下来。因此，随州人家有难事，首先想到的就是找亲人熟人帮忙。能够求到人的与能够帮上忙的，彼此都觉得很有面子。而这从某种程度上强化了抱团取暖、小富即安，内斗内行、外斗外行的农耕文化心态。一旦走出去，便会面对纷繁复杂的世界而茫然无措。

一方水土养一方人。欧阳修对随州的人文环境和生存状态感同身受，与常人不同的是，他趋利避害、取舍有度。他在人情交往上显得很随州化，两次应举不中的他决意走出随州，主动结识知汉阳军的胥偃，得其赏识，胥携欧前往京师并下嫁其女。天圣七年（1029年）春，由胥偃保举，欧阳修就试于开封府国子监，该年秋天，欧阳修参加了国子监的解试，在国子学的广文馆试、国学解试中均获第一名，成为监元和解元，又在第二年的礼部省试中再获第一，成为省元，自此，命运的大门为他訇然洞开。

欧阳修也恰如随州人重情守义，对于帮助过自己的人，他都会感恩回报。他"笃于朋友，如尹师鲁、梅圣俞、孙明复既卒，其家贫甚，力经营之，使皆得以自给，又表其孤于朝，悉录以官"。

涢水静静东流，这穿境而过的河流见证过欧阳修的童年、少年、青年，对这第二故乡，他爱之既深，责之亦切。正像他在《李秀才东园亭记》里所说："随虽陋，非予乡，然予之长也，岂能忘情于随哉？"

乡关小镇

中国传统文化有无限的包容性，任何现实的价值理念都能从中追根溯源，找到其思想的源头和逻辑起点。哪怕是截然不同的主张，也大体能从儒释道的融合体系中找到答案。譬如执着与放下、纵横与诚信、荣耀与淡泊，等等，对故乡也是这样，恋家的笃信落叶归根，所谓"胡马依北风，越鸟巢南枝"。豁达的志在四方，所谓"青山处处埋忠骨，何须马革裹尸还"？

当然，故乡的归与不归，并不代表一个人对故乡的背离或挚爱，相反，乡愁是大多数人的共同情感经历。我每每听人说起故乡，总会感到言者其人之情意绵绵、娓娓道来，名人典故、文化遗存如数家珍，浑身上下都透着傲慢。当被问及我的故乡情形时，我又总会自内心深处溢出一种莫可名状的羞愧，因为我实在没见过，也说不出家乡的传奇故事和历史典故。如果仅从历史文化出发，我甚至怀疑我的故乡还是不是故乡。

我说的家乡当然不是泛指，不是人在海外论中国，行在中国讲省份，家在省市又说区县，这些地理概念只是搪塞泛泛之交间的寒暄。我说的故乡范围更狭小，是特指我出生所在地——东连随州城区、西与枣阳市接壤的唐县镇。我刚到外面世界闯荡时，因为虚荣、怕别人小瞧自己来自卑微之地，只往大的地方说家

在巴掌大的地方绕行

乡，要么是襄樊市要么是随州市，这样说也无大过，随州当时毕竟隶属于襄樊。襄阳是历史名城，随州则无名。直到1978年擂鼓墩施工碰巧翻开了曾侯乙墓，出土了15000余件青铜礼器、兵器、金器、玉器、车马器、漆木竹器以及竹简等文物，尤其是举世闻名的编钟，随州古城才让世界受到惊吓。因而，我向别人介绍家乡随州后，总要加一句解释"就是出土编钟的随县"，别人立刻"哦哦哦"连声，恍然大悟地说晓得了晓得了、知道。

但唐县镇绝少有人知道。这不奇怪，全国有四万多个乡镇，如果没有著名历史人物和文化遗迹，谁能一一记得？但唐县镇在春秋时期却是大大的有名，史称唐侯国都城。按说，一国之都多少会遗留下些古迹或故事，可自我记事起就知道这座鄂西北小镇，不过是千百个因乡人分而聚之自然形成的集市中的一个，从父辈口中听到的历史文化，最早也只是学唱京剧样板戏时街道居民闹的通俗笑话。

我一直不太甘心唐县镇历经沧海桑田后，居然留下长久的历史空白，以至于形成文化的断层，便常在文学作品里反复描写一条弥陀寺巷和一条涓涓沙河。弥陀寺巷是真实的，它一边连接街道，一边通往唐镇小学，再往北就是土夯的城墙。巷子以往也许确有寺院，不然不会取这样的巷名，我却没有见过寺院的踪迹。河流也是真的，是那条源远流长的涢水河。巷子也好，河流也好，都不过是一个文化符号，是一个作家幽思怀古的一个借代，算不得真实的历史文化古迹。而且，即便是真实的，哪个地方还会没有一条河、一座庙宇呢？

我父亲告诉我，唐县镇如今的规模始于以往镇东南北搭建的三个茅草棚子，周围乡民每逢月十五聚拢在棚子一带交易生活物资，随后陆续有人挨着棚子搭建草屋定居下来。民国又修了河西码头，渐聚人气。但热腾腾的人气至今也不过十万人口。

西码头在集镇西头，数十级青石条台阶直达溠河水岸，河水自北而南，沿着集镇蜿蜒东去。印象中，镇子自南而北有三座桥穿河而过，一座公路桥贯通316国道，一座铁路桥连通汉丹铁路穿境，还有一座漫水桥，枯水季节车马通行，汛期则河水漫过桥面，行人可踏桥桩而过。这样的三桥布局简单明了，放大了却也波澜壮阔，特别适合于营造文学的地理氛围。我经常在小说中明里暗里仿效这样的格局，中篇小说《野菊花》《黑鸦掠过老镇》《无处流浪》《1972年的爱情故事》等更是落根于此镇，只是故事人物虚构而已。

家乡有人编修镇史，把春秋时期唐侯国君唐成公的故事绘声绘色地叙述一番。最有名的桥段是唐成公的坐骑神俊雄健，形似一种羽毛洁白、头高颈长的古禽肃爽雁，故名唤骕骦马。杜甫曾有诗云："闻说真龙种，仍残老骕骦。"改革开放初，各地盛行文化搭台、经济唱戏，唐县镇也未能免俗，把一条街道更名为骕骦街。

唐成公终被楚灭国，自此销声匿迹，空余一些似是而非的地名隐约闪现过往的辉煌。但是，两千多年前的故事，终究是演绎的成分多于史实，现在小镇上的人之所以愿意听信这样的传说，也许至少说起来与我一样，心里会生出些莫须有的骄傲来吧。

我家乡的朋友告诉我，小镇以前靠优质的稻米、土豆和红枣赢得"随州粮仓"的名声，下一步就靠华宝山的自然风光扬名了。华宝山我是去过的，风景也美，按家乡人传说，这片山林乃古代战将华宝将军鏖战之地。不过，传奇毕竟是传奇，没有碑亭石刻等历史文化的积淀和现实遗存，不知道又能如何扬名？

我在小镇上生活了十八年，直到参军入伍离开。我的感受是，镇里虽少文化遗存，却也绝非蛮荒之地。镇上的人们心地善良、为人忠厚，虽谨小慎微，但一个个活得气韵生动。我曾写过小镇上的许多人物，十字街的说书人、国军遗孀王师娘、当女兵的晓敏、民兵连长、精神病人曾先生和九儿……这些故乡人物活在我的记忆里，随时都能从脑海里冒出来，一下活生生地站在眼前，比如曾先生，整日穿着不知原来是什么颜色的旧式西装，脏兮兮地在弥陀寺巷子里一边哼哼英语单词，一边从垃圾堆里寻找死猫死狗，甚至老鼠。比如九儿是疯子却不认为自己疯，常捏紧拳头，把拇指从食指和中指之间穿出，形成一个锥子头，突然向朝她起哄的孩子的眼睛戳去。虽然孩子多半逃脱，镇子里的人们还是不忘恫吓孩子"小心被九儿戳瞎眼睛"。

更重要的是，唐县镇是生我养我的故土，弥漫着我青涩的人生，生活着我眷恋着的亲人，是我今生今世魂牵梦绕的质朴乡关。唐代诗人崔颢写了一首《黄鹤楼》，其中有两句颇让人惆怅，他说："日暮乡关何处是？烟波江上使人愁"。对于旅居外地的游子而言，也许比守望家园的人更迷恋乡关，对何处是异乡、何处是故乡也有更深的感悟。乡关无别处，即使没有像其他闻名遐迩的历史名镇那样的传奇人物和文化遗存，又有什么关系呢？在我心中，无论何时，唐县镇都是我文化的故乡、艺术的故乡，乃至生命的故乡。

我爱唐县镇，我爱我的老家！

故乡吃食

对故乡的记忆，很多时候是味蕾的记忆。小时候，我家乡唐县镇街上有很多做吃食的，店铺没有牌匾，却有比招牌更吸引人的口碑。比如，食品所老李家的气泡馍、街东头黄家的油条、老义兴家的糕食、群盟刘挑子的勺儿粉……想吃了，首先就会想到去找这些店铺。

老李是食品所的炊事员，退休时正逢专管投机倒把的市管会撤销，他就做开了面食。老李做的气泡馍碗口大小，扁圆中凹，一面淡焦一面弹软，麦香焦香的复合味道让人百吃不厌，倘若再配上秘制羊杂碎猪下水汤，花红柳绿一样的色泽，看着就让人垂涎，半条街的人都去光顾。老李头很快赚到了钱，他自己舍不得花销，只把老伴上上下下里里外外地着实装扮了一通。老李老伴胖得近乎臃肿，大耳垂上戴着金耳环，无名指上戴着一枚顶针一样粗大的金戒指，手腕上还有香港"双狮"牌带日历的自动表。只是她坐多动少，手表总停。表停了她就大声喊："老李，又不走字了！"老李就着急忙慌地跑过来，摘下她的表使劲摇晃，手上沾的白面粉纷纷扬扬。

老黄家的油条也是供不应求，他炸出的油条粗壮，长有一尺，通体明黄，色香诱人，不像现在刚买回家的油条就黑乎乎、

在巴掌大的地方绕行

软塌塌的。那时居民早早起来排队，逢到集市，赶集的乡民也加入其中，一次买三五十根，用草纸捆着当贺礼"赶情"。在物资匮乏的年代，谁家红白喜事或孩子过满月、周岁，都能见到一捆捆的黄家老油条。

这些只是日常吃食。我记得年少时自己最爱的小吃叫勺儿粉。每到冬日初雪时节，八九点钟的弥陀寺巷口，就会传来悠长的叫卖声："勺儿粉，勺儿粉——"小伙伴们如听号令，立刻聚在一起凑硬币，为买粉做准备。不多会儿，刘挑子就肩挑担子晃晃悠悠沿街走来。刘挑子的勺儿粉挑子，一头是柜子，盛着粗瓷碗、铁皮小勺，一头是盖着小棉被的木桶，桶里盛着浓稠的茄汁磨制的冻粉。刘挑子拿一把扁勺，一层一层地舀，灰色的半透明的勺儿粉颤颤抖抖落入碗里，一碗要卖五分钱。小伙伴们买上一碗，你一勺我一勺，甜丝丝、软绵绵、滑溜溜的口感滋味似乎一直延续至今。

柿饼算是比较高级的甜食。新摘的柿子焙干，辅以桂花、冰糖等压制成饼。那时，上小学的我陪祖母生活，冬夜寒冷，每天都由我先上床为祖母暖被窝，祖母洗漱前，会从柜子里取出青花罐，夹出一块柿饼端在床头让我品尝。柿饼是泡在蜂蜜里的，硬柿饼浸入蜜汁变得软糯，吃来更觉香甜。

过年时吃食更丰，家家早早为过年预备了香肠卤肉、干鸡腊鹅，到年边了还要"动炸锅"，炸出黄金软甲一样的脆皮三鲜，以及五花肉、藕夹、菜丸肉丸红薯丸之类，秘制的酸白菜、酱豆腐、酱千张也在开坛时飘出独特的幽香。除此之外，家家户户都会买麻糖片、指头糕、炸馓子等一些糕食，预备招待前来拜年的亲朋。有一种叫"鸟花"的甜糕我很爱吃，做得最好的要我数伯父家的。"鸟花"原料是糯米糕，膨化后裹一层白色的麦乳炼制的糖霜，胖乎乎如硕大的白蚕茧，口感微脆，入口即化。前些年回家，还在市场见到过，但是"鸟花"上的糖霜显然不是麦乳，而是米粉末混杂砂糖扑上的，吃来除了甜味，丝毫没有当年那样浓郁的糯米与麦乳的香气。

不用花钱的吃食也很有特色。我们镇子有条横穿南北的淆水河，公路和铁路都有桥梁跨河而过，辖区因此叫大桥生产队。《人民日报社的李辉先生就是从大桥走出去的知名学者。大桥下面，湖水清澈见底，河床细沙如金。盛夏时节，寸许小鱼游弋水中，捕捞极易。小鱼身体半透明，干净得无需去除内脏。有一种叫干焙鱼的最为可口，做法也简单，先将小鱼晒干，用泡菜汁、酱油、醋汁和黄酒腌制，入锅焖熟了再烘干，味道如同湖南长沙火宫殿的名吃火焙鱼，只是更加温和而不那么辛辣。

说到吃食不能不提享誉全国的金黄蜜枣。随州蜜枣最正宗的就在我们唐县镇。唐县镇华宝山盛产大枣，素有枣乡之称，清乾隆时期曾有州官取当地蜜枣进贡，皇帝吃后龙颜大悦，称赞蜜枣胜如仙桃。但百年流传，技法杂陈，蜜枣之名日渐衰落。我祖父便以家族手艺遵古法炮制，精制金黄蜜枣。祖父制作的蜜枣形匀似砣、色泽如樱、透明见核、味甜似蜜、沙酥爽口，远近闻名。二十世纪六七十年代，祖父将手艺传授给伯父，后又在唐县镇酱园传艺，蜜枣生产颇具规模。祖父仙逝后，蜜枣名声依然响亮，但我再也没品尝过那么可爱可亲的蜜枣了。

溠水河畔

　　离乡日久，思乡日盛，总觉得哪里的山水也美不过记忆的故乡。记忆总是在无声选择着累积着不同的情绪和表情，往事越来越清晰，那些表情和情绪也越显真切，这种真切又会奇怪地让故乡重新变得混沌而模糊。所以我在写作的时候总是下意识地提到沙河，我说那是家乡的一条大河，其实沙河只是一个寄托乡愁的文学地名，它的真名叫溠水河。

　　溠水河是湖北随州境内最早的河流之一，早在公元前350年战国时期就有记载，溠水源出随西北桐柏山南麓，七尖峰西北部的鸡鸣山，向南流经吴山、唐县镇……唐县镇便是我真实的故乡。唐县镇在历史上也是一座名镇，名气不亚于如今的一个省会城市。春秋时期其为唐侯国，晋时置厥西县，西魏为下溠县，隋唐时为唐城县，宋时废唐城县为唐县镇并一直延续至今。溠水河就流淌在镇西码头边，自南而北汇入涢水，它如同一条白练把镇子分割为东西两半。

　　记忆中的溠水河，每当盛夏的时候，河水都会上涨，镇东西两岸需乘摆渡往返。摆渡船吱吱呀呀往来于宽阔的河面，一船人插科打诨纵声笑谈，红嘴沙鸥追随在船舷边飞舞，游鱼激起浪花突然跃出水面，意外的惊喜和透明的欢乐在和煦阳光里氤氲荡漾，一直延续到荷叶翻涌的彼岸。河水消退之后，河床细而柔软的黄金沙便袒露出来，那时的水真清啊，清澈到可以看见小鱼摆动灵巧的尾鳍。在齐小腿深的清凉河水中，我们最爱玩一种蒙鱼的游戏。蒙鱼简单易行，找一只海碗放一撮饵料，再用塑料封住碗口，中间只挖出两指宽窄的小洞，然后埋在河底的细沙中，不一会儿，就眼见着禁不起诱惑的寸许小鱼一条一条被骗进碗里，一上午能捉上小半桶的鱼。

那时，小镇还没有幼儿园，母亲工作忙顾不了家，祖母要带我不满周岁的弟弟，便时常把我托给母亲单位附近的小医馆王师娘照看。王师娘是一个满头银发的小脚老太，膝下无子女。我下河摸鱼时间长了，她便到西码头寻找。从码头到河床，由青石条铺成的石阶，她下一次河床一路要歇上两三次，又在河沙地里找寻好一阵子才能找到我。但她乐此不疲，每次回去的路上，只要见到陌生人，就主动打招呼，不停地炫耀：这是我小孙儿，聪明着呢！

王师娘的医馆开在涟水河西码头的东街，左邻右舍都是不成规模的手工作坊，经营打铁、酿酒、熬糖、做糕点之类的营生。镇子单日逢集，十里八乡的人都来赶集，摆摊设点卖菜担柴地做日常生意，也有做糖人的、卖灯草的、磨菜刀的、卖耗子药的、看相算命的混杂其中，很是热闹。这时王师娘的医馆也最忙碌。

王师娘一根银针一帖膏药包治百病。她边治病边和病人唠家常，听得多了，我差不多也背下了她的身世。王师娘的丈夫是军队的营长，在某次战役结束后就杳无音讯了。所幸她出身医学世家，靠针灸膏帖草药悬壶济世而衣食无忧。常听她向病人夸赞丈夫的卓越武艺，每次都很自豪地说："嗬！先人双手翻抖着一筛子黄豆，这边搭一个梯子，闭着眼噜噜噜几下就上了房，嗬嗬！

在巴掌大的地方绕行

只听豆子唰唰响却不见豆子洒落一粒。"故事不知真假，她的医术却是真好，否则她的小医馆早无人问津了。

王师娘忙活完了，会带我到镇东头的娘娘庙看戏。每次大集时人们都会临时搭起戏台，有河南各县来的曲剧戏班唱《卷席筒》之类的戏剧。王师娘边看边落泪，回来的路上总是回忆她和先人在汉口戏院听昆曲的日子。她常感叹说："人要有念想啊，没念想怎么活得下去！"

现在想来，王师娘无形中在我童年的心中播撒下了艺术的种子，让我在今后的人生中逐渐明白，虽然艺术容易让人敏感而脆弱、清高而孤独、冲动而幼稚，有时甚至歇斯底里，但人们还是会喜爱它享受它追求它。因为艺术能让人真切感受到生活不能忽视之美、生命不能承受之重，会让人厌倦自己的丑陋与粗鄙，从而引导灵魂变得优雅和高贵，让自己在今生能率性地生活成为精神贵族。

王师娘有一对金耳环，是当年丈夫在汉口把自己的一只戒指熔了金打制的。镇上的人都是从土地里刨食的，哪里有穿金戴银的命？当时民间有偏方，说黄金煮水取金之气，可镇心定惊，能治癫痫，就常有人借王师娘的耳环煎水，王师娘总是当即从耳朵上摘下来交由病人家属，用完收五分钱的耗损费。有一次，王师娘忽然发现还回来的耳环上有刮痕，其中一只印迹还很深，顿时泪如雨下，嘴里不停念叨说："先人啊先人，你打的耳环破了相啊！"

王师娘自说自话地哭泣给我留下永生难忘的伤感印象，以至于我至今依然会被一些细微的事情感动，每每眼眶噙不住泪水，一任情绪之潮起起落落，泪洒之后我又会羞愧，会为自己的柔软不安，按说经历过那么多的人和事，心早该成铁啊，按说青春渐行渐远，泪水不能依然不期而至啊。可是，谁能真正做到心如止水？人生行在路上，泪水本无毒，心冷却有害。

王师娘有很好的厨艺，经她烧制的小鱼令人入口难忘。小鱼干净得无须去除内脏，她先用微火把小鱼焙干，出锅用泡菜汁、酱油、醋汁和黄酒腌制，入锅焖熟了再烘干，复合的味道如同湖南长沙火宫殿的名吃火焙鱼，只是更加温和而不那么辛辣。王师娘对我照料很悉心，换着花样自制零食让我品尝。记得有一种带薄荷味的蜜丸特别合我心意。我一直没弄清用什么原料是怎么做出来的，开始是没想着问，等长大当兵离开家乡想起家乡想问时，她却突然到另外一个世界了。

事情起因还是那副著名的耳环。有天傍晚，王师娘端着药罐到弥陀寺路口倒药渣，几个骑自行车的男孩呼啦啦地掠过她的身边，其中一个撒开车把拿弹弓把路灯打碎，几个人趁黑就把王师娘的耳环抢走了，耳垂都撕扯出血来。邻居知道了都劝王师娘报案，王师娘没应允，她说她懂法，她说现在正是"严打"的时候，抓起来不得判个十年八年的？都是年青小后生，路还长呢！

但王师娘自此之后就寡言少语了，日益苍老。又过了几年，有天镇上逢大集，一个复诊的病人到医馆使劲敲门不应，大家才发现她的医馆快到正午还没开，强行打开门，只见王师娘穿戴整齐躺在床上，脸上满是安详似乎正在熟睡。在场的人想起她的好处，哭声一片。那一年是一九八七年，那一天的白天，也是今天这样的晴好天气吧？

但那天的夜晚一定黑得没有风。

一晃二十年，现在我已记不清王师娘的模样了，可我总不能停止对她的思念，就像不能停止对故乡的思念，对那条溇水河的思念。多少年来，我知道我随心写出的文字，都是从溇水河里冲刷出来的一粒粒种子，都会在意想不到的地方盛开或者凋零，哪怕只是一颗卑微的草籽，它们也会自由舒展翠绿的叶脉。也许荒原终将隐藏花开的痕迹，可是，多年之后的某一个傍晚或清晨，有人从泥土中将它采撷，随手捏捏，他将看到汁液会从叶尖渗出、滴落，他会告诉同伴：喏，这是它从心底流淌出来的眼泪！

如今，溠水河早已干涸，河床上都是大型挖沙机器留下的深坑，但在我心中她始终是波光粼粼的样子，始终是一个银发老太牵着顽皮蒙鱼儿童走在沙滩的样子，始终有一个老人的声音在胸中轰然作响：这是我小孙儿，聪明着呢！

黄鼠狼

　　我在唐镇生活了十几年，最难忘记的是少年时期一段与小动物共生的美好时光。那时，黑白相间的燕子在屋檐下衔泥筑巢，红嘴老鼠从立柱上爬下来舔着小爪，水缸沿上爬行着软体的遇盐即化为水的蛞蝓，院子里养着懒散慵倦无所事事的鸡………当然，有鸡就会有觊觎鸡的黄鼠狼。

　　那十几只鸡，白天在院子里由一只公鸡带领着在院子里刨土、寻食，或者说是做出寻食的样子——鸡的主食还是依靠撒下的剩饭和谷物——黄昏了，一个个咯咯地叫着钻进厨房边的鸡舍，母亲临睡前去插上鸡舍门，有时也由我代劳。当然，也有几只拍不尽的蚊蝇漫无目的地飞行，发出嘤嘤嗡嗡的振翅声响。偶尔，还会有身形敏捷的蝙蝠出没，让生机盎然的生活增添更多的趣味。

　　正如安宁的湖水时有波澜，平静的生活也会出现意外。一连几天，左邻右舍都在报告有黄鼠狼窜进院子偷咬家禽的事情，他们眉飞色舞的表情，渲染得"黄大仙"出神入化。老黄家的还将被咬去一条腿的鸡拿出来示人。那是只芦花鸡，右小腿被生生咬断，鸡支棱着羽毛，发出咝咝的喘息声。老黄家的不知被黄鼠狼咬过的鸡能不能吃，大伙开玩笑，说怎么不能吃？都是你们姓黄

在巴掌大的地方绕行

的一家子!

黄鼠狼的出现让母亲有些忧心。父亲说无妨,院墙虽是土夯的,但有厚密的仙人掌,鸡舍也是钢筋焊的,黄鼠狼进不来咱这小院。母亲还是不放心,每次都把鸡舍门堵得不留一丝缝隙。

因为母亲上心,我也格外留心屋外鸡舍的动静,只是一连几天我家的鸡都没有什么意外。

我那时只听说过黄鼠狼,知道那是一种机敏的动物,但并未见过它的模样。人真是很奇怪,心里一边不希望黄鼠狼出现偷吃鸡,一边又下意识地期待它出现,而且,它越不出现,失落感越强。我那时就是这样,总在设想着黄鼠狼出现的场景,最好有如《少年闰土》里的那匹猹一样的意境:

> 深蓝的天空中挂着一轮金黄的圆月,下面是海边的沙地,都种着一望无际的碧绿的西瓜。其间有一个十一二岁的少年,项戴银圈,手捏一柄钢叉,向一匹猹尽力地刺去。那猹却将身一扭,反从他的胯下逃走了。

鸡舍安宁,并不意味着夜就安静。

我家顶棚上每夜都会发出窸窸窣窣的声响,那是老鼠在顶棚篾席上奔跑发出的声音,时间久了,单凭声音就能知道老鼠的大小和奔跑的方向。平时任凭它们热闹,只是闹腾得欢了,拿木棍朝上顶一下,声音倏然而逝。

据说,老鼠算是吉祥之物,老鼠入宅说明仓廪丰盛,老鼠在古代文玩上,也多以其谐音而雕塑成形并寓以"数"钱之意。

有一天晚上,顶棚上的热闹异于往常,我脑子里念头忽然一闪:黄鼠狼!

赶紧下床奔出屋外。那时，皓月当空，只见院角的木板桌上停着一只长三四十厘米的动物，它口衔一只鼠扭头看我，样子似乎并无惊恐之意。

第一次见到黄鼠狼，我很惊讶它的矮小。我原以为黄鼠狼能偷杀鸡，至少要比鸡大，谁知它是如此狭长而细瘦。

我跺了一脚，那只黄鼠狼噌噌几下跳上短墙，一溜烟逃走了，不知墙上厚密的仙人掌是否扎疼了它的脚爪。

自此之后，我再没见过黄鼠狼，顶棚上的动静也恢复如常。

与动物共生的年代远去了，动物也离我们远去。窗明几净的环境营造了现代文明的假象，我们在心里却时时怀念着那份与动物共生的和谐。

认真想一想，也不一定全是动物与人的关系，或许还有邻里相互温暖关照的亲近感和烟火气吧。

无论如何，那些记忆里的画面只能存在于记忆之中，如今生活的存在和感受毕竟与那个年代迥然不同。

在巴掌大的地方绕行

小人书

很多人回忆自己的文学之旅，都说年少时饱读诗书、博览群书。每每看到这些博学的人列出少年时代的串串书单，我便羞愧自己"薄学"，因为我的文学启蒙不是"四书五经"、唐诗宋词，而是一本本小人书。

那时，小人书大多来自唐镇新华书店。书店在十字街东北角的两间门市房里，临街一排曲尺形的柜台颇为气宇轩昂。说是新华书店却并不只经营书籍，中间的柜台主要卖作业本、笔墨文具，西边的柜台是写大字报的各色纸张，只有东边柜台是书籍，玻璃柜台里摆了红宝书、新华字典，还有几本连环画。连环画对小孩子不出柜，除非有大人领来买。每有新出版的连环画到了，柜台边便常有凑近围观的小屁孩，鼻涕蹭在玻璃上，留下一道道觊觎的痕迹。

新华书店有一次进了几本彩色大开本连环画，小孩们立刻疯了。售货员很讨厌，故意隔几天翻开一页摊在玻璃柜台里，油墨的香味、五彩的人物迷得孩子一个个央求父母购买。

在孩子的世界里，小人书是地位和财富的象征，手里有一本别人没看过的小人书，便会在孩子中有众星捧月的快感，屁股后面始终有央求一阅的"乞读者"。有一次，邻居家的小孩新买了一本《奇袭白虎团》，小人书一般是60开本的，但他这本是32开本，很罕见。他在书脊一角穿了根绳扎在腰带上，书卷成一个筒插在裤兜里，走进人堆时，时不时让它掉出来，很吸睛。一个平时很讨厌他的女孩子，居然也柔声细语地跟着他一路，二人终于坐在树底下一同观看，气得小伙伴差点流鼻血。

有一年，我到县城姑妈家过寒假，惊喜地发现，表哥居然有几百本连环画，仅《三国演义》就有60多本。二十多天的假期，连环画让我如饥似渴、如醉如痴，眼睛终日有擦不尽的眼屎。等我回家的时候，我的棉衣棉裤里能装藏的地方都塞满了小人书，有三本搭在腰带上系着，以至于我在绿皮火车上不敢去上厕所。

20世纪80年代初，镇上文化馆首先开了书摊，在四合院的天井旁一溜摆开，一分钱看一本，初中高中的学生常旷课来翻看。以后镇十字街也摆了书摊，终日黑压压一圈人围着，摊主备的小马扎不多，更多的人是席地而坐，久坐而起，两眼一抹黑。

现在文化产品大发展，尤其是声像制品普及，再没见当年迷小人书的场景了。小人书只是作为一代人的共同记忆，逐渐消散于历史烟尘之中。

小人书充满了艺术魅力，它语言通俗易懂、故事简洁明快、人物刻画精到，这种图文并茂的特殊载体，包罗万象，博古通今，不仅对我有文学的启蒙意义，从某种程度上说，它甚至托举起了一个阅读匮乏的时代。

我想说的是，小人书，一点都不小。

糊顶棚

那年我们和胡姨同住一个小院，前后两家人都是平房，我家临街，她家居里，都是唐县镇食品所库房改建的职工宿舍。为两家人进出方便，专门从我家房屋东侧砌出一道墙，辟出一个通道，依此至西搭出天棚，天棚横梁上覆盖篾席，用铁丝固定，乍看起来，我家住的似乎是房中之房。

刚要搬进去住时，屋子里墙皮脱落，顶棚积灰，地上返潮，霉湿的气味让人不能久留。父母亲却高兴，毕竟从两间互不相干的筒子房，住进了带小院、有厨房、客厅、卧室的正经房子。那时已进入腊月，要赶在春节前入住，收拾房屋的活计更为紧迫。父母要上班，任务落在我和哥哥身上。

清理杂物、打扫完了卫生，首先解决顶棚漏尘和墙面美观的问题。父亲从单位抱回一大摞报纸，说，打一盆糨糊，把顶棚墙面糊上吧。

糊顶棚是那时镇上居民流行的做法，一般人家不会像如今这样，吊顶花饰水晶灯把居室的装修精确到以尺寸长短设计计算，当时人们首要的是解决温饱问题，美观只能退而求其次。对乔迁之家而言，糊顶棚便是一种省时省钱省力，防尘聚气保暖的好做法。

我们镇上人家糊顶棚，主要是用废旧纸张，讲究的人家用崭新的公家报纸，报头一样，规格一致，一屋子《人民日报》，宛如正规军。找不到一色的便混用草纸、报纸，黄黄绿绿，花花白白，形同游击队。

父亲在公社办公室工作，抱回来的主要是《人民日报》《参考消息》《农民日报》，规格不一，却都是挺括而簇新的，氤氲着一股好闻的油墨气味。想着这些报纸马上要上墙、上顶棚，心里颇有不舍。

那时我已喜爱上文学，知道《人民日报》有文艺副刊，便从一大摞报纸中挑出有眼缘的——我现在仍觉得文字有眼缘，扫上一眼心里就大体有好坏的判断——诗歌散文刊头报花什么的，放在一旁隐藏好。

哥哥把糨糊调制好了，见我还在那里挑报纸，催促我赶紧刷糨糊、扶梯子。但要把报纸糊上顶棚却费周折。糨子少了粘不上，多了往下垂。而且人小棚高，上下梯子费时费力。

我们想了一个办法，用一根细木条固定于顶叉上，把糊有糨子的报纸反向对折挂在细木条上，扫帚加上长木棍，先用细木条将报纸顶在棚子上，再用扫帚渐次推平压平，一张叠压一张，卧室小半天就糊好了。

刷客厅的时候，报纸不够用了。哥哥狐疑地看着我说，应该有富余啊！

我只好将截留的报纸拿出来。但我留了个心眼，刷糨糊时，有意把文学副刊一面朝外，这样客厅顶棚上都是有社论的头版，仰头才可看见，而墙围子都是有文学作品的副刊，站着坐着歪歪头就能看见。

父亲下班回来看到我们的战果，很满意，他笑着说，有了这些字，就算是书香门第了。

搬进新居，全家人都很高兴，有说有笑地整理物品，唯有我的心思在墙面的报纸上，时不时地看上一阵子。

大年初一，父亲说我们顶棚糊得好，压岁钱给双份。哥哥领了崭新的甚至可以刮胡子的钞票，嗖一下冲出屋去买鞭炮去了，我却提不起兴趣。这时，父亲叫过我，说单独给我一份糊顶棚的工钱。

父亲说着递给我两本期刊，是复刊后的《人民文学》和《诗刊》。

父亲说，知道你喜欢文学，各订了一套。今后就别老盯着墙面看了……

我立即接过来，刚一翻开，油墨的香味就扑鼻而来，那味道让人莫名其妙地想流眼泪。

现在，我们家的兄弟都住楼房，早已没有纸糊的顶棚了，似乎如今的报纸书籍里也没有了当年的那种浓郁的油墨香味。

或许香味还在，只是我嗅觉不太灵敏了吧。

玩泥巴

我们唐镇北面有一段土夯的城墙，城墙外流淌着宽十多米的护城河。城墙和护城河都是我后来查阅小镇曾是战国唐侯都城的历史之后的称谓，我的乡亲们只管那一带叫壕沟。

壕沟里的水似有如无，直到雨季才会听到有流淌的水声，水面也开始茂盛着水葫芦与莲叶。顺着水流向西，便是西码头下的古河道。河道里铺着软缎子一样金灿灿的细沙，清澈得可以看见小鱼尾鳍的河水使两岸的柳树更显葱翠。壕沟至河道这一带也是我少年时代和玩伴们常常光顾的场所。

那时，我们疯狂地喜欢上泥塑，一街的小伙伴用泥巴制作玩具，驳壳手枪、桌椅板凳、解放牌汽车、戏剧人物，想起什么做什么。不仅如此，还以十字街为界，东街与西码头的孩子结伴在十字街口隔三岔五地互相比试，看谁的更逼真、更结实。比下去的就近摔碎丢弃。

我们东街的孩子取胜次数为多，主要是泥土有黏性，那是我们从壕沟边的土城墙洞里挖回的千年黏土。每次取土的日子，都设置了岗哨，以防被西码头的孩子发现。

泥土取回后，大家蹲坐在街边的青石板上，和泥、塑形、雕刻、晾晒，然后埋在自家土灶下层的草灰里，利用大人每日三餐

在巴掌大的地方缓行

做饭时的柴火烧制、膛下余烬烘闷，一周下来，那些玩具裂出道道细纹，只需用泥水抹平，便如陶器一般色泽温和、像模像样了。

我那时喜欢制作人物雕塑，尤喜古代武将。先用泥土塑成二十厘米大小的人物，勾勒面目、身形后，置入灶膛如法炮制定型。再以细目砂纸研磨抛光，用丝绒布制成战袍加身。

最下功夫的是铠甲，需找数支锡制牙膏皮——那时牙膏多为锡铝制包装——剪裁成片、压平，再以刻刀细细轧出金锁连甲的纹饰，一片一片裹在肩臂、腹胸、大腿等部位，敲破玻璃弹珠，取半只充填为护心镜。然后，粘盔缨、描面颊、点黑睛，再将竹制长刀令其坚持，一个威风凛凛的骠骑将军就活脱脱地立在眼前了。

那时真是我们的黄金时代啊！小伙伴们都有自己的手工绝活，个个无忧无虑，眼神流光溢彩，不像现在的少年沉迷于电子游戏，目光呆滞，表情木讷。我们的那些手工制作如今被益智游戏所取代，从人的性格养成的角度看，还真说不上是进步还是退步。

我们的泥制玩具最早受到冲击，来自东街粮管所的一个小女孩。

小孩的母亲是从武汉来的知青，为了回城一直和丈夫两地分居。每年夏天，她丈夫会带着小女孩来到小镇上小住一段日子，而每次见到那小女孩，她总会带来让我们眼前一亮的东西，有时是彩色小人书，有时是动物饼干，有时是迷你手风琴。

小孩叫铃铛，八九岁的模样，瘦瘦弱弱，不爱理人。她越不理人，我们一群小伙伴越是逗她，做鬼脸、耍伎俩。

有个汪姓伙伴尤为淘气，他能把双眼上眼皮翻转，黑眼珠隐藏得一丝不露，乍一看小鬼一样，吓得铃铛东躲西藏。惹急了，她便操着汉口腔随口编出顺口溜骂人："黄板牙，咧歪嘴，翻起个眼睛皮，像个无常鬼。"

武汉腔抑扬顿挫、诙谐俏皮，很好听。大伙被骂了，不仅不恼，反而开心地大笑。一来二去，就由生而熟，成了小伙伴了。

我们带着城里来的小姑娘钻城墙洞、捉小鱼虾、采莲蓬子、偷摘附近生产队的豌豆荚，当然，也教她玩泥巴、做玩具。每个暑假，铃铛玩得很开心，每次走时都舍不得离开小镇。

有一年，她手捧一只洋娃娃回来了。后来知道，那是她姑父从香港带回的"芭比娃娃"。那娃娃服装颜色鲜艳、表情栩栩如生。那是我平生见过的最为精致的玩偶，它让我们自制的泥土玩具一下相形见绌。

铃铛说，她妈妈很快就调回武汉了，这次来小镇只待几天，可能是最后一次了。

我们小伙伴听了，心里都觉得有些难过，一个个闷闷不乐。

铃铛忽然说，我能用这娃娃换你们的泥玩具吗？

汪姓小伙伴立即答应，其他几个也高兴地同意了，只有我犹豫了一下。

铃铛说，你的武将呢？

我说，我不是不答应，只是武将要修缮一下。

大家纷纷跑回家拿玩具，商量好洋娃娃归大伙共同所有，每人保管两天，先从汪姓小伙伴开始。

第二天中午，汪姓小伙伴悻悻找到我，说当天傍晚，铃铛妈妈就要回了洋娃娃，说那娃娃很贵重。

小伙伴恨恨地说，谁稀罕呢？又不是抢来的。又叮嘱我说，既然这样，你的武将就别给她了。

一连几天，我们都没见到铃铛。

在巴掌大的地方横行

按照写小说的套路，煽情的结局似乎应是这样的：

一个细雨蒙蒙的上午，铃铛一家搬家，她父母正在忙着给解放牌汽车挂斗扎雨布，铃铛坐在驾驶室里出神。这时，我出现了，我轻轻敲车窗，递给她喜欢的我仔细修缮过的"武将"，然后跳下车踏板就走了。不一会儿，汽车从身后鸣笛而过，我看到铃铛双手扶在车窗上，她的脸忧郁而湿润。

但这不是生活的原本样子。

事实上，我再也没见过铃铛，心里虽然动过把"武将"送给她的念头，也只是心念一动而已。

自此之后，她就仿佛从地球上消失了一样，谁知道她去了城市的哪个角落呢？

第四辑　家在随州

棒槌声声何处寻

梨园行对不懂戏的人有句雅骂："简直是个棒槌。"顾名思义，称外行人为"棒槌"，大约取棒槌乃尺把长的实心圆木、不能通融的寓意。侯宝林的相声《空城计》里，就用棒槌来比喻一个稀里糊涂上了舞台跟着跑龙套的观众，让人忍俊不禁。

我们那一代人对棒槌这个物件很熟悉，听人骂"简直是个棒槌"，就会想到妇女手中笨头笨脑地捶打衣物的木头棒子，听声会意，忍不住就想发笑。"00后"的年轻人也许知道棒槌是骂人的意思，却未必知道棒槌是什么样的物件。自从有了洗衣店、洗衣机之后，原始洗衣的工具如棒槌、搓衣板、磨石等，逐渐退出历史舞台，新生代们自然是闻所未闻、见所未见。

小时候，我们家的洗衣棒槌功用主要有两个：一个是母亲在河旁池边的石砧上捶打衣物，随着嗵嗵嗵地有节奏的声响，灰绿色的皂水快速渗出，漂洗衣物会省力省时。另一个功能，就是家长吓唬体罚我们的工具。每当我们做了调皮事，母亲就作势寻找棒槌，或佯装持槌追打，骂得很响却不真打，吓唬吓唬教训教训而已。我父亲就不同了，按在地上直接就用棒槌朝屁股上招呼，仿佛打的不是自己亲生的。

当然，棒槌存在的主要原因还是应历史传承、顺时运而生。

在巴掌大的地方绕行

古代自不待言，粗衣麻布洗起来费时费力，棒槌在手，声声清脆，省去妇人许多气力。说到棒槌声声，不能不提李白写过的一首诗《子夜吴歌·秋歌》：

> 长安一片月，万户捣衣声。
> 秋风吹不尽，总是玉关情。
> 何日平胡虏，良人罢远征。

月满中天，秋意寒凉，妇人思念戍边亲人，为远征者备御寒冬衣……诗中的"捣衣声"旷阔悠远，很有画面感。只是我小时候误以为捣衣声就是棒槌捶打衣物的声音，后来知道不是，"捣"衣是让一种葛麻织物变软，易于缝制，这是制作寒衣的一道工序，在自家院落进行，而不是在河边洗衣时用棒槌捶打时碰撞石板的声音。

诗人李白笔下的万户捣衣之声是季节性的、凄凉的，与我记忆里的小河流水处的棒槌声声迥然不同。20世纪六七十年代，我们穿着的衣物多为棉布，也有的卡、帆布料，质地柔软度已与古代不可同日而语，但洗衣机尚未普及，洗衣还是靠手工劳作。既是手工，棒槌之用便与古无异。那时一般用棉油皂——这是一种价廉物美、纯天然无污染的洗涤用品——先打一遍沫，在搓衣板上揉搓，然后用桶篓装提到河边或水池边漂洗，抢起棒槌照着衣物反复捶打。当此时也，小河清澈，捶衣声声，妇人互谑，欢声笑语，这样让人怀念的家乡生活场景，还真有一种虽然贫穷却很幸福快乐的意味。

经棒槌捶打漂洗过的床罩被单要借助日光晒干，而晒衣也充满了快乐。洗过的床单被面很沉，要两人对面而立拉扯拧挤才能脱水晾晒，往往是两人较着劲时就摔倒了，衣物就掉在地上了，相互埋怨也是有的，更多的还是欢笑。拧干的织物有皱纹，被面床单在晾衣绳上整理一下就平整了，外衣会用米汤调清水过一遍浆，晒干后既挺括，还散发稻米的香味，这种原始的朴素智慧让寻常生活变得异常温馨。

棒槌上附着了太多太多让人想来温馨、思之惆怅的事，按说各家各户是能将之留存而传下去的，事实却相反，家家户户皆无其容身之所。记得我成家时家里曾买有搓衣板和棒槌，给小孩洗棉布尿片时也曾在水池边捶打过，但我不记得棒槌是什么时候不用了、丢失了，更不知道它现在到哪里去了。

不只是棒槌，还有养小鸡的鸡笼、墨水瓶做的煤油灯、装盛井水的大水缸……我们曾经熟悉的日用品，不知不觉一个个离开了我们。生活中，还有什么正在悄悄远离我们呢？

动植物也在逃离我们。苜蓿、甜菜、荞麦……这些熟悉的农作物以及伴随它们成长的蚂蚱、萤火虫、蜜蜂们，也不知什么时候消逝，正如记忆中最亲近的人离开我们一样。

很多时候，我们会忽然想到它们，我们会想着寻找着这些消失的事物，寻找它们似乎也是在寻找遥远的家园和成长的痕迹。

譬如土地。在儿时的印象中，土地是如此神奇，当犁铧安静无声地前行，深层的沃土被一层层翻卷起来，湿润的沃土如同一道道镶着黑金边的连续不断的垄，深藏着的作物的根茎、扭动的蚯蚓、飞舞的蠓虫在阳光中透亮起来，土地的气息、农业的意蕴、自然的色彩、生命的律动瞬间从原本沉寂的原野一跃而出，让人不能不眼含泪水想拥抱土地、热恋土地、亲吻土地。

土地、作物、用具与人密切相关，实质还是人与自然的关系。

在巴掌大的地方缓行

特殊的土地和事物又有特别的寓意和寄托，饱含着人与人的隐秘情感。许多作家都写过那些正在消逝的事物，写少年青涩懵懂的爱恋、伤逝的泪水、遥远的梦想，写糜子、高粱的质朴优雅，也回忆深沉的父母之爱以及躁动不安的纯真年代。那些厚实深切的生活积累和体验，使描述叙述形态、场景、人物、味道时细腻而生动、空灵又具象，让熟悉农村生活的人产生强烈共鸣，也让不熟悉的人会因此产生浓厚兴趣，而作品中隐隐流动的感伤会缓缓浸入你的心，让你忽然间感到心痛。

我们看不透天地万物的心思，但能感知消失的事物带给我们无尽的忧伤，我们无法预知生命有多久，但我们能看到亲近的人正在变老。

如同那些已经消逝的事物，还有什么正在悄然而逝我们却茫然无知呢？

是时候静下心来好好盘点一下了，否则我们还真是麻木人生里的一个棒槌啊！

池塘的秘境之眼

唐朝诗人王昌龄写过一首《采莲曲》的诗："荷叶罗裙一色裁，芙蓉向脸两边开。乱入池中看不见，闻歌始觉有人来。"莲花清波，扁舟桨动，未见其人，但闻其声，这有情有景的采莲趣图，画面感极强。

我的家乡唐县镇没有大江大湖流过，却随处可见一方方池塘。每至夏日，几乎每方池塘边都有摇曳的芦苇，池面上也都舒展着莲叶，空气氤氲着湿润的花之清香，虽无江南采莲女的倩影妙曲，日映荷花碧叶如裙的画意并不逊色。

文人赏荷多有寄托，朱自清曾借荷塘说心事，他在《荷塘月色》里描写莲叶的千姿百态，颇为传神："曲曲折折的荷塘上面，弥望的是田田的叶子。叶子出水很高，像亭亭的舞女的裙。层层的叶子中间，零星地点缀着些白花，有袅娜地开着的，有羞涩地打着朵儿的；正如一粒粒的明珠，又如碧天里的星星，又如刚出浴的美人。微风过处，送来缕缕清香，仿佛远处高楼上渺茫的歌声似的。"

传神是传神，却未必细致入微。或者说朱自清只是用美而清新的文字，描写了一种月下对荷的观感，并以此调动了我们对荷塘的记忆。至于荷叶、莲蓬的样子，并不真切、具体，说到底，只是一种莫奈印象派油画的朦胧之景。

朱自清写的荷塘据说是北京大学的未名湖，就如这院中之湖一样，城市里的池塘大多带有人工雕琢的痕迹，譬如北海公园琼岛前莲池的皇家气象、紫竹院湖旁竹深荷静、什刹海随波翻滚的莲叶翠涛，等等。我总以为这些池塘莲花的雅致之中透着一股匠气，不如我家乡池塘随形就势，荷叶自在生发，更有一种天然的野趣。

我家乡对池塘通称为堰塘。池塘有天然形成，有人工挖掘，都是承接自然落雨，塘水虽没有流水水源，却自有沉浑降浊的生态，水质洁净，农耕出水而灌田，平时洗濯而洁身，都在那一方方池塘的天地里。

乡村池塘没有"藕塘花榭"之类的雅名，皆随口呼之而约定俗成，像门口堰、三角堰、叉子口堰、扁筒堰……平白如话，形象具体，易记好寻。

更有意思的是，乡亲还把堰塘分出亲疏，有"家堰""野堰"之别，家堰是村子附近与生活生产休戚相关的水源，野堰则是山前坡后自然形成的雨水围堰。

小时候，我们是断不能入野堰塘嬉戏游泳的，野堰不知深浅又多有溺亡事件，还传说有水鬼出没，所以戏水只能在家堰。

那时通行的泳姿就是狗刨式的"弹鼓球"——双臂曲而双掌向后作刨坑式运动，双腿自然延展，曲小腿而使脚背轮番扑打水面，发出通通通地破水之声——有时也立于塘边，双掌拍击水面发出闷响，引得一塘的白鹅黑鸭惊慌齐鸣。

在池塘莲花荷叶占尽风头的缝隙里，其实还有别样的生机。

倘若你坐在塘边的柳树下静静观望，你会看到蜻蜓急飞骤降的优美舞蹈，会听到咕咕咕声的青蛙从莲叶上滑入池水的轻微水响，会闻到莲花清香之外的腐泥的腥水味道。风静声停，一只只瘦小的水黾在水面上跳跃滑动，而远处的水牛只露着弯刀一样的黑角在芦苇边纳凉，一条欢腾的鱼跃出水面把微波一圈圈荡漾过来。

倘若你有雅兴，朝远处苇堆里扔一块石头，你还会看到野鸭子嗖嗖地飞将起来，盘旋一周又钻进苇丛里，"落霞与孤鹜齐飞，秋水共长天一色"的景象也就是这样吧。

农耕灌溉之需，或雨水多面泛滥，池塘就会开塘放水，出水口放置渔网兜过滤，小鱼小虾泥鳅自投罗网已不待说，有时还会捞到甲鱼。塘水放净，雨过天晴，乡亲们会挑塘泥，黑软的塘泥能肥沃土地，挑塘泥也是对池塘进行深度清理，令日后收集的雨水和地下泛水保持水质的天然纯净。

这些池塘里生动的场景，只是人、昆虫与动物生活的日常。池塘犹如秘境之眼，将水上水下的一切隐秘活动尽收眼底。

现在，故乡的池塘早已远离我的生活。我所见到的城市的池塘多为人造景观，只是美化环境的一个点缀，当然，它也会引发晨昏之际的散步者对荷塘月色的一种遐思。

我曾问故乡人池塘事，答复让人黯然。以往池塘归集体所有，挖塘泥、浚水源之万事皆有集体组织打理，责任田承包之后，争抢灌溉众人奋勇当先，维护修缮却一己乏力，池塘之水一日不如一日。及至青壮年一窝蜂地外出打工，池塘也只能是自生自灭了。

李商隐有一句著名的诗："此情可待成追忆，只是当时已惘然"。这句诗常被用来事后回望和反思。若以此对比乡村荷塘来读，让人心里不由得顿生一种怅然若失的落寞。

生活如同有一团迷雾笼罩，让人常常看不清此时此地的自身状态和周围境况，形成了一种"只缘身在此山中"的视觉障碍，仿佛只有离开了纷扰的环境、摆脱了人事的纠缠，一切才云开而雾散、水落而石出。

正如那一方方池塘，我们只是经过路过看过赏过，我们在意的不过如朱自清一样是自己的心境和感受，谁又会专注于池塘中的那些卑微存在呢？

池塘月色的秘境之眼是自然之眼，它似乎比上帝之眼、智人之眼看得更远、更清、更透彻。

而那些我们看不清楚、想不透彻的事物，正在悄悄远离我们，有时似乎就在身后，转身看去，却是一个模糊的背影，甚至连影子也没有就杳无踪迹了。

背一只野狼狂奔

　　我的驼背幺爷曾是桐柏山区游击队的优秀情报联络员，桐柏山到如今仍流传着他英勇机智与敌人周旋的动人故事。

　　桐柏山地处湖北与河南交界处，曾经是抗日战争与解放战争的重要战场。这里闻名于世，主要得益于两个李姓名人，他们后来都官至要职。一个是当了国民党代总统的李宗仁，时任第五战区司令官，驻守在湖北老河口；另一个是当了国家主席的李先念，时任桐柏山中原战区司令，他的指挥部离李宗仁只有200公里。

　　我驼背幺爷当年的同伴们后来大多身居要职，而他仍躬耕垄上。幺爷说："我不想做官，只想打猎、种地，其实，种地和做官是一样的道理，都要实打实，谁也不能糊弄谁。你糊弄老百姓，老百姓能拥护你？你糊弄地，地能给你出粮食？"

　　驼背幺爷十三四岁就上桐柏山跟着罗猎户谋生活，日本鬼子来了，就跟着游击队穿山跃林打鬼子。幺爷幼时因病而致的驼背，却成了他钻山入林的天资，旁人走路弯腰费力，幺爷无须弯腰便可疾行。枪法也好，携一根鸟铳遍巡群山，每次都有收获，兔子野鸡不算，还弄过一只狍子给大家打牙祭。上山没半年，冷支队长发现了幺爷的本领，就让他传送情报。

我驼背幺爷后来津津乐道的，不是后来当省委领导的冷支队长来山里看望他，更不是显摆如何穿过敌人封锁的关哨路卡传送情报，他念念不忘的是一场惊心动魄的人狼之战。

　　那是一个雨天的正午，冷支队长找到幺爷，让他送信给山那边的王排长，准备在两天后对鬼子的运输车队搞一次伏击。

　　冷支队长说："这回要翻鸡翅山、鹰嘴岩，路难走啊！"

　　驼背幺爷背起药篓提起铳，说："不好走也得走，不是？"

　　冷支队长说："要不，带上我这支盒子炮，遇上狼群也好对付？"

　　幺爷不屑一顾，接过信件头也不回地向深山走去。

　　桐柏山民们说，你幺爷是唯一敢不睬冷支队长的人。冷支队长可是人见人怕的主。

　　幺爷穿过密林走上鸡翅山时，雨停了。鸡翅山在桐柏山的林海中宛如一个扇形的鸡翅膀，山路陡峭，到处都是灌木丛林和齐人高的杂草，是野狼经常出没的地方。幺爷虽常在山里行走，但到了这里也不免有些肉紧毛竖。而且日头偏西，说不定啥时真就碰上狼群。

　　这时，突然传来几声狼嗥。幺爷心一紧：怕遇狼，还偏遇上狼。

　　幺爷辨别了一下方位，知道离他这里不远，赶紧赶路。

　　杂草被山风吹来吹去的响声零乱，灌木丛时隐时现如妖魔鬼怪。幺爷只觉得腿有些发软。他一边赶路一边凭着猎人的精明判断两侧的动静。终于翻过鸡翅山，爬上鹰嘴岩时，幺爷不由狠舒一口长气。

　　幺爷说："险啊，差点遇上了，真遇上了，你幺爷没了事小，误了时间事就大，不过，险的还在后面。"

鹰嘴岩山陡路滑，怪石林立，又是下山坡。下山比上山更为难，而且天已完全黑下去了，林涛一阵比一阵紧。幺爷也不知摔倒了多少次，好不容易到了山脚，幺爷找了块岩石坐下，将药篓里的信件藏得更隐秘一些。

紧紧张张地赶了一天路，幺爷也实在累得喘不过气，手臂软得连干粮都难送到嘴边。时间不能耽搁，幺爷胡乱填补几口吃食，灌两口小烧酒准备赶路。

正当幺爷站起身时，一只狼"嗖"的一声从他的背后扑了上去，两只锋利的前爪牢牢地抓住了幺爷的肩膀。狼嘴里喷出的湿热的腥气，直让幺爷头皮一阵发麻。

狼从后面扑人时，如果人一回头，狼正好一口咬住脖子，小命立马玩完。

说时迟，那时快，幺爷本能地把头一低，双手抓住狼爪就向前拉扯，头又一后仰，正好顶住了狼的下颌。幺爷一弓身，老铳、药篓和幺爷的驼背形成的弧度，一下将狼悬空提拉了起来。

狼的两只后爪够不着地，使劲朝前抓挠，爪子在蓑衣上打滑。

幺爷不敢撒手，一路狂奔，硬是将一只活狼背到了八路军小分队的宿营地。大伙一拥而上，以为幺爷送牙祭来了，再看幺爷的大腿血淋淋的，而狼的后爪子还在一下一下地挠，赶紧三下五除二地把狼解决了。

王排长叫来罗卫生员给驼背幺爷包扎。王排长说：幸亏你这后背是罗锅子，否则后果不堪设想。

幺爷本来有气无力，但见到卫生员却精神起来，说，男人驼背了，不中看，但能救命啊！

王排长呵斥：少打小罗的主意。

罗卫生员笑。

罗卫生员是桐柏山猎户罗生长的姑娘。

驼背幺爷后来说，王排长哪里晓得小罗早就喜欢我这个罗锅子？只可惜，王排长没看到我俩结婚入洞房，他牺牲时才十八岁。

幺爷说这话时已九十三岁了。幺爷耳不聋眼不花，活得滋滋润润。幺爷每天都带着一群孩子讲那些抗日故事，他和那些快乐的孩子们一样，痛痛快快地享受着美好的人生，希望着永久的和平。

父老乡亲

　　那位母亲紧紧抱着被洪水冲散又不期而遇的女儿痛哭失声，小女孩则睁大噙着泪珠的眼睛。小女孩的头发稀少而散乱，那些泛着枯草一样淡金色的头发，在微风中颤动着，如同小女孩的眼神一样惊魂未定。

　　这是发生在我湖北家乡的真实一幕。这幅题为《劫后重逢》的照片，如同透明的刀片，飞快地划过我的心头，我看见刀刃上闪烁着人性的光芒，也流淌着我的鲜血。

　　我感受到了疼痛，可我不知道该是痛苦呻吟，还是流泪歌唱。在洪水肆虐的日子，我曾用心歌颂了在大堤上与洪魔抗争的人们，作为一名军旅作家，我一直为能有机会见证这段历史而欣慰不已。

　　可我忽略了在洪水中受难的父老乡亲了。

　　我没有写到他们，那时，我一直错误地认为他们是弱者，即使提到，他们也是以灾民的形象出现的。那时，我的父老乡亲们滞留在大堤上，他们守护着从洪水里抢出来的一点点家产，期待着洪水一点点退去。苦难和无奈写在他们的脸上，也流进我的心里。那时，我对他们只有同情，而没有敬意。

　　可那幅照片让我的心流血了。在隐隐的疼痛中，一个念头蹦

在巴掌大的地方绕行

出来：洪水退去之后，这对母女的生活会怎样？一经发问，我便很快发现，这不仅是关于照片上那对母女的问题，而是有关我整个父老乡亲的问题了。

洪水过去了，洪水带来的创伤却还要长久地伴随着他们。

"什么也没有了，什么也没能带出来。"可他们庆幸自己还活着，而活着已经很好了。他们开始盘算今后的日子。尽管浪头还在自家屋顶拍打着旋涡，隔三岔五，他们仍想着要驾船回去看看自己的家。

尽管洪魔是借助大江的河床兴风作浪，但他们憎恨的只是洪水，而从不亵渎养育他们的大江。一个本是融为一体的概念，被凝重而质朴的大江之爱划分为二。我知道，我的父老乡亲已经把整个生命融进那条古老的大江里了。面对这种对大江的眷念，面对这种对土地的挚爱，面对这种源自大江的生命伟力，我不能无动于衷。

孩子似乎比大人更懂得怎样忘记灾难，怎样快活地享受生活。他们光着臂膀在编织袋扎成的窝棚间追逐，或者在堤边伸长手臂打捞江面上随波逐流的稻草、树枝，欢快的笑声在充满复杂气味的空气中飘荡，似乎与以往没有什么不同。看着孩子们那泥垢所不能掩藏的笑脸，我同样不能无动于衷。

我为我错误地以为他们是弱者而羞愧不已，因为流泪并不意味着软弱，因为伟大的人民是作为群体的概念而存在的，而我的父老乡亲们正是其中一部分啊。

事实上，即使作为个体，我的父老乡亲们承受灾难的韧性和勇气比我要强烈得多。当抗洪将士奋战洪魔时，老妈妈在泥泞中为肩扛麻袋的子弟兵掌灯引路，姐妹们为战斗间隙小憩的战士驱赶蚊蝇，小孩子则为向生命极限挑战的亲人端碗粥、送杯茶……

当子弟兵凯旋时，我的父老乡亲们箪食壶浆，用一颗颗最真诚的心编织成荣誉的花篮，一路簇拥着一路祝福着。送走了亲人，我的父老乡亲们又默默地收拾起残存的家当，从大堤上回家，然后，默默地用双手缝补被洪水撕裂的伤口，满怀虔诚地希望着来年的收成。

我不由想起了那个逐日的夸父。为了追赶上太阳，夸父跑啊跑啊拼命地跑，太阳离他越来越近了，他的热血乃至整个生命也开始沸腾、燃烧起来，他喝干了渭河的水仍然焦渴难耐，终于訇然一声倒在地上。看着金黄的尘埃被激扬得漫天飞扬，夸父知道自己生命的尘埃将从此落定，他奋力朝着太阳的方向扔出了手杖。那手杖是他不停追逐太阳的意志的继续，它在历史的天空里留下飞行的黄金轨迹后，没入大地，化成了开满桃花的邓林。

我的父老乡亲们也在追赶着太阳，也在桃花盛开的地方创造美好的人生。

夸父不是远古神话里个体的神，夸父是一个群体。我要说，夸父其实就是我的父老乡亲。

我的父老乡亲们，你们过得还好吗？

在巴掌大的地方绕行

第五辑　军旅随笔

指导员让人把请战书都钉在宣传栏让大家学习。朝霞满天的清晨，一阵风来，那些信纸一页页翻动出哗啦啦地响声，像壮烈的旗帜在飘。

整内务

1986年冬，新兵连集训结束下连队，我和另一个新兵小吴被分配到驻渝某部警通连六班，班里六个老兵都是河北沧州人。沧州我是知道的，明清时期烟袋锅子纪晓岚、东厂阉头魏忠贤也生于此地。曾看过电影《少林寺》，知道沧州还是中国武术的发源地，素有"武建泱泱乎有表海雄风"之说，明清时期出过武进士、武举人1937名……但看那六个兵，相貌个头并不临风玉树、高大魁梧，似乎不是行家里手。

"新兵下连，老兵过年。"我们一帮新兵受到老兵们敲锣打鼓的欢迎之后，紧接着就是开班务会。我们六班长选送到训练大队学汽车驾驶去了，在那个年代，能学一门技术是许多兵梦寐以求的事。在家主事的是副班长，副班长身高一米六五，头大肩阔，自来卷儿的短发结结实实地趴在头顶上，单眼皮的眼睛细而窄长，半睁不睁，一副不知是在看人还是养神的样子。六班副的班务会简洁明了："老兵去帮厨，新兵整内务，都把内务整好了，谁整不好，泼谁床上一脸盆水，就这么着，散会。"

听着窗外呼呼的北风，想着副班长的那盆水，让人不由寒意顿生。我和另一个新兵一时有些发愣，也不敢多愣，赶紧解开背包带整内务。

新兵连的时候听得最多的词就是整内务，混混沌沌明白内务就是被子的代名词，整内务就是小马扎一摆，对着被子四棱八缝地抠哧。整理内务是兵的必修课，今后也将是伴随兵一生的不舍的军旅情结，凡是当过兵的，不管是不是在队伍上，出差加班只要有睡行军床的机会，就会动整内务的心思，不然就会觉着愧对了被子，心里老感到缺了点什么。我的父辈没有当过兵，父亲说起第一次整理内务的事，大家都不解其意，我大伯似乎明白了，他若有所思地说："整理内务就是整顿内部事务，实际上就是找个批判对象，这可不是小事，你呀平时说话可要谨慎。"我母亲慌忙说，你大伯说得对，内部事务整顿起来也吓人，那年你大伯挨批斗，单位没有牛棚，只好被关进猪圈里……我父亲打断说，早改革开放了，你们思维还没有跟上时代，整理内务就是……就是……就是……

父亲就说了半天也没"就是"出所以然，我却笑得直不起腰，然后告诉他们那其实就是叠被子、归置物品，要把被子三叠四折，整得像豆腐块一样，横平竖直、有棱有角，牙膏牙刷整齐划一，统一向右看，毛巾叠得四方方的小豆腐块一样放在肥皂盒上，内衣也是齐齐整整叠成一摞，白天藏在白毛巾下当假枕头看，晚上拿出当真枕头用……我的话让全家人长呼一口气，紧张的气氛顿时松懈下来。然后我现场演示，可老家厚厚的棉花被松软绵弹，平常只能三折摆放，哪里能够叠成方块？按来按去一身汗，也只是鼓捣成蛋糕的模样，心里直后悔没有把被我训练得服服帖帖的黄军被带回家。

我们连队在营区的南边，却起了个东山坡的地名，重庆是山城，房屋多依山而建，东南西北分不太清楚。像山城夜景闻名全国，绝不是都市霓虹乱闪的繁华，而是高低远近错落有致的万家灯火迷人。山城找不到大面积平整的地方，军营例外，建设时大都会考虑训练、生活场地，营区也像整内务一样搞成三横四直，礼堂、足球场、电影院等应有尽有，地名也特别，老塘口、广柑林、小营房、大礼堂……让老百姓听不懂、找不到。东山坡是营区最南边的一片坡地，大抵如同整理内务时靠边的枕头包，西边紧邻缙云山麓，东边就是农田乡舍。我们连队的两排平房依坡而建，兵的宿舍在上，炊事班、食堂、临时连队宿舍在下，再往下就是连队的训练场兼篮球场了。平房都是 20 世纪 50 年代仿苏建筑，层高地阔，一个班十个人的床铺依次摆过去也不觉得拥挤。我们六班空着班长的床位，显得更为宽敞。

六班副散会的口令一下，老兵谈笑着鱼贯而出。我们整内务的时候，六班副开始脱上装，棉袄、绒衣、白布衬衣，最后只剩一件印着 5 字的跨栏红背心，然后在房间里边走边扩胸，然后到墙角抓起百十斤的哑铃杠上上下下地举起来。六班副动作不标准，但到底是来自武术之乡的，看样子确实有一股子蛮力气。以他这样的狠劲，即使他把一脸盆水真泼在了我们床上，估计也只能听之任之。

我在新兵连整内务是标兵，按说不担心六班副的那一脸盆水，但临来前刚晒过被子，被子打开还有太阳的味道，整理起来就不那么听话，三叠四折后怎么捏也出不来棱角。回头看同来的新兵小吴也是对着发面馒头一样的内务一筹莫展。

六班副哼哧哼哧练出一身热汗，披上棉袄去门外的洗漱台端回一脸盆水。小吴立刻紧张地站起身来。但六班副没理会他，拿起暖瓶往脸盆里兑开水，然后擦洗身体，然后依次穿上衬衣、绒衣、上衣……但那盆混杂着不明物质的洗脸水还在墙角吐着_丝丝热气_。

六班副自己收拾利落了，就把注意力集中到我们两个新兵的内务上。看到我们的作品，六班副显然有些愤怒，他说：熊兵，新兵连训练糊弄鬼呢！你们这也叫内务，牛屎堆都不如。

说着三两下把被子扯散抖落在水泥地面上。六班副还要继续发火时，通讯员传达连长指示，让他到队部去开班长骨干会。六班副临出门前撂下一句狠话，整不好内务看怎么收拾你们两个新兵蛋子。

六班副先走了，通讯员笑嘻嘻地对我们说："老六没给你们被子上泼水？别理他，他脑子有病。让他当骨干是照顾他，连长说他明年就复员了，这帮河北兵个个刺儿头。"通讯员的话听起来有些刺耳，却让人心里有股被关照的暖意。后来知道，连队的兵主要是沧州、绵阳的，绵阳多为城镇兵，沧州多是农村兵，工作生活中总爱暗中较劲。整理内务也是较劲的课目之一。通讯员是绵阳兵，他这么说六班副也就不奇怪了。

六班副和通讯员相继离开宿舍，新兵小吴立刻把墙角的那盆脏水端出去倒掉了。小吴是个很机敏的兵，想什么都要比我快三拍。我们狼狈不堪地从地上拾起被子继续整内务。

当兵人都知道，整理内务、检查内务是连队最寻常不过的生活了。部队有句老话：出门看队列，进门看内务。看到整齐划一的内务，的确让人心生好感。多年后，我带队到部队调研检查，每每看到班排分队内务整齐划一，就会下意识地感到连队建设水平差不了。有一次到某部，随行干部看到分队内务都夸赞，而我一眼就看出被子里有机关，我把分队长叫到一旁，问他为什么要整理内务。分队长是第一批国防生，问我想听真话还是假话。我说当然要听真话，不然跑到这里调研什么？分队长说："我认为整理内务完全是形式主义，信息化战争拼的是干，不是比看。"

我一时无语，觉得他说得有点道理，却不是完全在理，就转过角度批评他弄虚作假，我随机打开一床被子，支撑被子的硬纸板、塑料片、小夹子散落一地。

其实，我当兵时对为什么整内务从没有认真想过，觉得当兵的走队列、整内务就像吃饭睡觉一样，是理所应当的，如果当兵的宿舍和乱成麻团的地方大学生宿舍一样，那当兵的和老百姓有什么区别？经那个国防生分队长一问，我想整内务大约就是磨性子、去棱角，舍小我、成大我，让自己的行为在日复一日的养成中，符合集中统一的规矩，形成令行禁止的作风吧。

六班副从连队开会回来，说饭前要检查内务，不能让两个熊兵拖后腿。他把上衣一脱，沉声呵斥我们闪一边去。只见他将被子三折之后，两腿跪在上面反向用力一碾压，被子就服帖了。手出八字左右一比画，被子就收拾出模样了。又取了口杯噙了水朝被子上喷，棱角也就出来了。又找了片三合板放在衣物上，白毛巾一搭，枕头也棱角分明了。叠好了我的，又把小吴的收拾利落，前后也不过十来分钟，让人看得好生佩服。六班副收拾完匆匆去连部，估计是要逐班逐人打分检验了。

事情到这儿本该告一段落，偏偏小吴好奇心作怪，他把整好的内务用笔标识好，重新打散想按六班副的路子来一遍，但怎么也还不了原了。连队检查结果小吴是唯一一个不及格的，六班评比倒数第一。讲评一结束，六班副就怒不可遏地果真将一脸盆水泼在小吴的床上。

晚上欢迎新兵，礼堂放电影。六班副担任流动哨在连队值守。小吴人去了礼堂，哪有心思看电影？要知道，渝北的冬天宿舍没有暖气，本已阴湿寒冷，湿漉漉的被子如何过夜？

看完电影列队回连队，已吹熄灯号了，拉下灯绳，我看见小吴的湿被褥已被撤下来,换上了干净的被褥,而六班副裹着大衣躺在空铺板上和衣而卧。听见我们回来,六班副眯着细长的眼睛瓮声瓮气地说:别愣着,都早点睡觉,明早起来整好内务啊。

转眼当兵三十年了,六班副刘根厚给我的印象只剩整理内务和那盆洗脸水了,但我总会时时想念他。此后我到军校、工作岗位、成家立业,被子从棉花、涤纶、丝绵、鸭绒,换了一种又一种,要么轻飘飘的不压身,要么热腾腾的不透气,心里总感到四面透风难以抵挡彻骨的寒冷,总不如当年那床黄军被严严实实有种让人踏实的暖和。

在巴掌大的地方绕行

紧急集合

我当新兵时感到最让人兴奋的就是夜半听到"嘟嘟嘟嘟"哨声突起拉紧急集合。有人说紧急集合哨声是新兵的梦魇，所谓"老兵怕号、新兵怕哨"，意思是号响得冲锋、哨响有敌情，这话有些过了，多少有点局外人的看客心态。当过兵尤其参过战的都知道，老兵未必怕号，冲锋号响了，就得跃出战壕，至于怕的心理早在进入阵地时千转百回想过多少遍了，号响了也就什么都不用再想，而且子弹像长了眼睛，怕死的总是先死。

不仅如此，老兵大都视被人笑话怕死为最大的耻辱。我的一个同事曾参过战，他说当时有个战友胆子小，炮弹呼啸而过时，总是最先抱头蹲下，同班战友都拿他开玩笑，把他刺激得够呛。为了争口气，他半夜居然偷偷溜了出去，躲在一棵树上，趁着夜色一跃而下，将正冲树根撒尿而掉队的一个巡逻兵打翻在地，生擒了回去。说起当时的情景，简直就是现在的抗战神剧，要不是有他抓来的叽里哇啦说着听不懂话的舌头"佐证，大家怎么也不相信这是那样一个小个子胆小鬼干出的大事，一班人立刻对他肃然起敬。

新兵也未必怕哨，短促急迫的哨声中止睡梦的确让人无奈，可拉一趟紧急集合，足以让兵窃窃私语、偷偷笑话别人或自己大半夜，愉快的情绪一直延续到第二天早上。而且，战友重逢谈到记忆深刻的兵事，无一例外会讲当时拉紧急集合的表现，什么衣服打进背包找不着只好光腿跑出去的、背包带散了的、把被子揉成一团顶在头上的、左右反穿鞋子的、前后反穿裤子的……一个个眉飞色舞，直笑得说不出话来。

对怕号怕哨也有人反过来说，叫"新兵怕号、老兵怕哨"，认为新兵听不懂号谱，号声一响就紧张，故而怕。而老兵知道连队哨声一响准有事，长长短短刺耳的哨声催命一样，让人不得不急迫，老兵肩上有责任，故而紧张。其实号声哨声都是命令声，只有服从得愉快不愉快，没有害怕不害怕。但我当兵时还真没遇上紧急集合以听号声而动的，每次还是哨声。号声主要还是指挥大部队行动，连队统一行动还是听哨音。

拉紧急集合主要是训练快速反应能力，新兵连里的训练却没有更多的实战性，主要还是促成老百姓向兵的转变。真打起仗来，发觉敌人呼呼攻上来，咱直接操起家伙什练起来就是了，哪里还需要着急忙慌打背包、左水壶、右挎包、武装带扣牢拉在肚脐眼上跑上一大圈？

抛去怕不怕的事，我当时觉得紧急集合让人兴奋，主要有三个原因。一个是神秘，如同盛夏时弄不清哪块云彩有雨，怕它来偏来，盼它来又不来，新兵连排长套路深，总是出其不意，攻其不备，让人慌不择路、措手不及。二是刺激，第一次紧急集合对连长说的敌情信以为真，满身热血沸腾，暗下决心一定奋不顾身、瞪大眼睛把准备搞破坏的台湾特务一举拿下。三是滑稽，集合完毕、灯光骤亮，兵的各种形态精彩纷呈，白天训练再苦再累，所有积攒的倦怠疲惫和不满情绪，都在那一刻释放宣泄得干干净净，真是痛并快乐着。

我在新兵连对紧急集合没有恐惧感，原因在于我有敏锐的观察力，能够捕捉到紧急集合的蛛丝马迹，给班里的战友提供预警。新兵连的班长负有训练新兵的责任，虽然住在班里，屁股始终是坐在连长指导员那一边的。但班长与班长间有训练成果的比较，如果有人能预先知道行动，效果就大不一样了。效果不一样，班长的水平就不一样。班长都是老兵了，水平不一样谁留队提干当然不一样了。

　　我观察判断是不是拉紧急集合，完全不同于我的下铺大旺。大旺是山西长治兵，他在班务会介绍自己同著名歌唱家关牧村是一个地方的，他自豪地说："关老师是咱一个厂子的哩！"说话的神态好像他自己是关牧村。大旺因工作做得好，总受表扬，班长夸赞他眼里有活，连队点名讲评也常念到他的名字。其实能有什么活？屁大点操场，大清早十几条大扫帚挥来舞去，倒像是争抢几片可怜的落叶，房间的地被拖了又拖，一天到晚湿漉漉的。由于我能预警，班长在这方面对我的要求就不那么严格。而新兵连的这种经历和认识，让我以后也没能在"细小工作"上出成绩，像为领导端水杯、拎包、开车门……总有与大旺一样心明眼亮、眼疾手快的同事悄无声息地干了，我也乐得清闲。

　　大旺的预警伴有偶发性，有天晚上，大旺突然跳下床高喊"紧急集合了"。十二个人着急忙慌穿衣服，正忙活时，班长呵斥："都吃饱了撑的？嘛玩意儿紧急集合，听到哨音了吗？刚才谁先叫唤的？"大家这才醒过闷儿，原来是大旺梦见紧急集合了，大家嘻嘻哈哈重新钻进热被窝继续睡。

　　我不敢睡，心想像我们这样一闹腾，还不提醒了夜猫子连长？我从窗户向外观察，果然看到队部有动静，我悄悄告诉班长，今晚必须紧急集合。因为前两次我的预警有效，班长从善如流。

我的预警成功主要是像中医一样望闻问切，望，就是居上铺有利地形观察队部，窗帘拉拢了，会有警报。闻，就是集体看新闻后有意从副连长身边过一下，有酒味预警提升一级。问，就是问通讯员干部谁值班，切，就是掷硬币了……这次就是望，果不其然，没过多大会儿，嘟嘟嘟嘟的哨音就响了。

　　大伙得了表扬，都说幸亏大旺叫了一嗓子，到底是关牧村的老乡啊，声音又清楚又洪亮！只有班长笑眯眯地看着我不作声。

　　现在想来，紧急集合对兵的成长是极为有用的，它不仅培养了军人性格中坚强刚毅的部分，也培养了密切协作的团队精神。这么多年过去，也不知班长到哪里去了？我还怪想念他的。

在巴掌大的地方绕行

踢正步

"分解动作，正步走一步一动，一！"

我在新兵队列训练时一听到班长下这个口令头就大了，一步一动踢出去没关系，关键是这个"一"字后没有"二"，我们只能高抬腿绷脚尖落不了地，不一会儿就钓鱼竿一样上上下下、飘飘忽忽、歪歪斜斜了。

班长还一个个纠正动作，边纠正边絮叨："你借（这）手捂在心口为嘛？心脏病吧你！你借（这）后手撮成麻花还勾老高，是练太极呀，还是想让我给你个桃啊杏的，我可嘛也没有！还有你，顺拐了不知道啊！"

有个兵实在坚持不住，口里直念"二、二、二"，班长听到了回头一声喊："二二，二嘛，我看你就是二。"听到二，不管此二还是彼二，大伙不约而同地落了脚。只有小胖子胡诗人坚持哆哆嗦嗦端着腿。

同班新兵胡诗人是山东潍坊兵，圆脸胖腮，个头不高，分明一副清朝江南盐商子弟模样，一丝也看不出山东大汉的特色。胡诗人不是真名，因他休息时总趴在床铺边上写诗歌，大伙便尊称他诗人。胡诗人写诗后会向诗歌刊物投稿，信封地址留的却不是新兵连，而是山东老家，地名很有特色：山东省潍坊市坊子区坊子镇……一长串"坊子"似踢正步一样，给我留下深刻印象。我一直想去这个有如此神奇地名的地方探寻，想看看胡诗人描述的那一串坊子里的"千里芦苇随风飘忽"到底是怎样壮观的景象，可直到如今也没有机会前往。

胡诗人踢正步也研究正步，他说正步最能体现军队的威仪，不仅对敌人有强大的震慑效果，对建筑亦会有巨大毁伤。胡诗人的前半句话好理解，当兵前，我们大都在电视上看过1984年大阅兵，那些徒步方队，步伐整齐而又刚健，横看一条线，竖看一条线，斜看还是一条线，像是一个人在踢正步，又像是一座座威严的大山在移动，真是震撼人心、鼓舞人心啊！可胡诗人后半句话就让人费解了，踢个正步还毁建筑，还要枪炮干什么？莫不成打起仗来，冒着敌人的碉堡踢正步？大家就嗳嗷他到底是诗人，有想象力。

胡诗人不容人质疑他的智商，红了脸腾地站起身来用山东普通话说："听着听着，1831年，就是雨果写完《巴黎圣母院》那年，英国士兵踏着正步通过布劳顿吊桥时，就把桥面震断了，好些个士兵跌落水中。什么原因？中学学过物理吧？正步走步调一致放大了桥梁的振动频率，产生了同频共振哩！"

胡诗人话音一落，全班人面面相觑，一个个佩服得不得了。

胡诗人思想认识到正步的价值，行为上就会有严苛训练正步的举动。所以，当班长非口令的"二"字出口，大家悬而未决的脚赶紧都落了地，唯他坚持端着腿就不难理解了。我后来读培根的《习惯论》，当读到"思想决定行为，行为决定习惯，习惯决定性格，性格决定命运"这句话时，脑子里立刻就浮现了胡诗人的形象。只是不知道他后来到底成为真正的诗人没有，即便他真成了诗人，我恐怕也对不上号，现在好些人诗写得不像诗人，

在巴掌大的地方绕行

名字却起得很像诗人,哪里能够分辨得清谁是谁呢?

新兵连指导员范继河也写诗,兼任林园报社的编委,相貌平平,黑框眼镜,龅牙突齿,讲话一套一套的,既儒又威。他说,我们的队伍历来重视正步训练,这是体现军队纪律性和军威的重要形式。当年刘伯承司令员亲自制定步兵操典,把德军和苏联正步结合起来,增加手臂摆动,将步幅调整成适合我们中国人的体型要求,后来萧克将军组织人员对正步走的规范姿势制定了标准,一直沿袭至今。

范指导员最让新兵胆寒的是他后面的话,他说:"军人服从命令为天职,正步走命令下达,就是前面有断崖,也要义无反顾踢出这一脚!"

山城,山上建的城,我们操场也是处在山中,石栏杆外就是十几米深的山沟,如果会操的时候他真不下达立定的口令,我会勇敢踢出这一脚吗?我恐怕会含糊,可也许胡诗人会吧。当时,我很为有这样的思想羞愧,幸运的是直到新兵连解散,范指导员也没有给我们这样生死考验的机会。

正步讲究"踢腿如射箭,摆臂如闪电,臂腿结合好,步伐要稳健"。但是,欣赏别人踢正步是一回事,自己训练正步是另一回事。1984年阅兵,分列式要求每分钟116步,每步75厘米不能有丝毫差错。当时训练正值酷暑,阅兵训练场水泥地面上的温度高达50℃,远远望去地面上像大漠一样氤氲着30多厘米高的"白烟"。据介绍,当时最严格的单兵考核方式,就是让兵蒙住眼睛走正步,每分钟116步,每一步的脚尖都要毫厘不差地卡在75厘米标准线上,差不多每个兵都踢破了几双鞋。

当然,我们新兵正步训练不是阅兵,并不都是时时严肃的,也有轻松活泼的时刻。有一天,班长正在下达训练科目,旁边忽然走过一个少妇，大家不由自主随着她的身影看，班长也在看，见大家看就不看了，说："看嘛看嘛，没见过大姑娘？我刚才说到哪儿了？"

　　大家一下哄笑起来，班长也觉得好笑。那一刻，大家觉得班长真像一个大哥哥，特别和蔼可亲。

摘领花儿

机关老兵退伍，管理处长请我参加老兵退伍大会，怕给我添麻烦，特别说："就是宣布一下命令，不讲话。"我写了半辈子讲话稿，对兵即席讲个话轻而易举。但我从骨子里不喜欢空谈，大会小会能不说话就不说，非说不可也是讲短话、少废话。到底是管理处长，知道人哪儿疼哪儿痒，不讲话正合我意。我起身说，复退工作很顺利，参加是应该的，走。

我当了三十年兵，每年都会遇到转业、退伍的事，铁打的营盘、流水的兵，部队在这种流动中保持着新鲜活力，我也把它们视为常态的工作和工作的对象了。会场设在室内篮球场馆，我和管理处长走进会场时，几百个兵已整齐坐等多时了。

处长主持会议，奏国歌、宣布退役命令、退伍老兵代表发言……我看到几十个退伍兵坐在前排，虽说是退伍兵，可个个都显得那么年轻。我想，也许服两年兵役还不能在一个兵的脸上刻下深深的军旅印记吧？

我当兵的年代，兵最长可当到五年，五年之后再想长期干，就只能学门技术转志愿兵了。那时，转志愿兵是农村兵改变命运的重要途径，转成了不仅和军官一样穿"四个兜"的军服，服役满年限后，回到老家还被安排正式工作。我当兵所在的连队技术含量不高，只有司务长和炊事班长是志愿兵，他们平时穿工作服，偶尔连队全员集中时才见到他们正式穿军装，"四个兜"的军上衣和连长、指导员一样，的确比我们只有两只兜的上装神气。

那时退伍的都是服役四五年的老兵，大都一门心思想留队，退伍工作难度是很大的，但不管怎么闹腾，这些兵对部队、战友有很深的感情，没有离队不离队的问题，只有走得顺心不顺心的问题。尘埃落定之后，连队要安排会餐欢送老兵，不仅菜品丰盛，而且和面盆里装满啤酒放开喝。当天，德行好的干部总是被退伍兵的真情包围，哭声笑声欢呼声经久不息，只把离别的酒喝得吐了又吐，而德行不佳的连队干部要么不敢参加，要么露一面就开溜，生怕情绪激动的兵做出伤及他自尊的举动来。现在退伍会餐不准上酒，举止也文明，三下五除二就结束了。

这时，一个参谋到主席台对我耳语，请我为退役士兵摘领花儿。我有些发愣，事先管理处长并没有告诉我有这个程序，记得以往也只是由基层干部做这项工作，自己还真没有为兵摘领花儿的经历。虽然感到有些突然，但众目睽睽之下，只能听他们的安排，被引导到退伍兵面前。

第一排十个退伍兵的领花肩章由我来摘。摘第一个兵的领花儿就遇到麻烦，由于领花穿透了衣领内衬中的塑料片，螺丝与衣领契合紧密，左旋右旋好一会儿就是拔不出来。

我当兵的时候不是这种领花儿，而是带星的红领章，军官领章三面镶金黄色边，中间缀五角星徽，士兵领章缀军种符号。那个时候，针线包是兵的标配，人人要自己钉领章、缝被子、补衣服。1988年实行新的军衔制后，士兵衣服一时没有套军衔的串带，还要手工缝在肩头上。但领章换成了钢制领花，有螺丝直接固定，不用缝钉了。

在巴掌大的地方绕行

我在给兵摘领花儿的时候，兵很紧张，他喘着很粗重的气，一直喷到我的脸上，这让我觉得很别扭，更想快点摘下来。为了不显尴尬，我问兵家在哪里？兵说是井陉。我想起韩信背水列阵战赵国的故事，便说井陉很有名啊。兵的气息明显减轻了，他说，井陉只是小县城，现在发展很快了。兵放松了，我手也不僵硬了，终于将领花摘了下来，又唰唰地取下肩章、臂章。

当我把他所有兵的符号全部摘除之后，我发现眼前的兵像变了一个人似的，我原本就不认识他，这会儿又突然增添了一种陌生感。难道从兵到老百姓就这么转眼之间的事？难道他两年军旅生活的辛勤奉献就此了结？

我心里顿生莫名的愧疚和伤感，就感到该对兵说点什么。兵是我们这支队伍的基石，一茬一茬的兵接力推动着我们的事业前进，而且，没有兵，哪里会有我们这些杂七杂八的官？

我手里拿着从他领子上摘下的领花儿，我说，谢谢你为军队建设做出的贡献。这句平时说起来让人感觉是空话大话的语句，此时此刻却有了一种格外真实的沉重感。

我向兵敬了军礼。兵的眼角湿润了，他哽咽着说，你是我当兵两年中挨得最近的首长，请首长放心，无论今后走到哪儿，我都会记得我是一个兵。

我很感动，但我不能说什么，我还要为其他几个兵摘领花儿。我摘一个领花儿，说一句感谢，越说心里越沉重。摘十个兵的领花儿，我差不多用了半小时。

回到主席台，我一个一个看着那些兵，心里回味他们说的每句话，尤其是那句"挨得最近"的话最让我难过，忽然很后悔刚才没有给他们一个拥抱。

打　靶

　　我曾写过一首诗,其中有这样的句子:"在和平年代的机关里/一双习惯握枪的手/渐渐习惯了纸张和笔/我会以一种特殊的方式/表达一个军人的操行和职守。"机关干部拿笔杆子的时间远远多于拿枪杆子,主要是机关重谋略筹划、经常写材料、"推稿子"。毕竟都是兵,共同训练科目每年是少不了的。但训练要求有别于基层。像每年组织打靶,都要到专门射击场进行训练。手枪射击训练考核,一人一个隔断,还要戴着耳塞套,立姿据枪探出射口射击,体验五发、考核五发,十发子弹嗖嗖出去,弹着点电子屏上清楚地显示出来,和玩电子游戏差不多,一点实战的感觉都没有。要真正打好靶、练为战,还是得去基层连队。

　　我当兵的时候,连队每逢打靶,连长都会叫上文书、二班长和我先行逐一对枪支进行校验。连长是陆军学院步兵分队专业毕业生,据说亲历过边境作战,分到我们连队后看什么都不顺眼,说话总爱提鼻撇嘴,脸上挤出深深的法令纹,像极了"八"字,我们就私下叫他"八万"。"八万"军事技能是很让人钦佩的,我们做单杠二练习达标都费劲,人家做单杠四练习跟玩儿似的。连长校验手枪不用胸环靶,找一个旧搪瓷脸盆放在鱼塘对面的土坡上,一枪撂过去,枪的性能就知道了。再让我们几个逐一射击,枪就校正得基本到位了。

校完枪，"八万"有时会即兴表演战术动作，只见他蛇形跑位，单膝扑地，双手据枪，上膛射击，动作一气呵成，像看电影一样。也组织我们几个演练，但不允许我们实弹效仿，怕枪走火伤了人。

枪声惊动鱼塘里的鱼，一条条肥硕的鱼会露头跳跃，翻出很大的水花。这时"八万"就示意我们打露头鱼，自己在一旁抽烟。我们也不多打，够连队加餐了就行。手枪打鱼比打靶有意思多了，五四式手枪近距离射击性能很优良，鱼跑得快却快不过子弹，打起来既紧张又刺激。"八万"说，固定靶是练不出好枪法的，移动靶才贴近实战，打鱼就当敌人打，更能练好手眼身步。那时，西南战事未停，这种训练激起我们满腔热血，真想奔赴前线一展身手。

枪声也会惊动鱼塘管理员洪煊洪老头，洪煊是职员干部，是部队果园、奶牛场、鱼塘……所有农副业生产的头儿，他就算看也只是远远地偷偷看，缩头缩尾的样子倒像自己是偷鱼的。有一年洪煊参加一个战友小孩的婚礼，恰好和我在一个桌上，他一眼认出了我，向桌上的宾客介绍说：当年就是这群小伙子用枪打我的鱼。洪煊八十岁了，耳有点背，总以为别人也听不清，嗓门大得像和人吵架。我问他为什么明知道我们打鱼却不出面阻止？老同志爽朗地笑起来，说：当兵辛苦，我养的鱼就该给战士们吃，可真要明目张胆捞起来白送你们，当官的不会同意啊，我替你们保密遮掩好多次了！

宾客就称赞我们的枪法好，能打鱼。洪煊老人不以为然，他说：比起训练大队的丁队长，你们差一截。洪煊老人边说边看着我：你服气不？

我连忙说服气服气。能不服气？丁队长参加过抗美援朝战争，他有一支小口径步枪，常在我们部队广柑林里打鸟。他专打麻雀，操枪时根本不像我们"三点一线"地眯眼瞄准，而是平端胸前，只让枪口对着目标，一枪就撂下了。丁队长射击千锤百炼凭感觉，是道，我们则是一曝十寒凭练习，是术。道和术哪儿能在一个档次上？我当兵时，丁队长退休有十多年了，知道他爱枪如命，有年部队统一清查收缴个人使用的枪械，军务科长上门多少次才把他的思想工作做通，看着枪被收走，就像抱走了自己的孩子。丁队长总唉声叹气说，当兵的没有枪，还算什么兵？

没了枪的丁队长苍老得很快，熟悉的人看了都不忍。

我很认同丁队长的观点，当兵的当然要喜爱枪、熟悉枪、用好枪，就应该像农民熟悉各种农具，使用起来得心应手一样，唯此打起仗来才能派上用场，否则操枪与提根烧火棍有什么区别？但那个时代部队思想保守，过于强调安全，枪弹分离、人枪分离，一年打不了几次靶，有些科研院所的连队兵，更是一年难得摸上一回枪。

我在新兵连时，对操枪打靶的盼望很热切。当兵前，我就很喜欢射击，常在路边气枪摊位上打气球。四十个气球很少漏网，每一次气球爆裂，看摊老头的眼睛就下意识地闭一下，老头咬牙切齿的表情让我很得意。但我从未摸过真枪，一直想真刀真枪打一次。新兵授枪仪式过后，我以为很快就能实弹射击了，谁知连续几天都是在草地上趴着，拿56式半自动步枪瞄准靶心扣动扳机的空隙，班长还时不时拿个三角镜过来，检查瞄得对不对。阳光晴朗的日子，地下的湿气向上升腾，趴的时间长了，肚皮下面的碎石湿草会硌得人有一种既舒服又不舒服的感觉。新兵王春亮很聪明，他偷偷在下身处挖了一个浅坑，身体那个特殊部位就

在巴掌大的地方绕行

不硌得慌了。其他的兵见了都效仿。有的兵还发扬光大，在浅坑里铺上野草。等结束训练，新兵应声起立时，一长排深深浅浅的凹坑在阳光下蔚为壮观。班长见了，又好气又好笑，说：好嘛，一群熊兵，真有你们的，介（这）坑挖得还真有哏儿。

指导员认识问题的角度不同，严肃指出这是思想意识有问题，根子是贪图享乐。而且，好好的地被弄出这些"弹孔"，战时就是破坏战场设施。然后严令我们开班务会整顿。想到指导员说邱少云战场上为完成潜伏任务，严守革命纪律，以超人的意志和毅力，忍受烈火烧身的痛苦，直到最后牺牲的英雄事迹，大家脸上心里都很愧疚。再训练的时候，班长就时不时让我们就地打个滚，好让他查看地上有没有"弹孔"。

我们1986年发明的这个让人颇为羞愧的小诀窍，居然随着新兵连的几百个兵奔赴各地而流传至今。有一次，战友的儿子探亲时讲述自己新兵连的故事，当讲到新兵班长教他们挖坑的事时，我朝当年的始作俑者挤挤眼，战友一下笑喷，差点把一口茶喷到我的脸上。

新兵连连续几天的趴窝儿还是有成效的，至少把浮躁的性子磨了磨，分解枪械训练又了解了枪的结构性能，到实弹射击时虽然紧张，但不会慌张。打靶讲究"有心瞄准，无意击发"，子弹飞出去后，到底打了多少环，还要看报靶员探出的靶标示意。每每出现红色靶标左右横向摆动（十环），或快速画圈圈（脱靶）时，待机地的兵都会轻声欢笑，那笑里的意思你就琢磨吧。

我们新兵连射击的成绩出人意料的好，归途唱《打靶归来》歌也特别有豪情，这让连队干部很有成就感。只是第二次组织56式冲锋枪实弹射击时差点出了事故。食堂管理员怕弄脏衣服，嘟瑟蹲姿据枪，击发之后让枪的后坐力掀翻在地，子弹嗖嗖地全部凌空射出，所幸最后一组都是老兵，个个反应迅速，否则后果真是不堪设想。短暂的平静之后，一个老兵爬起来奋起一脚踹在惊魂未定的管理员的屁股上，这一脚很重，估计把平时积攒的对伙食不满的情绪捎上了，第二天管理员走路还一瘸一拐的。

在巴掌大的地方绕行

站　哨

我在连队当兵时主要任务就是站哨。同样是站哨，在北京天安门站和在我们营门口站，还是有很大不同的。在天安门站那是代表国家形象，礼兵华服、枪刺闪亮，那叫一个神圣！在我们营门口站那是负责营院安全，轻装便携、有枪没弹更多的是一份职责。

我当兵时连队人少哨多，大小营门、甲区、乙区都是单岗单哨。有一天上午，我去大营门接下士张亮平的哨，我们交接完枪、值班登记簿等，相互敬了礼，他就算下了哨。张亮平和我是一个车皮拉来的同批兵，站哨姿势标准、动作规范、态度和蔼，遇到不配合查验证件、恶语相加的二货，也绝不与人争吵，对路过营门见到兵就乱嚷嚷"立正稍息向右看"的过首长瘾的社会小青年也不动气，不像有的兵忍无可忍无须再忍地就挥胳膊、解腰带招呼上了，影响很不好。连队大会小会表扬张亮平，已经属意让他当副班长了。那时当了骨干，下一步学技术、转志愿兵的就比其他兵有优势。谁知张亮平下了哨就闯了祸。

张亮平事后反复对我说："后悔死了，说肠子悔青了也不为过。那天要是直接回连队就不会闹出那么大的动静，还差点被押送退伍回老家。"张亮平曾告诉我，他父亲送他当兵时下了死命令，不转个志愿兵穿上四个兜的衣服就别回来了。张亮平说："这下可好，两个兜的能穿几天还不知道，还四个兜呢！"他絮絮叨叨说话的神态很容易让人想起鲁迅笔下的那个祥林嫂。

我们部队大营门通往营区有一条200多米、接近30°的斜坡。那天，张亮平走到坡顶招待所门前时，见平时接送小孩的学生班车黄河大轿子停在路旁，临时起意，随手拉开驾驶室门钻进去了，胡乱一通摆弄，车忽然顺着坡溜起来。张亮平慌忙踩刹车，可他不知是汽刹，只听得噗噗噗放气，就是停不住车。好在他当兵前开过手扶拖拉机，方向还是能把住的。路过的熟人没觉得异样，只是惊奇发现是他在开车，就笑嘻嘻地靠近打招呼，直把他吓得魂飞魄散，一路狂喊："快躲开快躲开，车停不了了。"车顺坡而下越溜越快，很快就到营门了。我当时不明情况，见有车过来，跑出小岗楼准备要出门条儿，那时司机没有持派车单、会客单，军队地方车辆别想在哨兵眼皮下进出营门。见大轿子车没有停车的迹象，正想呵斥，突然发现开车的竟然是张亮平，心想他哪儿会开车？知道要出事儿，赶紧闪在大门立柱后。大营门外有一条横向马路，马路右侧就是断崖式的几十米深的沟壑，再刹不住车就直奔沟壑去了，急得我只能大喊："拐呀拐呀！"车呼啦一下穿出营门，张亮平情急之下，向左猛打方向盘，一下撞在路旁的大树上，大轿子前保险杠撞出一个凹槽，差点把树都包住了。树倾斜又挤压了紧邻的民房，青砖黑瓦哗啦啦地掉下来，把挡风玻璃打成了烂鱼网一样。

军务科夏科长外出回来正好路过，夏科长是干部子弟，一米九的个头，黑旋风李逵一样膀大腰圆、声如炸雷，平常总骑着雅马哈摩托车在营区巡视，一副威风凛凛的气派。看到头破血流的张亮平，夏科长抄小鸡一样把他从车里拉出来，见没有大碍，就边发动摩托边臭骂着让他坐在摩托后座去门诊部。临行时命令我通知管理科、汽车队处理善后事宜。

那时部队领导就怕出事故，张亮平下哨不按时归队，还擅自动用车辆、损毁公车民房，事情说大就大，说小还就小不了，领导让军务科拿意见。夏科长见过世面，对兵样子凶心里还是疼爱的，意思是给个处分警诫一下就行了，分管领导不同意，坚持要他退伍并押送回原籍。张亮平急了，头上包着纱布，像伤病员一样去找熟悉的机关食堂管理员想办法。管理员是一级厨师，能做闻名遐迩的湿火腿，上级本级有会议接待任务总抽调他当主厨，不知他采取什么手段，分管领导不再坚持意见，结果张亮平背了行政记过处分。

出了这样的事，夏科长觉得脸上无光，把连长和指导员好一顿训。连长和指导员灰溜溜地回去商议，觉得给个处分还不足以平息愤怒，岗位也必须调整。在他们眼里兵的岗位是有层级的：机关兵、驾驶员、哨兵、炊事员……最末就是喂猪的饲养员。张亮平这样丢人现眼的还能站哨？喂猪去吧。

张亮平就喂猪，可连队只有两头猪，不够他半个人忙活的，就主动到哨位替老兵站哨。轮到我出勤时，他会到哨位闲扯几句，我担任自卫哨时，他还从炊事班弄点花生豆、黄瓜、西红柿什么的，我们一起躲在角落里边吃边轻声聊天。张亮平很机警，事先把一枝干芝麻秸秆撅断散放在队部通往班排宿舍的石板路上，夜深人静，极小的声响都会放大，这样连队领导夜里查哨我们就能听到动静。多年以后，当我看到谍战大片里特工把灯泡拧下踩碎撒在走廊里以防偷袭时，我一下就想起当年站哨的情形。

自卫哨相对自由，门岗就正规多了，但重复单调枯燥乏味，心理生理滋味都不好受，白天出出进进有人扯淡还好，晚上就难熬了。见张亮平喜欢站哨，想偷懒的老兵就让他替哨。

部队十点以后大营门关闭，只留岗楼一侧小门出入，到夜里十二点小门也关闭。有天夜里，张亮平正关小门时，听见草丛有声响，问了声谁，只见黑影晃动没听见回音，就操起枪、子弹顶上了膛。他又喊了一声："口令。"还是没回音，就朝黑影放了一枪，枪口吐出长长的火舌，在深秋的夜里格外刺眼。

枪声一响，连队自卫哨马上吹起了紧急集合哨音，连长带着几十个兵操起家伙什就往营门狂奔。灯光亮起来，大伙才看清那黑影是夏科长。夏科长手掐秒表，拿手电筒照了一下，满意地说：反应迅速，考核通过，都回去歇了吧。说完拿手电筒照岗楼，张亮平就露了脸。连长见是他，气不打一处来，刚想训斥，夏科长说话了：哨兵不错，敢朝我开枪，有股子哨兵神圣不可侵犯的意思，嘉奖一次。

其实夏科长知道哨兵用的是空包弹，如果是实弹，科长哪儿敢不出声，张亮平也不敢真开枪。没当过兵的人不一定知道空包弹，它是这么个事儿，子弹也是子弹，就是有少量装药、底火，但没有弹头，弹壳收个口封住，上膛击发伤不着人。那时哨兵夜间配空包弹主要是威吓示警，有紧急情况，放一枪，连队自卫哨就知道出情况了，会召集人赶到哨位增援。

问题就来了，机关首长发话嘉奖张亮平，是队前表扬、口头嘉奖，还是正经连嘉奖一次？指导员召集支委会商量到天亮，考虑到张亮平的一贯表现，功是功、过是过，就决定记填表的连嘉奖一次，事务长说给养员一直由炊事班长兼任着，买菜做饭忙不过来，一时也找不到肯吃苦原则性还强的兵接，提议让张亮平买菜养猪一起来。指导员说上士是骨干呢，就便宜了这小子吧！

炊事班有辆机关淘汰的挎斗偏三轮摩托车，没人会鼓捣，张

在巴掌大的地方缱绻

亮平有基础，在操场里练了半天，就开出去买菜了，回来路过哨位就停下来，扔给兵一根黄瓜吃，自己过站哨的瘾。

来年夏天，我考上军校，张亮平在炊事班炒了两个菜为我送行。酒过三巡，我终于把憋在心里两三年的疑问说了出来，我说什么都会有瘾，都不奇怪，站哨还能站出瘾来就奇怪了，你真喜欢站哨？

张亮平笑着说：咱连队的兵就站哨还像个兵，莫不成在家养猪到部队还养猪，在家做生意来部队还做生意？

我把酒杯里的酒一饮而尽，我说我不如你。

东山坡上

　　我当兵前从不吸烟，甚至对烟草深恶痛绝。但我祖父、父亲、伯父包括叔伯兄长个个烟不离手，那时香烟没有过滤嘴，他们伸出食指中指来，指尖都是黄褐色，宛如两根干熏腊肉条一样。遇到家庭聚会，一伙烟民吞云吐雾让人忍无可忍。有一次放学回家，一推开房门，整个房间里缭绕着的竟是一层套着一层的青色的烟雾，直把踏进门的我生生呛了回去。我曾不止一次让我母亲劝父亲戒烟，但父亲只有一句话："戒烟？要不要戒饭？"

　　我当兵时，新兵连不允许新战士吸烟，我们班的战友也没有烟民。有一次，一个兵从外面回来，班长立刻叫住他，厉声问他是不是偷偷吸烟了，兵很委屈说从不吸烟。班长说，撒谎，身上明明有烟味。兵说真没吸烟，只是刚才去连部送了一趟开水，兴许染上里面的烟味吧。班长半信半疑抓起他的手指放在鼻下嗅，没嗅出应该有的味道，才放过他。班长说，别想蒙事儿，借抽烟的对烟味不敏感，自己不觉得身上有味，可不抽烟的隔大老远就能闻到，抽烟有嘛好，谁都不许抽，都记着了吗？谁还藏有烟卷儿都交我保管啊！

　　新兵下连后，对吸烟管得不那么严了，老兵中不少人会吸烟，但多是城镇兵，农村籍的兵才舍不得糟蹋可怜的津贴费。没过多久，家境好的新兵中也开始有吸烟的了。室内不允许吸烟，训练工作间隙都就地找个地方解决。吸烟最集中的地方是厕所。连队厕所蹲坑没有隔断，七八个兵蹲成一排叼着烟卷，此起彼伏，蔚为壮观，不足一个班的火力竟能把厕所的臭气压制下来。

指导员对吸烟不提倡不反对，念在嘴边的话是"别像那年赵崇汉没事找事就行，没几个钱却丢人现眼的，一想起来都替他害臊"。

赵崇汉是前些年退伍的陕西兵——当然，赵崇汉不是他的真名，名不名的其实不重要，就是用"秦始皇"当他的化名，老战友们也都知道说的是谁——据说，赵崇汉入伍前是地方"问题青年"，他父母管不了他，求爷爷告奶奶想方设法把他送到部队，指望部队严格的纪律能改掉他身上的毛病。赵崇汉开始表现也尚可，越到后来就越懈怠，常偷偷出去满足口腹之欲，退伍时，营房外面的小饭馆、小食品店都有他赊欠的账单，主要是烟卷钱。几个小老板找不着他的人，就结伴到小营门堵在那里要账，把指导员气得够呛，但赵崇汉人已经回原籍了，指导员就替他还了，一共380多元，相当于两三个月的工资。自此以后，每到老兵退伍，指导员都会让司务长先扣住退伍费不发，到营区附近几家商铺挨家走访，看有没有兵的欠款。

我在连队没学会吸烟，一方面是从小对烟反感，另一方面是我要跟西南师范学院音乐系傅丽坤教授学习声乐，要保护好嗓子。从连队调到机关后，政治部的干部几乎都吸烟，干部科长号称"一根火柴"，从起床点燃一根烟开始，一根连一根，一天到晚不断香火，每天一根火柴就够了。他们吸的时候见到我总会顺手扔过一根来，扔的次数多了，不好拒绝，就点燃了。点的次数多了，不好意思老被动接受，就也买包烟，回扔一根，一来二去就吸上了。吸虽吸，却是吸"跑烟"，烟不入肺，只在口腔里回旋一下就从鼻孔喷出，或吐几个烟圈解闷。上军校也如此，几乎没有烟瘾，不像军校有位同学，下课时，一口烟能吸掉小半截。中午午休时，他怕在室内吸烟招怨，常拿报纸到厕所边蹲坑边吸烟边看报，在木隔断里一蹲一小时。夏天常有在厕所冲凉的同学，有一天不知谁开玩笑，将一脸盆水从木隔断上临空而下，把他浇得像落汤鸡一样。他推门而出满脸怒气，只听哄笑满堂，不知何人所为，此案至今未破。

我真正吸烟上瘾，还是军校毕业被分配到单位后。那时文字材料任务重，加班加点是常态。吸烟不助文思，但可歇口气，能把注意力暂时集中在吸烟上，让满脑子糨糊的头控一控水分。往往吸了几口烟，文思就来了，掐了烟继续写作，到深夜了，一盒烟没了，而烟瘾上来，回头又从烟缸寻找那些半截子烟续吸。

我父亲一直不知道我吸烟，那年我妻子预产期到了，已退休的父母从老家赶来准备带小宝贝。与我妻子同时入院的产妇都顺利产子，唯我那小宝贝待在娘肚子里不愿出来见世面。医院严令母婴同室，不允许家属陪护，急得我团团转。第三天夜里从医院回家，见我焦躁不安，父亲突然递给我一支烟，我一下愣了，父亲自己吸烟但对我们要求严格，小时候曾将我偷偷吸烟的大哥打得昏倒过去。我正犹豫不知是接还是不接时，父亲说，压力大了，吸支烟缓缓。我接过烟，竟不知说什么好，只感到满心都是温暖。那一夜，我和父亲你来我往居然将两包烟吸得一根不剩。天亮时，医院传来喜讯，我那可爱的小宝贝终于喜降人间，母子平安。

孩子出生后，为孩子健康着想，我开始计划戒烟，像经济改革一样，第一步是减员增效，由每天两包改为一包、半包，一年之后，实施第二步，清库存去产能，把所有的烟全寄回老家交老父亲处理，兜里不装钱，以免临时起意买烟。第三步拒腐蚀永不沾，同事见我戒烟，有脱离烟枪群众的企图，常假装随意地递一根过来引诱，我一律拒吸。学会吸烟容易，可真戒烟就难了。美国作家马克·吐温说，世界上最容易的事就是戒烟，我已经戒了三千次了。

我虽没戒三千次，反反复复也戒了好几次，最长的将近半年。直到我的小宝贝上学了，用学校学得的吸烟有害的知识教育我，我才彻底与烟草告别。那天，小孩放学后，把家里的打火机和平常准备招待客人的烟，全部收集在纸盒里，用橡皮筋缠住，等我下班回家，当着我的面把它扔在垃圾桶里，孩子说：吸烟会得病的，别吸好不好？您教育我学习要持之以恒，您戒烟就不能持之以恒吗？看着孩子泪光闪闪的可怜样，我立刻服了，一戒就是好几年。

有一年我去西安，接站的老战友闻听我戒烟了，很惊讶，他说你能戒了烟？一个人如果烟都能戒，还有什么事干不成的？太可怕了！时近中年，战友拉我去吃午饭，说有家羊肉泡很地道，顺便让我传授戒烟心得。

西安小吃不错，就是名叫得有些怪，比如肉夹馍，到底是谁夹谁？让人困惑。上车后，战友一路介绍西安景点，似乎处处都有文化。进市区的时候，前面发生剐蹭事故，战友就指挥司机穿小巷，不经意之间，我忽然看到街边有"赵崇汉羊肉泡"的招牌，心想难道是指导员说的赵崇汉？赶紧让司机停车。

那是一家不大的餐馆，墙上装饰了好多20世纪六七十年代的历史画片和实物，让人颇有穿越感。我四处打量，发现营业执照上竟真是那个熟悉的名字：赵崇汉。我立刻对追过来的战友说就在这里吃午饭。战友见我坚持，就找了一个靠窗的餐桌安顿。点菜的时候，我向服务员打听，问老板是不是退伍军人？服务员说不清楚。我忽然十分想见见这个只闻其名不见其人的人，就让服务员去叫他，说远方的老战友看他来了。服务员就给老板打电话。

我们酒酣耳热之时，服务员领着一个穿夹克衫的五十多岁的男子过来。男子掏出名片赔着小心问是不是菜品不合胃口？我拉了张椅子请他坐下，问他是不是当过兵？是不是在山城当兵？是不是在东山坡李指导员手下当过兵？……我最后说，我也是那个山坡上的兵哩！赵崇汉的眼睛立刻瞪圆了，立刻让服务员添一副碗筷，立刻让服务员拿一瓶陈年西凤酒。

说了会儿话，我老觉得有点对不上话茬，忍了半天，最终也没向他说出指导员帮他还欠账的事。我推说已吃好了，不能喝了，下午还有要事。赵崇汉赶紧起身出去，回来的时候，手里多了一个手提袋，说有两条烟要请我带给指导员。我说我和指导员已十几年没见了，不知道他现在在何处。

赵崇汉的脸上写满失望，他叹口气说，年轻时谁都会办些糊涂事，年纪大了回想起来也都会后悔。说着他从手提袋拿出一条香烟拆开，取出一包很熟练地撕开包装纸，掏出三根烟卷递过来，我战友接了一根，我没接，我说我戒了。

赵崇汉可怜兮兮地说，我也早戒了，为东山坡的连队、为指导员，咱俩今天破个戒，行吗？

看着固执递烟的赵崇汉，我无法拒绝。我接过烟，拿在鼻子下嗅了嗅，一股久违的味道直入肺腑，让我忽然有想流泪的冲动。

和赵崇汉拥抱告别上车，我很不舍地看了看饭馆招牌，忽然觉得哪里有点不对劲儿，再仔细一看，惊觉赵崇汉中间的"崇"

在巴掌大的地方绕行

字竟是"祟"字。我们热热闹闹地说了半天话，又是老战友长又是老班长短的，又是东山坡又是指导员的，居然风马牛不相及，居然此赵祟汉非彼赵祟汉。

我手里捏着燃了半截的烟卷，一时竟不知如何处理它。

黑板报

二十多年前的一天，有一位领导到我们部队视察，会间休息的时候，他右手抄在裤兜，左手捏一根烟，很认真地看走廊墙壁上的橱窗。见首长看，一帮比他小一些的首长也一同陪看。橱窗里是一米二高、四米半宽的喷绘内部新闻图文，是我到机关后的一次宣传上的所谓创新，从采编、划版到印制，都由我来操办，每月更换一期。领导吸完了烟似是找烟缸，早有人将烟缸递过来。大领导用弃了烟蒂的手指着橱窗很高兴地说："高级黑板报。"大家都笑起来，有说黑板报是基层连队宣传阵地，是文化轻骑兵，有说当年办前线板报鼓舞士气的，有说每个部门把工作都在这里亮一亮，既通情况，又是鞭策……我们部队长听了很高兴，以后再忙也要亲自审喷绘稿的大样。他一审不要紧，往往增删改动几个字，变换一下照片的大小位置，在图文软件不够强大的当时，我却要处理好几个小时，电脑跑不动还常死机，让人心生怨气，只是一个劲儿拍电脑回车键，差点没把手指头敲出癌症来。

相比这"高级黑板报"，我更怀念连队的原生态黑板报。我们连队有两块一米五高、二米半宽的黑板报，为防雨淋，专门制作了护顶，远远看去就像公交车站的候车亭一样。我下连队时，板报是文书余涛办，余涛学驾驶到汽车队了，又由新晋文书老夏操刀。老夏每次出板报都咬牙切齿，抱怨稿子写得啰嗦、粉笔总是打滑，说"我的手杆儿都麻了"，那些字不像是写上去的，倒像是拿粉笔头狠命戳上去的。指导员李友明心疼他的黑板，说："黑板都让你戳出洞洞了，算了算了，你从新兵里找帮手吧！"老夏就找到了我。

我当兵前在工厂接受过工会举办的美术字培训，我写在车间十米宽的黑板报上的通栏等线体标语口号，曾让分厂长老徐感到很有面子，特意让会计刘师傅给我们补助。在工厂办黑板报，主要是我和同批进厂的青工小邱、小艾办。小艾清爽文静，像热播剧《血疑》里的山口百惠，她自己打扮上也向山口百惠上努力，忧郁伤感楚楚可怜的样子。小艾是厂子弟，说一口好听的武汉话。那时，备战备荒从大城市转移到山村的大型厂矿都颇具威权文化，整个厂子都说武汉话，不管你来自天南海北，包括当地人，都不由自主地认同武汉话。就像部队在山城，营院里每个人都说几句重庆话一样。小艾写不了字，只是打打下手，她不时表扬我写的字和小邱的插图，她拍着手唱歌一样说："你们写的画的不晓得几清爽，蛮像报纸的。"小艾的表扬比徐厂长的补助有用，往往让人不知疲倦。

连队板报也是周末办。第一次恰逢迎接八一建军节，部队领导要来连队慰问，板报是连队的门面，是反映精神面貌的窗口。老夏说好好弄，弄完了让指导员请客。我说弄好可以，但会费钱。老夏诧异地看着我。我说是这样，像你那样办不费钱，但你没发现你写字打滑，版面也是花花的，刚出的却像是风吹日晒的老爷板？老夏说，你就说啷个办吧！

我说我要墨水、胶水、美工刀、彩笔、广告色……老夏就请示指导员，指导员是山西人，精打细算惯了，他啧啧嘴说：办个板报要这些……但他见老夏仿佛要撂挑子的样子，就说买吧买吧。

老夏准备稿子时，我把黑板擦洗干净，风干了，又细细抹上一遍墨水。然后用美工刀往彩色粉笔上砍，眼看着一支支美丽的粉笔变成碎末，老夏不解，说："你娃儿硬是糟蹋粮食哟！"我让老夏拿支粉笔在黑板上写，看滑不滑，老夏一写，果然不滑了。我说这就是墨水涂抹的作用。老夏就不再管我折腾粉笔了。

设计完版面草图，开始誊抄文字、画主题图。老夏以往写标题擦来擦去，总会留下擦拭的痕迹，如同好端端的脸上留了刀疤。我是先用毛笔蘸水写出字样，趁水渍未干勾出字体轮廓，水干了涂上胶水，把彩笔碎末吹到胶水上，平面的字体立刻有了金丝绒一样的立体感。然后把从报纸上寻得的宣传画临摹到黑板上，细细地用广告色渲染，题花、尾花、边框花边也用广告色勾画。老夏是悟性很高的人，立刻来了兴趣，他找来棉花用红墨水染了，搓成细薄的丝条粘在画上，微风拂过，画上的人物一下有了灵气，显得动感十足。

那期板报大获好评，估计领导们回去后有议论，不然一连几天都有机关干部来观看。指导员很高兴，说办一次不容易，时间留长点。老夏打趣说，指导员别心疼钱，一年不换才好呢！

一天，刚从空军调来的组织科干事皮俊到连队来看板报，很兴奋，他叫上我和另外几个爱好者商量以部队团工委的名义办小报。那时部队企业都流行自办小报小刊，雨后春笋一样。皮俊说黑板报本身就是报纸的一种形式，大家有这个基础，办报应该没问题。皮俊见自己的想法得到大家拥护，立即游说部队政治部主任、政委，还求得了政委题写的报头题字。皮俊是个风风火火的中尉军官，热情上来了，门板也挡不住。当即研究分工、组稿事宜。当时分工由我负责设计版面，并主编文学副刊《碧溪》。那份名叫《绿野》的部队小报很快问世，官兵反响很是热烈。遗憾的是，我考上军校后，那份小报就停办了。不是缺人才，而是缺经费。报纸是影响大、流传广，可花费也不小，哪里像黑板报一样方便快捷、经济实惠呢？

我到南京政治学院新闻系报到时，抬头就见宿舍走廊有一块黑板，心想又要和黑板报干上了，仔细一观察，黑板只是写日常事务通知用，并不出图文板报，心里还有些失落。

办黑板报虽然辛苦，但版面生动活泼，说的都是身边的故事，官兵喜闻乐见，办起来也苦中有乐。这些年，每次下部队，我都会特意看看黑板报。闲暇的时候，也常想起与办黑板报有关的人和事。我当兵时的部队早已移防他处，黑板报当然也杳无踪迹。

有一年，我专程到白云山深处的工厂，想看看当年的黑板报还在不在。我去的时候是冬天，那个大得厂区都要通几站公交车的齿轮厂几经改制了，已经变得让我认不出来，但风雪寒冷的感觉还是一样的。我让和我一起办板报的小邱领我去车间，让人高兴的是，那块长十几米的黑板报居然还在，但只是依稀黑板的样子，油漆斑驳脱落，如同寒风里的树皮。小邱说现在手机微信都顾不上看，谁还看黑板报？我欲言又止。小邱笑，你是想看小艾吧？你当兵走不久，她就回城了，是在汉口还是汉阳我就记不清了，要是有小孩也有八九岁了，只是不知她爱人是不是三浦友和的样子？

我们都笑了。我和小邱、老夏、皮俊……当然还有小艾，都曾有过相同的梦想、相同的青春、相同的快乐和疼痛，但现在我们走在各自的人生路上，有各自的喜悦、疼痛和感伤，岁月的阳光落在我们身上，我们却彼此看不到背影的光亮，就像那块长长的黑板报，黑板顽强地存在着，那些色彩缤纷的字画早已没有了踪迹。

帮　厨

我们那个年代都是连队自办伙食，当兵四五年后都会做几个菜。这不奇怪，每个兵要帮几十次厨，厨房的那套玩意儿看都看会了，伺候山珍海味不行，做几道家常菜吃吃还是不在话下的。

我爱人却不善厨艺，她从学校门进从学校门出，做菜的那点底子，还是我传授的当年帮厨心得。等她终于凑合着能弄熟一两个菜而我也没什么可教的了，我就做甩手掌柜不再碰锅碗瓢盆。几十年来，我们白天在各自单位吃，晚上才一起吃一顿饭。当兵的不挑食，做啥吃啥，吃啥啥好，我表扬她厨艺好表扬了半辈子，以至于胃口只习惯她做的菜，反倒觉得饭店的菜缺盐少醋了。现在，她计算机技术上已经是高级工程师，厨艺还停留在当年摸着石头过河的水平。我对朋友常这样调侃爱人的厨艺，我晚饭见一个菜是常态，倘若见有两个菜便窃喜，若见有三个菜心里惊诧："莫非晚上有稀客？"

但我当兵前从不下厨，父亲有些大男子主义，母亲是典型的中国传统妇女，也认为男人是干大事的，围着锅台转没有出息。当兵后，每周末都有帮厨的任务，任务来了我就皱眉头，心想在家油瓶倒了都不扶，到部队了还要下厨，那还要炊事班干什么？我很不解。

现在的兵更是远离庖厨之地。我当兵前不下厨那是源于父母传统，如今的兵不碰锅勺则多半由于家长固执。家长一门心思盯孩子学习，谁家孩子不是自幼便习惯饭好了上桌，吃完了推碗，哪里知道美味生于炉火炊烟之处？饭不合口味或肚子饿了，手指一按，外卖上门，吃了碗都不用洗，既省心又省力，无须厨艺也能自给自足。入伍后，部队是营里集中办伙，各方面都唯恐士兵吃不好，总想着营养科学、花样翻新，我们当年垂涎欲滴的大肉片子现在一些战士碰都不愿多碰。而且，连队厨房都没了，连帮厨的机会都没有，还能想着学什么厨艺？

我们指导员老江湖了，明察秋毫，有次在新兵教育会上说："帮厨是部队的传统，体现的是同志友爱。一来让炊事班的战士轮流休整休整；二来其他战士也体验一下炊事班的生活，对他们的工作也是个督促。"指导员的话说得有理，但我还是不由自主地寻找借口躲避。可我不久就发现，每次帮厨的战士回来都满脸油光，令人诧异却不好意思发问。有次轮到同批下连的小吴帮厨，他一回来不等我问，就兴高采烈地介绍帮厨的意外收获，说司务长看他们倒泔水喂猪、整理煤堆、拣菜淘洗辛苦，专门做了一锅汤犒劳。尤其反复强调吃了一海碗瘦肉鸡蛋紫菜海米汤。我肚子立刻有了咕咕响声，而嘴里也如梁山好汉近几日没有荤腥嘴里"淡出个鸟来"了。

我们那个时代物质虽然大有发展，却与人民对美好生活的向往差距很大。当兵前，我母亲把积攒换来的二百斤全国通用粮票让我带上，叮嘱吃不饱可就地买些吃食填补。母亲多虑了，部队军粮当时供应还是充足的，每个兵每月42斤粮吃不完，关键是菜品满足不了心理上对禽畜水产等优质蛋白的渴望。没有经历过那段年月的兵很难体会那种感受。我上军校时，一个同学有天中午突然面色苍白、虚汗盈面，一宿舍的人关切询问，他摇着小手虚弱地说："不妨事不妨事，'胃缺肉'的老毛病犯了。"学员个个缺肉，哪里寻肉来吃？就匆匆泡了桶牛肉方便面递将与他，他立刻寻得肉粒猛嚼，转眼间滋溜滋溜将一碗面嗄得滴水不剩，眼里也渐渐由灰而明泛出精光来。毕业好多年，他这"胃缺肉"的病才彻底痊愈。

我们新兵连伙食不好，新兵班长说下连就好了。下了连队也没有根本性改变，说是一荤一素，荤菜里难得寻找到完整的肉形，好不容易碰见块完整的，定要留到最后一口饭时细细品尝，好让肉味在齿颊间多停留长点时间，以缓解肚子里的馋虫勾引。多年后，我陪女儿看动画片《西游记》，女儿问为什么猪八戒总想着吃？我本脱口想说："他嘴馋啊！"一想不对，赶紧刹车教育，"猪八戒不爱劳动，懒惰贪吃，不务正业，不想正事，绝不要学他。"心里却想着《心猿妒木母　魔主计吞禅》那回里，孙悟空骗猪八戒说前面村上人家好善，蒸的白面干饭，白面馍馍斋僧，猪八戒当即主动请求化斋，结果被南山大王小妖围住，这个扯衣服，那个扯丝绦，推推拥拥，八戒误以为是村民好客，说："不要扯，待我一家家吃将来。"一个憨态可掬、形象之拙的馋猪真真让人喷饭。

我们连队菜没成色是经济所迫，炊事班的做派也让人不满。半年总结评比先进，没有一个战斗班推荐炊事班，司务长和炊事班长一起找连队领导理论，指导员好说歹说劝了回去。当天中午，我们刚坐下用餐，就听得有人用筷子敲铁皮饭碗发泄对伙食的不满，先是一人敲，然后两人、三人、几十人……声音齐整有力。这还不算，有个老兵起头领唱"大刀向鬼子们的头上砍去"，大家唱得比饭前那支歌还响亮。

"胡闹！谁是鬼子？"指导员一摔筷子站起身，先把敲碗唱歌的动静压制住，然后就叫来司务长训斥："这几天不是夹生米饭、就是塌火馒头，这菜咸得没法下筷子，卖盐的都让你们打死了不要钱咋的？赶紧弄个西红柿炒鸡蛋！中午你们也不要休息，开班务会整顿。"

也难怪指导员发火，炊事班的饭菜质量关系着全连战斗力和士气，有句话不是说"炊事班是半个指导员，战士吃好了不想家吗？"哪儿能把情绪撒在做饭做菜上？

听小吴讲了帮厨的好处，我立刻就想去劳动劳动。副班长虽然对整内务要求严格，动不动就威胁整不好内务就要一盆水泼在床上，但他脾气暴躁的心有时还是很细的。他主动说：是不是看他们帮厨有油水？下回你去吧！

我立刻好似半推半就地答应。说到帮厨，我少年时代还真帮过一回。那年唐山大地震时，全民向灾区紧急运送救援物资，我们小镇上大大小小的单位都在赶制馒头。那天，母亲单位院子里支起好几个大案板，男职工排成一溜从食堂库房传递面粉袋。面粉和水飞扬入盆，粗壮的胳膊有力搓揉，硕大的面团宛如坟茔一样立于案上。在等待面团发酵的过程中，胆小的女出纳沉不住气，担心地震也在这鄂西北的小镇发生，遭到邹书记的严词驳斥，男职工们开始起哄，忧虑的气氛一扫而空，取而代之的是对灾难的想象和对遇难者的同情叹惋。馒头被密密麻麻摆放进笼屉，等待上锅，我和小伙伴们也来凑热闹，我们发挥想象力做了好多动物造型的馒头，我还特意在一只小面猪肚子里放了一颗大白兔奶糖，糖是小姑从武汉带来的，我平时舍不得吃。但不知道这只小面猪最后是否从空中降落，更无从知晓谁得到了它。可不管谁吃了它，甜蜜的感觉都会在我心头弥漫。多少年过去了，那时的想法、那时的滋味依然没有改变。

少年帮厨还有些玩闹，正式帮厨还是在连队，而且一帮就是大帮厨：连队杀猪。那天我奉命到炊事班时，四个身强力壮的兵已将一头二百斤的猪捆得结结实实。张饲养员蹲在猪头旁似有不舍，边吸烟边与它临终话别。从附近村里请来的老乡早就垒起了柴灶，一米五口径的大铁锅里水已沸腾。司务长是等级厨师，平时不下厨，这会儿巧妇有米，可以展示厨艺了，他提着磨得锃光瓦亮的通条催促小张挪开。一帮人围将过来，三下五除二就将猪收拾了。听着猪叫，大家很开心。人真是奇怪，猪的痛苦嘶鸣那会儿听起来却像是在愉快歌唱。

炊事班里的家伙什大得颠覆了我们对家庭厨具的认知，两口大锅口阔都有一米多，炒菜的锅铲大似铁锹，没两把力气是翻炒不起来的。司务长开始分配任务，揉面的、择菜的、切菜的、洗碗的、掏炉灰的、运散煤的……各司其职，打理猪下水的脏活则由老乡做，报酬是猪的板油、花油及猪毛。

洗菜切菜的时候，大家不时吃段藕尖、嚼口萝卜什么的，饲养员嘟囔："留点肚子吧，吃撑了待会儿就亏大了，想想俺的猪吧。"饲养员苦大仇深的样子，先是让大家沉默，继而笑倒一片，他自己也跟着笑起来。

司务长拿着书本一样的大菜刀切腰花，我打下手。司务长边切边炫耀："唉吔——这叫刀工。问刀工有什么用？外行，长短宽窄一致炒起来受热才均匀，唉吔——这叫芡粉，一勾芡下了锅就嫩滑，不会老得嚼不动。"他说话的口气连同动作，我结婚后全部照搬照抄传授给我爱人，尤其那个得意的"唉吔——"。

连队晚餐异常丰盛，很解馋，但我没有吃到腰花。我私下问司务长，司务长拍了一下我脑袋说：吃什么腰花？指导员家属来队了，懂不懂？

　　司务长先是笑，笑了笑又沉默了，他像是对我说，又像是自言自语：军嫂不容易啊。也不知你嫂子今天晚上吃的啥？

　　司务长是农村兵，家属在安徽老家照顾他一家老小，他们结婚四年了还没有孩子。

看电影

　　我那年当兵时正值冬季，有天晚饭前，新兵连指导员通知晚上看电影《雷场相思树》，剧透是老山前线的故事。指导员话音未落，大家立刻兴奋地叫了起来。我们新兵好多是因为仰慕那场战争中的英雄而入伍的，战事还在进行中，而电影从名字上都能看出不仅有战争还会有爱情故事，尤其这是到部队一个月了才轮上看的第一场电影，大家没法不兴奋。班里的战友匆匆吃完饭，早早地穿上大衣、挎上小板凳，一边猜想电影情节，一边焦急等集合哨响。

　　焦急主要是怕误场。好电影看不到开头，满心的懊恼会几天挥之不去。我当兵前看电影《少林寺》时，露天电影院人山人海挤不进去，耳朵里听着片头歌声"少林少林"唱得威武，心里干着急，虽只误了几分钟，却几天不痛快，又补看了一次才算完。新兵连宿舍在营院的北坡，看电影得到最南边的大操场，要坡上坡下、拐弯抹角地走十五分钟的石子路。大家希望早点去，不误场还能占据最佳观影位置，可你着急连队干部不着急，几个人气定神闲地在连部把扑克牌甩得啪啪响。班长看着大家焦急的样子，说："懂吗？去早了没用，位置早都划定好了，着嘛急？"

　　可大伙还是急，终于集合了，看着几位干部牵挂扑克输赢意犹未尽的神态，大家心里憋着气，跑步行进时故意把脚踩得咚咚山响。一排长呵斥几遍止不住，就发出狠话："再踩脚晚上拉紧急集合。"大家立即安分了，就放轻脚步来表示对石子路的怜惜。

新兵情绪来得快去得也快，一到大操场就被现场的气氛所感染。十几个学员方队口号声、带队干部报告声、放凳子声此起彼伏，蔚为壮观。

没当过兵的也许对"放凳子"声奇怪，"放凳子"还能出多大声？莫不成是像老百姓在家发脾气摔凳子？情况是这么个情况，"放凳子"是条例之外的军规，战士不管是配马扎、小方凳，甚至没配坐具的盘腿干坐，动作也都要整齐划一，口令下达，就是屁股下有牛屎也得义无反顾地放下来、坐下去。整齐还得有动静，动静就在于那一放。我们新兵连连长和指导员指挥"放凳子"口令不同，连长说"准备凳子——放！"指导员说"放凳子——好！"不管是"放"还是"好"字一出口，都要一起放下凳来，咚的一声闷响，回声震荡。就是后来到礼堂有翻斗椅子，也得一起掀放椅座，一起发出咚地闷响，一起听口令坐下身去。你只要想想一个人在家放凳子和一百多人同时刷地一下放凳子是什么动静就明白了那声音的特别和诱惑了。

我们听随口令坐下，几个队干部商量拉歌对象，认为研究生队的干部学员多，可以搦战欺侮一下，就领着我们齐声呐喊催促他们来一首，但是别人不应战，只得自找台阶来了首《团结就是力量》，歌没唱完，电影就开始了。

我们入伍前看电影，正片之前都要加映新闻纪录片或祖国风光片。

我以为部队电影也要加映，谁知一上来就是正片。《雷场相思树》说的是有四名大学生被分配到边防部队某团一线部队。自

第五辑　军旅随笔

255

卫战争打响后，敌众我寡，我军伤亡惨重，一个大学生用身体排雷牺牲，另一个也触发绊雷殉国，还有一个失去了一条腿，悲痛欲绝的第四个决心为战友报仇，他甩开拽着他的战友，冲上阵地……场景令人震撼，剧情催人泪下，看完电影，仿佛亲身到前线走了一遭，经历了生离死别，思想灵魂突然升华了。电影散场回去的路上，我们的口号格外的响。

到宿舍后，大家青春的激情不能消退，山东潍坊的新兵胡诗人尤其激动，拿出格子稿纸趴在床边就写上了，开始以为他是写诗，谁知竟是"参战申请书"，没想到他长得一个江南盐商富家子弟的模样竟有如此血性，让我们佩服得不得了。不仅仅是胡诗人写，不少战友也在写，指导员让人把"请战书"都钉在宣传栏里让大家学习。朝霞满天的清晨，一阵风来，那些信纸一页页翻动出哗啦啦的响声，像壮烈的旗帜在飘。

我们的青春时代没有现在这么多诱惑，读书、看电影几乎是获得精神愉悦的最完美方式，读书自不待说，能看场心仪已久的经典电影就更让人幸福了。就是年轻人谈恋爱，也多半要以送本书、看场电影为借口，读什么书、看什么电影多少能反映出一个人的修养，这比下馆子吃顿饭要靠谱多了。

新兵下连后，每逢周末，我都要去书店或影院，看有没有新书或新上映的电影，有了新品，书店和影院门前人们便会排起长龙，来自书中铅印油墨的味道和影片里迷幻的光影，胜过世界上最美的花园。那些经典名篇名作让人仿佛突然置身历史的大动荡、大洪流、大变革、大事件之中，人物命运多舛，情节跌宕起伏，故事引人入胜，比如，《平凡的世界》里孙少安和孙少平两兄弟的劳动与爱情、挫折与追求、痛苦与欢乐，《我的遥远的清平湾》里悠远的信天游，比如游侠骑士堂吉诃德脱离

在巴掌大的地方缱绻

现实的人文主义理想、穿黑衣服的简·爱跨过坟墓站在上帝面前的灵魂平等，《雾都孤儿》皮普的理想幻灭、水手邓蒂斯化名基度山伯爵的离奇复仇，还有怪诞意识流叙述都柏林一天十八小时的尤利西斯，等等，多少年过后依然不能忘怀。

那个年代也恰逢海外经典电影传入，但不是在电影院，而是大街小巷的录像厅。晚上连队自由安排的时候，我们会溜出营门去偷偷看。有天晚上回来晚了，被军务科夏科长撞见了，好一顿训斥。

当兵几年，我在山城北碚的楼宇间，看了许多如《人到中年》《小花》等优秀国产影片，外国经典电影看得更多。国外经典名片对反面人物的刻画尤其让我印象深刻，颠覆了以往国产文艺作品的脸谱化表现。电影《雷马根大桥》描写的是被希特勒称为影响德国命运"桥头堡"之一的雷马根战役（另一个就是诺曼底），其中德军守桥军官布莱恩少校被刻画得英俊潇洒、足智多谋。雷马根大桥失守后，党卫军奉命枪决全部守军，临刑前，布莱恩少校坦然点燃烟卷抬头望着乌云密布的天空，说了一句至今想来仍让人震撼不已的话，他忧郁地说："到底谁是我们的敌人？"

《悲惨世界》的警察沙威之死也让人感叹，原著里说他写完"呈政府的报告"后，机械而准确地回到那才离开了一刻钟的原来的地点，他用臂肘以同样的姿势靠在原先的石面栏杆上，好像没有走动过似的，呆呆地低下头盯着上涨的河流旋涡，然后站在栏杆上笔直地掉进黑暗的塞纳河中。可惜电影导演违背原著精神让沙威自戴手铐跳河，以此表达沙威对自我的审判，场景虽满足了观众对冉阿让的敬意，却冲淡了人性的自我反思，这真是一副多余的手铐啊。

电影看多了就想"触电",有一年,我的朋友找到我,想改编我的小说拍电影,我当即应允,亲自写剧本,两年合作拍成了三部电影。后来我到机关工作,专注的事多了,创作成了奢侈的享受,但看电影的爱好一直没有迷失。现在看电影更多了,观影条件也优渥。每逢有大片,我都会到电影院观看,但总没有那年那月的感触深刻,也许是不再年轻的缘故吧!

青春真好!

在巴掌大的地方绕行

吼军歌

当过兵的人路过部队营院，要知道是不是训练有素的部队，隔墙听听队列口号尤其是听听拉歌声，心里就八九不离十了。队列口号是理性的、有节制的，显示的是步调一致的和谐与纪律严明的威武，拉歌则是感性的、发泄性的，表现的是声嘶力竭的嘶喊和血脉偾张的情绪，一张一弛都具有独特的阳刚之美。

队列口号是喊，主要是值班员喊口令。队列行进口号，不仅可以喊出不同的节奏，也可喊出地域特色来。我们新兵连的班副是山东人，他喊"一二一"口号时，每次喊"一"都藕断丝连地喊三遍，听着像"哟、哟、哟儿哟"，感觉是给腿脚不灵便的人配音，他才喊了两天连里就不让他喊了。通信连女兵也有特点，她们每天列队从我们窗前路过时都要喊"一二三四"的口号，带队干部领喊"一二三"时还都正常，喊"四"的时候，本该有力下沉的声调忽然扬上去了成了"思"，关键是几十个女兵也严肃地跟着"思"，整齐中又有了调皮劲儿，像陕北信天游一样。

战士唱歌特别是拉歌时的特色更鲜明，我的一个地方朋友谈初听拉歌的感受，说："天呐，歌曲的调调跑到哪里去了？抒情歌曲唱成了进行曲，哪里是在唱歌，分明是在作曲嘛！"

我笑了称他说得对，不过，欣赏部队战士唱歌尤其是拉歌，得用非音乐专业的心态，战士齐唱不是涂脂抹粉的小鲜肉哼出来的，而是血气方刚的棒小伙吼出来的。吼的气势哪里是走调不走调可以评价的？即便走调，你能走得如此一致，并深受感染而想融入其中吗？

歌以咏志，歌而忘忧。战士歌一吼，疲惫的身体、低落的士气一下就精神了、饱满了，所以军营里少不了歌声。我当兵时喜欢吼歌，我现在吼不动了，但总爱说我曾经是一个快乐的歌者，能体会到歌唱的快乐，也能体会到听者的快乐，其中是有原因的。30年前，我从一家国有大型企业应征入伍到山城，营院隔壁就是西南师范大学音乐系，每天院墙那边的琴房里都会有高低清浅的琴声和歌声飘过来。这些声音让我十分痛苦，不是因为音乐，而是难以抵挡歌声的诱惑。入伍之前，我曾经在工厂乐队拉过手风琴、弹过吉他，这让我对歌声十分敏感。听着学生们歌唱的声音，我总会忍不住手心出汗、嗓子发痒，让我异常怀念在工厂里的日子。实在难忍了，我便找到指导员，自告奋勇地担任连队教歌员，每月为战友教一首歌。闲暇的时候，还和几个志同道合者一同练习四重唱，每次都要把嗓子唱哑了才罢休。

那时，我一个月只有二十几元津贴，时间一长就颇感拮据。为了应对经济危机，我开始写诗歌、写散文、写小说。写得最多的是广播稿，费时不多，见效很快，广播电台会隔三岔五地寄来稿费。重庆经济广播电台的编辑陈红对我很器重，付给我较高的稿酬和征文奖金，还特别邀请我到巴渝茶楼见面，很开心地吃了火锅。经济宽裕了，我练琴的时间更充足了。那时在狭窄的琴房里一边弹琴，一边歌唱，只感到世界宽阔无比、心胸宽广无比。正应了那句话，心有多大，舞台就有多大。虽然我不是专业的歌者，但歌声已经浸入了我的骨髓，那种乘着歌声的翅膀自由飞翔的酣畅快意，让我永远不能遗忘歌唱。

有一年回家探亲，我把学到的本领露了出来，声音震得家里的窗户一个劲儿颤抖。父亲很高兴，父亲连声说："我知道，我知道，这是美声。那年，我在环潭公社下乡，有一位歌唱家到村里采风，清晨练唱的时候，引得一街不明真相的狗嗷嗷乱叫。他唱一句，狗叫一阵，他不唱，狗也不叫了。"父亲说着也唱起来，唱的就是那个叫刘秉义的歌唱家保留曲目《我为祖国献石油》，声音很响，但荒腔走板至极。最令人忍俊不禁的是，街道上的游狗碰巧一阵乱吠，我因此笑岔了气，两天才好利落。

我学的美声是小众，学唱的歌剧选曲等也多是艺术歌曲，不适合战士齐唱。战士唱歌想唱出气势还得靠吼。吼是情绪高涨的一种状态，就如秦腔唱起来高亢粗犷、畅快淋漓、毛孔出汗、肠胃舒坦，陕北民歌那拦羊的嗓子、回牛的声吼喊出山原旷野之美一样，关键就在一个"吼"上，所以唱秦腔叫"吼秦腔"，陕北调叫信天游，而能吼秦腔者、信天游者，吼军歌也必是好手。

当兵的人吼当兵的歌，吼军歌不仅是军营文娱活动，本质是一种战斗文化的无形熏陶，像《强军战歌》《一二三四歌》《当那一天真的来临》《假如战争明天爆发》《当兵前的那晚上》等歌曲，战士们齐声吼唱起来，单是那种勇往直前无所畏惧的气势就足以震撼人心、鼓舞人心。

战友们，让我们一起亮开嗓子，把激昂的军歌吼起来！

第五辑　军旅随笔

写　信

　　新兵连兵最盼望的就是家信，每天中午，一群兵都会簇拥着从连部取信回来的班长，都固执地相信他手里一大堆信件中必有一封是自己的。拿到的欢呼雀跃，没拿到的沮丧失望。看信的兵表情复杂，有泪有笑，有爱有怨，都是翻来覆去来回看。那时，任何伟大的文学作品都不能像家信一样让人一遍又一遍地仔细阅读，手捧书信，看到亲人的熟悉笔迹，所有的家庭记忆都被唤醒，所有亲人都呼啸而至如在眼前。古人说家书贵如黄金，说见字如晤，还真是生活经验的准确表达啊。

　　部队善于总结，把这种兵现象用一句话概括，叫"新兵信多，老兵病多"。意思是新兵入伍还不能适应新环境，开心事、闹心事总想找人倾诉、寻求安慰，就会频繁上演两地书、母子情。老兵要退伍了，军营生活习以为常、见怪不怪，懒得写信，且自我要求也不那么严格了，常借口看病躲躲清闲，和护士贫贫嘴，舒服一会儿是一会儿。有一个战友得了阑尾炎，住院手术期间认识了漂亮女护士，一来二去居然恋爱了，退伍时真把她娶回了老家，把同批退伍的老乡战友们羡慕得够呛。

　　新兵来信多，主要是写信多，写信多是想说的事儿多，而且寄信不需邮票，部队收发室有专用红色三角邮戳朝信封上一砸

在巴掌大的地方飞行

就妥了。信发出了，等待就开始了，不仅是等回信，也要等自己设想、疑虑、希望的情况得到证实。等待的过程充满悬念，不像现在科技发达，短信、微信、音频、视频……相隔万里也能实时联系，当面聊天。联系倒是方便快捷，但毫无悬念可言，更没有了心头百转千回的期盼。分别两地没有了悬念和期盼，也就没有见字如晤、久别重逢的惊喜，情深义重的味道也就淡了许多。除了经济不发达地区，如今已经没有多少人提笔写信了。偶尔收到亲笔信，必是对方要极为慎重地说重要的事情。

新兵连的信主要是家书，虽是家书有的却可以互相传看，尤其是家有好事喜事的信更是主动显摆分享，让一个人的温暖幸福变成一个班的温暖幸福。但家信也不总是让人愉快的。新兵王惠超的父亲是他老家人民公社的秘书，写的信像社论，每次都洋洋洒洒四五页纸，批斗坏分子一样地教育他必须听首长的话，必须以部队为家不能想家，必须刻苦训练力争上游，全家都在期盼早传捷报……每次都写诗一首作结，印象深刻的是："红日当头照，扛枪去站哨，当兵守边疆，我为你骄傲。"

王惠超每次看信都闷闷不乐，他说："别人家嘘寒问暖，我倒好，部队一个指导员，老家还有一个指导员。两头都在堵，简直让人走投无路啊！"指导员听说了情况，专门到班里问王惠超能不能看看信是怎么写的，王惠超一下拿出七八封来。指导员看了半小时，越看越兴奋，越看越觉得其中有思想教育价值，就让通信员吹哨子集合，用他的山东普通话慷慨激昂地宣读了其中一封信。最后说：军队打胜仗，人民是靠山，我们为有这样的父亲而骄傲，我们有什么理由不刻苦训练？有什么理由辜负家乡父老的期望？有什么理由不尽快完成社会青年向解放军战士的转变？大家说，有什么理由？

我们齐声说："有！"指导员提高嗓门说："有吗，有吗，有吗？！"

我们反应过来答错了，答错主要是指导员没按套路出牌，他一般问话都是疑问句能不能干好、有没有决心之类，我们则用肯定句式"有""能"作答，他这回用了反问句，我们就有点犯迷糊了。我们又齐声连答三遍"没有没有没有"才算过关。

当兵两年后，能够回家探亲，一些兵探亲时往往顺便谈谈对象，兵回来后，家书少了，情书开始多了。战友知道我喜欢舞文弄墨，就央求我帮忙写情书。我们那个年代正好伤痕文学流行，地方女青年中文学爱好者很多，对能说出一口文绉绉酸溜溜的文艺腔的人天生好感，她们心怀梦想、尊重文化、喜爱浪漫，完全不像现在的姑娘那么实际拜金，宁可坐在宝马车里哭，也不愿坐在自行车后座上笑。我帮战友写情书就走伤痕文学的路子，语言温情、内容思辨，再弄点名言警句点缀，一般都能让对方感动。有一次，战友丁贤能很生气地找到我，说我把事情搞砸了。丁贤能是城镇兵，家里给他介绍的对象是税务员，一个性格内向的女青年，她回信说读了他的信，觉得言辞轻浮，油嘴滑舌，不免让人怀疑性格是否合得来？丁贤能抱怨：这明摆着是要说拜拜啊！

我当时正读席慕蓉诗集，我说你别急，你把这首诗抄下来，其他的话一句也别说，准能让她死心塌地。丁贤能将信将疑地照办，不久果然等来了好消息。丁贤能说："有文化真可怕，就这么几行字就把人'俘虏'了。"大伙奇怪，问他怎么回事，丁贤能得意地从笔记本里拿出一个纸片大声念道："你若是那含泪的射手／我就是那一只／决心不再躲闪的白鸟／只等那羽箭破空而来／射入我早已碎裂的胸怀／你若是这世间唯一／唯一能伤我的射手

/我就是你所有的青春岁月……"

当兵写信也有家国情怀,最悲壮的莫过于临战前写遗书。决战生死未卜之地,先抱英勇必死之心,出征前每个兵都要把牵挂的事说一说、未了的情聊一聊。我有一个老战友参过战,曾对我详说战争的残酷,一发炮弹过来,眼睁睁看着活蹦乱跳的小伙子在自己怀里没了声息。他说现在的年轻人尤其没参过战的年轻人,根本不知道打仗是怎么一回事,嚷嚷打仗最起劲儿,真正打起仗来,一准逃得比兔子还快。上过战场的兵,反而不会轻言战事,只会专注练兵备战。打仗可不像搞经济建设,经济没搞好,调整再来,打仗败了还能重打一回?老战友说,军人是有血性的,战争来了不会怕死。当时他们一个连百十号人都写遗书,对亲人、对世界做最后的告别。说到这儿,老战友忽然问我,如果你写,你会写什么?

我一下愣住了,我没想过这个问题,但这一问却让我心里沉重起来,一时不知从何说起。老战友眼里泛出泪光,鼻息粗重,他深吸一口烟说,我没写遗书,我相信我不会死,但我把日记本包扎在纸包里留下了。很多战友都写了,有平安回来的,有一去不回的,个个都是好样的。有一个战友新婚一年,壮烈牺牲了,他留给妻子的遗书正文连标点符号在内只有一句话十个字,我每次想起来眼里都是战友的模样,心里都在哭。

那句话是:找个好人家再嫁了吧!

第六辑　人到中年

就友谊而言，大可不必苛求生死之交，有三五酒友，召之即来，来之能饮，饮之尽兴，醉后各安，也是人生快意之事。以古观今，友谊的最高境界，或许最终都将还原为"酒肉"的日常。

白发记

　　忽如一夜白发生，原本浓黑厚密的黑发不知不觉间已是漫山飞"霜"、层白尽染。中国人常以白发与衰老联系，我鬓角霜雪时才四十出头，对镜观白发，仿佛是犯了什么羞于见人的错误，满心都是沮丧。古人似乎多是四十而皓首，白居易曾作诗《白发》云："白发知时节，暗与我有期。今朝日阳里，梳落数茎丝。家人不惯见，悯默为我悲。"

　　好一个"悯默为我悲"！记得我有年回家探亲，亲朋亦惊奇于我早生华发，不住地感叹我变"老苍"了，断定是我在京城行走劳神操心而致。我知道乡亲想表达的是钦佩和嘉许，但听起来却让人有韶华易逝的怜惜。

　　其实白发未必不美，古代隐者高士多是竹杖芒鞋、鹤发童颜的形象，老子骑青牛紫气东来便是须发尽白。黄庭坚"黄花白发相牵挽"，李白"白发三千丈，缘愁似个长"，自有一股清流气象。女子白发也美，所谓美人迟暮，佳人白发。金庸笔下的练霓裳、瑛姑皆银发三千丈，美不胜收。今人吴仪、傅莹女士银丝重叠，仪态万千，自信而高雅。但是，白发而美的关键在于纯白，不带杂色，倘若黑白夹杂便失去雅致和高贵。巷陌市井中"老杂毛"就是形象而不中听的一骂。

我那时的白发，便是黑白夹杂。白发不是一根根的新添，而是一撮撮的忽然就白了，两鬓尤盛。心里不愿旁人"悯默为悲"，便想着把头发"装修"一下，将那些不请自来的白毛染成黑色。

　　染是不好意思去发廊的，印象中似乎只有中老年妇女才坐在那里又卷又烫又烤的"受刑"。就到商场买了一把自制染发梳，手柄捏一下，染发剂从梳齿渗出，梳上一梳，白发很快变成黑褐色，显得不那么扎眼了。梳染方便是方便，只是保持时间有限，又要频繁洗头，弄了几次便生厌倦。爱人说，染发又不是什么丢人的事，去理发店打理吧。

　　第一次去理发店染发，心里怀有弄虚作假的羞愧，总是担心让熟人遇见，便找了西什库大街的一个偏僻的理发店。老板是湖南岳阳人，单眼皮、薄嘴唇，说一口湘味普通话，她一边扒拉我的头发，一边说"琏爷待姐雾十月"，我很诧异，不知她一个理发员何以念出一句貌似《红楼梦》琏二爷的情景诗来，一时茫然不知如何接话。女老板又重复了两遍，才听清是"连染带剪五十元"的意思，心里忍不住地笑。岳阳妹心细手缓，闲话不多，折腾一个多小时，头顶堆雪渐次融化，黑发焕发了青春，心情也欢愉起来。

　　第二天起床，吓了一跳，只见白枕巾上黑黢黢的一片，知道是染发剂脱色，连忙对镜查看，幸好头发尚黑着，只是好端端一条白枕巾被糟蹋了。不止于此，因白发而生的烦恼接二连三而至。首先是阴阳头，过了十天半月，白发由根新生，发梢却因染犹黑，黑白分明宛如八卦阵图，又若积墨压雪松，杂七杂八煞是难看。染上一次必须有二次三次，以至于不得不将革命进行到底，继续"琏爷待姐雾十月"，每月找岳阳妹子打理头发。其次是致癌说，不知何时开始，周围得癌症的人忽然多起来，同事也有罹患肝癌、肺癌、胰腺癌的，再看报上刊载的"染发剂致癌"的吓唬人的消息，心里就有拂不去的一层阴影，总在染还是不染上做思想斗争。第三最是让人恼羞成怒的，工作调动离岳阳妹远了，染发要开辟新的战场。可每到一家理发店，总有伙计死乞白赖地动员你办卡消费，那副饿狼架势，就差直接掏出你的票夹子点钱了，让人不堪其扰。一怒之下，干脆就不染了，头发长了只在单位理发室剪剪短。

　　不染发也有烦闷。白发显老，而军营乃青春洋溢的阳刚威猛之地，自古不容苍老之人。古代有两个老将很说明问题。一个是辛弃疾叹惋的"廉颇老矣，尚能饭否？"的廉颇。《史记·廉颇蔺相如列传》记载，廉颇免职至魏，赵王想再次起用他，差人查看其身体状况。廉颇一顿干掉米饭一斗、肉十斤，被甲横刀跃马，威风不减当年，但廉颇仇人郭开事先贿赂了使者，使者回去报告赵王说："廉颇将军虽老，尚善饭，然与臣坐，顷之三遗矢（屎）矣。"赵王以为廉颇已老，遂不用。

　　另一个是王勃说的"冯唐易老，李广难封"的李广。汉武帝伐匈奴时，飞将军李广想出征，但"天子以为老，弗许，良久，乃许之"，又暗中嘱咐卫青说："李广年纪已老，运气又不好，不要让他与单于正面作战，恐怕他难以完成擒拿单于的任务。"结果担任前将军的李广被调往东路，不仅没派上半点用场，回师时还迷了路，卫青要问责，李广叹道："广结发与匈奴大小七十余战，年六十余矣，终不能复对刀笔之吏。"言毕即引刀自刭。

　　我效力军中半生，自以为青春热血未曾冷过，但白发老态总不免让人心中自弃，尤其看到大大小小的领导都是黑头发，唯独自己皓首苍颜的，更觉不合时宜。有同事玩笑说，你这样颇有些向组织示威的意思了，你看看，这家伙老得头发都白成这样了，还不该提拔一下？

　　此话真让人啼笑皆非，为免领导同事误解，只得继续染发，一染又是十年，烦恼也伴随十年，理发店换了一家又一家，但当年那个闲话不多、价钱公道的"琏爷待姐雾十月"的实诚岳阳妹子再也没有遇到。

　　现在年过半百，到了本该头生白发的年龄，心里虽然向往年轻，却不想再遮掩白发了，而且"包子有肉不在褶上"，年轻主要也是在于心态，不在于头发黑白。于是归其本真，顺其自然，任由头发该白的白、该灰的灰。

在巴掌大的地方绕行

老花眼记

眼力不济会给人带来诸多不便，相传唐代诗人白居易眼疾很重，不堪其扰，他曾写过《眼病》的诗：

散乱空中千片雪，蒙笼物上一重纱。
纵逢晴景如看雾，不是春天亦见花。
僧说客尘来眼界，医言风眩在肝家。
两头治疗何曾瘥，药力微茫佛力赊。
眼藏损伤来已久，病根牢固去应难。
医师尽劝先停酒，道侣多教早罢官。
案上谩铺龙树论，盒中虚撚决明丸。
人间方药应无益，争得金篦试刮看。

从诗意看，白老先生罹患的可能是近视眼、老花眼或白内障之类的病。就近视眼而言，如果不是遗传，便是一天一天近距离用眼而累加的眼疾，倘若用眼得法，一辈子也近视不了。老花眼就不同了，那是人到中年必然出现的视力障碍，天王老子也摆脱不了这个生理上的自然魔咒。

我年少时视力很好，体检的时候，别人认 E 字表都费劲，我认特招飞行员的 C 字表都毫无问题。视力好并不让我开心，反而总是羡慕那些眼有近视的。为什么？那个年代，大家认为唯有戴眼镜的人才是有学问的，我担心的是：视力太好了，哪天才能戴上眼镜呢？

我的一位语文老师就戴一副黑色边框的眼镜，面相和善，谈吐文雅，时不时地用食指尖飞快地、准确无误地把微微下滑的镜架向上推一下，看着确实是有学问的样子。我母亲单位的邹书记、祝主任、彭会计等几个有文化的也都是近视眼，彭会计的眼镜片一圈套一圈，厚度不亚于酒瓶子底。

那时正是文学繁荣的时期，报刊上登载的作家诗人，戴眼镜几乎是标配，不是近视的鼻梁上也会摆一副水晶镜片的墨镜，看起来牛气冲天、派头十足。

于是，我也弄副眼镜戴。但是，100°的镜片架在鼻子上，走起平路也像过坡坎，深一脚浅一脚的，看书更是不多一会儿就头晕。终于搞到一副平光的镜子，出出进进都戴着。邻居们见了问是不是近视了，我不答对错，只是弱弱地用指尖推推鼻梁上的镜架。

邻居便夸赞："啧啧啧，看书把眼睛都看近视了，真有出息。"听了这些让人高兴的话，心里还不美死？

参加工作后，单位同事居然都没有人戴眼镜，唯一戴眼镜的是李主任。不过，他戴的是老视镜。

传达文件的时候，李主任想解释文件的意思，不是摘下眼镜，而是两根手指头拈着一只镜腿往下压，然后低头翻眼从眼镜上边看大家，看完了大家，又抬起眼镜看文件，如此反复。

问题是李主任有些谢顶，抬头低头时光亮亮的头皮时隐时现，这就有些滑稽了。本以为让人斯文的眼镜不但不能提升他的儒雅，反倒衬出他的苍老来，从此，我再也不戴眼镜了。

人到中年，忽然有一天，对，就是忽然，我感到眼前的字迹模糊不清了，于是意识到老花眼找到我了。可想到当年李主任的样子，我对戴老花眼镜从内心里排斥。

老眼昏花之后，看书写字的确大受影响，写字只能随心所想、概略瞄准，看书也是意群读之、一目十行，眼前密密麻麻、模模糊糊的感觉还真不是太好。

有一天，夫人命我顺道到快递柜取快递，我睁大双眼怎么也看不清手机上她发来的一串开箱数字密码，只好让她在电话里诵读，读一个数字按一下键，好不容易才打开了柜门，场景很是狼狈，这才觉得不配镜子不行了。

配镜之后，模糊的影像顿时有了久违的清晰感，心里居然有了莫名的感动。回头翻看以往在手机上写的文字，发现好多缺胳膊少腿、似是而非的字，这些错字别字藏在文章里居然推送出去了，想来真是令人羞愧。

用习惯了老花镜，就离不开了。一副镜子找来拿去麻烦，干脆多配了几副，于是沙发、床头、书房，甚至洗手间里都有一副镜子，以备阅读写字之需。

以往听王铮亮唱的《时间都去哪儿了》没觉着有什么，眼花了之后再听，就觉得那首歌还挺打动人的：

> 时间都去哪儿了
> 还没好好感受年轻就老了
> 生儿养女一辈子
> 满脑子都是孩子哭了笑了
> 时间都去哪儿了

还没好好看看你眼睛就花了

柴米油盐半辈子

转眼就只剩下满脸的皱纹了……

是啊，时间都去哪儿了呢？瞧这眼睛花的！

在巴掌大的地方磣行

晒太阳

我家西边的阳台放了一把藤条摇椅，一把木制躺椅。初冬暖阳，阳光从落地玻璃窗倾泻过来，把地面上特意铺砌的鹅卵石晒得温热，穿着棉睡袍蜷在椅子里，让赤脚贴着鹅卵石，或摊开一本闲书阅读，或执一把紫砂壶品茶，眯眯瞪瞪在太阳地里放松一两个小时，很舒服。自觉岁数上来之后，我就喜欢这样慵懒倦怠着、闲散舒适着喝喝清茶、晒晒太阳。

晒太阳似乎是中老年人的专利。年轻时身体健硕，只要不影响游戏人生的兴致，不太在意晒不晒太阳。人老了，骨头缝里都透着风，里里外外寒凉不堪，自然喜欢晒晒太阳。印象中家乡小镇临街的墙根下，总能看见老头老太太们坐成一排，一起眯着眼晒太阳。几个人在一个地方待久了，晒不着太阳了，就一并起起身、挪一挪，看看阳光朝哪个方位落，一个个屁股上沾着灰白的尘土。老人们闲话也不多，彼此答一声，应一声。那时，我曾嘲讽他们身体孱弱、意志消沉，心里想着，如果自己人至暮年必不会如此颓废。谁知人到中年，我就对阳光有了眷恋和依赖。

阳光总是温暖的，北方的太阳尤其温暖。像这秋日最后的时光，在自家紧邻昆玉河的阳台里晒太阳，自有一股"浅溪受日光炯碎，野林参天荫翳长"的况味。在户外沐浴阳光也很惬意，午后在河对岸花园里散步时，走在树荫下还觉寒凉，一出林荫就顿生暖意。走累了，在园子的木椅上小憩，也有"日光微漏潭见底，水气上薄云成堆"的野趣。尤其看太阳把树影斑驳投于地面，恍惚中会觉得树在旋转。其实树没动，只是阳光在转。

记得家乡老屋的阳光也是旋转着的。每当太阳升起的时候，瓦屋里总会漏进几根明亮的转腾着灰尘的光柱，让家的气氛静谧又温馨。学校的教室里略有不同，屋顶有三四片透明的亮瓦，阳光更像是被拍进屋里，一片片亮在桌椅上。淘气的男同学会拿金属文具盒，将阳光反射到远隔几个座位的女同学的脸上，然后看着她们被晃得睁不开眼的模样暗暗发笑。

这些不算是晒太阳，而是玩太阳。

我喜欢的晒太阳，当然不是晒物，而是晒自己这副躯壳。很早以前，我有个高中同学不大同意"晒太阳"的说法，他曾站在讲台上说："太阳在天上，你能晒它？恐怕只能被太阳晒吧。"他的话引起一位漂亮的女同学的共鸣，后来他们成功牵手，让很多男同学心生嫉妒。有一年回老家与同学聚会说起这段往事，同学们皆惊讶，说："你不知道？他什么事都较真，把周围的人得罪光了，这年月，谁愿意听真话？真话也未必有理。他老婆都烦，结婚没两年就离了。他好多年前就是著名的精神病人，幸好两人没孩子。"同学们的话让我感慨了许久，也难过了许久。

我不知道那位精神病同学较了哪些真，但关于晒太阳的质疑也许是对的。但这又有什么关系呢？阳光温暖的，能一直照进心里就好。

我在重庆当兵的时候，冬天没有暖气，阴冷潮湿，被子坚硬得可以立起来，偶遇阳光充沛的周末，兵们争先恐后地晒军被。军被在操场上曝晒，军被白天散发着青春的气息，晚上充盈着太

在巴掌大的地方旅行

阳的味道，睡梦格外香甜。后来知道，所谓太阳的味道，不过是晒死的螨虫散发出的蛋白质的味道。

太阳的味道也是记忆中的味道。我家乡有七月晒衣物的习俗，烈日炎炎，家家户户把冬衣冬被晾晒出来，早早做好过冬的准备。这一晒，家境好坏也都昭然若揭。也有借机炫富的，就像南朝宋刘义庆在《世说新语·任诞》里说的那样，北阮富、南阮穷，北阮盛晒衣，"竹林七贤"中有个叫阮咸的是南阮穷人，七月七日别人家晒衣皆纱罗锦绮，他无衣物可晒，便以竿挂大布犊鼻裈于中庭。犊鼻裈，也就是今天的三角内裤。别人见了奇怪，他答曰："未能免俗，聊复尔耳。"看似从俗，实是反讽北阮世俗，真是入木三分。

有一天，我路过天桥的时候，看见两个人背靠着天桥护栏坐着晒太阳，心想他们真会挑地方。上桥之后才发现是两个商贩。

北京的人行天桥常见小贩蹲在桥边贩卖小商品，以手机套、贴膜为多，便宜的一两块，贵的要卖到十几二十块，总归是比商店便宜，繁华地段人来人往，也能赚些小钱。但我家附近的天桥没有多少人往返，难怪我误以为他们是在桥上晒太阳。

两位商贩看起来是一对六旬左右的老夫妇，老汉穿着一条黄色迷彩军裤和布鞋，面前的灰布上摆着袜子、鞋垫，老汉眼巴巴地看着我，嘴巴微张却并不吆喝，他花白的短胡须不时抖动。老汉干瘦，他的老伴要胖许多，头发却雪白了。老妇人在卖手机套，秋风把尘土吹拂到那些大大小小的物件上，她把塑料包装袋一一拾起来，拿毛巾逐个擦拭干净。

这时，一个小伙子停下来，相中了一个手机套，询问多少钱。老妇人说三块钱。小伙子问能便宜些吗？老妇人还在犹豫，小伙子扔下东西就走了。老妇人赶紧叫：两块钱要不？小伙子到底是头也不回地去了。老妇人嗫嚅着什么，显然很失望地看着小伙子远去的背影，手里却不停地擦拭着那些物件。空中还在扬尘，两位老人身上落着尘土，不那么破旧的衣服也显得破旧了，我估算了一下他们的全部商品，即使都卖掉也不过一两百元钱，利润真是太微不足道了。

我想起家乡墙根下晒太阳的老人们，觉得人老了能晒晒太阳也是福气，可这两位老人还在为生计奔波。我不能设想他们的生活境况，但让我心生怜惜，对他们自食其力的坚忍也心存尊敬。那一刻，我特别希望路人能停下脚步，光顾他们的地摊。一见有人过来，我心里便喊快买快买，哪怕是看一看也好。但到底没有一个人停下来。

我摸了摸裤兜，只有四十块零钱，我把老人卖得最贵的两只手机套买走了。我告诉老汉，往南第二个天桥临着地铁站，那里客流量大，生意不会冷清。老汉站起身向我道谢，他向南看了一眼，转身和老伴收拾物品。

我默默走下天桥。下台阶的时候，阳光被遮挡住了，我感到有些冷，加快了步伐，阳光很快就斜斜地涌过来，让人一下有了温暖的感觉。回头再看桥上，已没有老人的身影了。

阳光真让人暖和呀。

有薰衣草香味的老先生

不知从什么时候起，人们忽然喜爱上散步运动，清晨傍晚公园马路，老老少少健步如飞。据说，散步一词最早源于魏晋时期，当时名人雅士喜食五石散以强筋健骨，但此药药性刚烈颇有热毒，服后需冷食温酒、起立行走，以助身体运化行散，故称散步。这种风气一直沿袭至唐朝，行五六百年而不能中断。以后不服食此药了，药后散步的仪态却保留了下来。古人散步多在庭院，缓步徐行，举止得体，南朝梁刘孝威诗云："神心重丘壑，散步怀渔樵。"唐韦应物吟"怀君属秋夜，散步咏凉天"，大体都是闲庭信步以咏己怀人的意思。现代人散步不择地方，有路便可行。散步也不必有优雅步态，更不会出邯郸学步的笑话，只管迈开腿就是了，就像北京人对散步的称谓一样，叫遛弯儿。

年过半百，自我感觉身体机能衰退，我也像大多数人一样加入了散步大军，希望以坚持散步把高得不正常的体检指标降下去。长距离散步是对抗孤独的运动，卢梭有本散文集，题目就是《一个孤独的散步者的遐想》。我还没那么老，素来喜欢独处而无需对抗孤独，所以不愿在花园里和老头老太太一起混。我一般会下到昆玉河的堤岸一路向北，傍晚 7 点半左右出去，八点半左右回来，每次走七八千步的样子。

我每次散步都会在差不多的时间地点遇到一位老先生和他老伴。老先生白发白眉在前边走着，老伴白发灰眉在后面跟着。老两口都收拾得干净利落，裤腿衣袖熨出直褶，散发着薰衣草洗衣液的香味。他们不紧不慢地走着，铺满水泥方砖的堤岸很窄，遇到想超过他们的跑者、健步人，老先生会转过身斜倚栏杆，侧身让别人过去，行动迟缓却自有一股绅士的风度和教养，让人联想起魏晋时期的儒雅名士和民国时期的大学教授。

当然，老先生也会侧身给我让道，一来二去，我们就有了点头微笑、挥手致意的交情。时间一天天过去，老先生和他的老伴就这样坚持着，让我觉得一切就应该是这个样子，如果有天散步没有相遇，心里反会生出失落和牵挂的情绪。

有天，我从外地出差回来，接站的司机告诉我，说我家附近的过河天桥下面死了一个人，好像是心脏病犯了猝死，120赶到后见没有救，就直接送到太平间了。我立刻想到散步时每每相遇的那位老先生，赶紧问是什么时候出的事。司机语焉不详，说似乎是晚上9点钟的事。我看了看表，指针是下午5点。

回到家草草吃一碗粥，我就出了门。到了河岸，也许是来早了，并没有什么人行走，就在经常和老先生相遇的地段徘徊，眼见天色渐暗，不见人影，心里竟然有了焦急的情绪。

这两年，我总会听到一些猝死的消息，似乎与运动不运动没有太多关联，让人产生生命如此之脆弱的感慨。

一位年逾七旬的老人曾这样向我介绍他43岁的儿子，他说：我儿子善良、厚道、阳光、坚强，他酷爱运动，登北京香山半日四个来回，跑标准跑道一次66圈，在天津参加完马拉松比赛直接奔高铁车站……可就这样钢铁一样的身体忽然就被病魔消融了，以至于后来连大小便也不能自理。这对任何一个家庭都不啻是一个灾难。

老人挺住了。他说，我每天给孩子讲故事、表演文艺节目，逗他开心，晚上让他把头枕在我臂弯里，像儿时一样安眠……记得当我和护工帮他清洁污物时，孩子忽然费力地说："爸爸对不起！"

闻听此言，老人说他当时几乎崩溃，可他忍住了，他咽泪装欢，心里却在说：儿呀，你小时候爸爸不就这样给你侍弄屎尿，不也这样陪你笑、逗你乐的，有什么对不起的呀？——只是，白发人将送黑发人，当我们走到人生终点时，谁能为我们做这些事情？

老人就这样陪伴儿子走完他人生最后的路。老人以自己的坚强，让儿子临去时不会太忧虑父母失去儿子后的人生结局。事实上，那个优秀的儿子走得至少没有太多遗憾。

这是我同学赵阳父子间的真实故事，那天送别赵阳，与赵父告别后，我一直想着那声儿子对于父亲的深沉道歉。我想，当内心的愁苦和哀绝把人推向深渊，也许反而会让人看到生命最初的光亮。

我心里一边想着这些故事，一边等待老先生出现。天擦黑的时候，我终于看到老先生和他的老伴远远走来，我一下有云开雾散的异常兴奋。

老先生和老太太走过来，身上依然飘散着薰衣草的香味。我主动问老先生好，自我介绍我的身份。老先生朝我伸大拇指，用浙江普通话说："你有恒心。生命在于运动。"老先生一句话喘了两口气，似乎有哮喘。老太太不说话，只是对我微笑，慈眉善目的，自有一副观音相。

我没有急于离去，而是和老先生攀谈起来，老先生健谈，他说他今年76岁了，退休前是某设计院的高级工程师，与图纸打了一辈子交道，他画图纸不容瑕疵，生活中也喜爱干净。我问老先生孩子在不在身边，老先生立刻哼了一声。老太太接话说："儿子在国外工作，不常回来。"老先生瞪了她一眼，说："什么叫不常回来？根本就没打算回来，汉奸！"我笑了，说："在国外工作生活不能叫汉奸。"

老先生说："中国人有了绿卡，还不叫汉奸？学成不报国不叫汉奸？"老太太说了句"倔老头子"，就拉着他朝前走。走的时候不忘和我摆摆手。

看着老先生和老太太的背影，闻着空气中浮动着的薰衣草的香味，忽然觉得心里难过，觉得他们一天比一天老着，行动一天比一天迟缓，也许在哪一天真就见不到他们了。

岁月不饶人。我自觉上了岁数，明显感到眼脑手脚不如年轻时机敏灵活，老头老太太自然更甚于我了。我想起我的父母，父母也是喜爱散步的，脚步也丈量着小镇的街头巷口。前段时间探亲，我母亲对我说，我们兄弟都孝顺，不愁吃穿，现在很舒心，也不怕死，只是担心将来老糊涂了瘫在床上不能动摇受罪。母亲开玩笑说，养儿子比不上养女儿，养儿子保姓，养女儿保命。

母亲的话让我心里久久不能平静，我觉得我们一直在爱父母、在孝敬父母，可这点心意与父母当年爱我们能相比吗？父母年龄毕竟大了，比我们更需要陪伴，我们又陪伴了多少呢。正像那老先生、老太太一样，他们都在进入生命的衰退期，尽管儿女真心期望父母健康长寿，尽管想着奉献至诚孝心，但谁又能超越人类生命的自然规律？

我们生活在阳光下，上天的一切安排都是自然而然的最好安排。想起我的同学赵阳病重时向他父亲的那句道歉，再回望我们一路成长的痕迹，我们是不是对父母也缺一声沉重的道歉呢？

　　我从故乡回来后，写了一首诗《我像孩子一样吃饭》，我把它抄录下来，咏读的时候心里会出现许多画面，过去、现在、未来，河边的散步，有薰衣草香味的老先生……更多的还是对父母的感恩和亏欠。

我像孩子一样吃饭

回到老家

顺手拉只矮凳挨着母亲坐下

母亲不停为我夹菜

母亲说这是干腊鹅

我想起儿时堰塘里的高歌和机警

母亲说猪蹄炖了两天

那年黑花花垂耳哼叫的憨态也在眼前了

母亲夹给我一只鸡腿说是散养的

我手掌立刻有了一团毛茸茸温暖记忆

母亲说红苋菜绝没有打药

母亲说香肠是后臂尖肉灌制的……

故事和美食，我面前的碗像小山一样

飘散着回家的味道

我七十五岁的母亲不吃

还像从前一样看着我吃

我一口一口吃着

母亲一筷一筷夹着

我年过半百了

牙齿松动体态慵懒

美食早已不能激发我的食欲

可在这样炎热的夏季

为让母亲高兴

我像孩子一样

把所有菜品都吃下去了

母亲一筷一筷夹着爱心

我一口一口吃着孝心

母亲老得让我心疼

在巴掌大的地方跪行

不问未来的欢聚

　　年过五旬之后，我喜欢与亲朋故交周末小聚，或茗或酒，回望过去，话说当下，不问未来，虽然每次都在重复叙说囧途糗事，大家却如听熟悉的京剧唱段一样乐此不疲，很是尽兴。曲终人散时，还不忘相期相邀，"待到重阳日，还来就菊花"。

　　茶未酣、酒微醺，把陈年旧事翻晒翻晒，说说当下的日子而不问未来，大约是人至中年世事通达的表征。

　　我年轻时是耻于向别人诉说生活中的尴尬事的，即使承认明显的错误，也需鼓起巨大的勇气。生活中敏感多疑而慎言，负重前行而孤独，似乎总在尽力维护一点可怜的自尊和人设，以期争取未来的发展空间。人到中年早已油腻，油腻的人一起没有太多忌讳，加上彼此之间熟悉得骨头化成灰也能认识，取笑或自我解嘲，再也无关功名利禄，每个毛孔都在散发着快乐。

　　其实，一个人年轻时无论再怎么心高气傲、无所畏惧，终究难以经受住岁月风尘的无情消磨，青春芳华会黯然失色，面如傅粉会鬓如霜雪，纠结人生的理想、物质和亲情，也将在坦然面对中徐徐落幕。中年之后，一生道路的走向沉积而固化，余生只需按惯性运动即可抵达"光荣"的顶点。人生旅途过半，此时若再不能惯看春花秋月，依然抱守期待奇迹出现的年轻时的执念，便是作践自己了。

但是，并不是所有中年人都能且看当下、不问未来。相反，有些中年人的焦虑比年轻人更甚。官员焦虑无功而返，商贾焦虑财富不丰，才子焦虑江郎才尽……百姓焦虑的事情更多了，柴米油盐、子女教育、医疗健康，哪一样让人轻松快活得了？"老牛自知夕阳晚，不待扬鞭自奋蹄"，所以有人说，人到中年活得不如狗。

问题在于，焦虑有用吗？既然于事无补，何不邀三五好友一茶一酒，不问未来，暂且一歇？

苏轼有篇文章《记游松风亭》，文中说：余尝寓居惠州嘉祐寺，纵步松风亭下。足力疲乏，思欲就亭止息。望亭宇尚在木末，意谓是如何得到？良久，忽曰："此间有甚么歇不得处？"由是如挂钩之鱼，忽得解脱。若人悟此，虽兵阵相接，鼓声如雷霆，进则死敌，退则死法，当恁么时也不妨熟歇。

累了便歇息，未必非要坚持爬行至山亭不可。这是苏东坡随遇而安的人生感悟。

反过来想想本也如此，才高于李白杜甫能怎样？财多于范蠡胡雪岩又怎样？位高于王侯将相又怎样？

我因此特别羡慕李白的真性情。李白是谪仙，是天使流落在民间，他对人对己的态度异常鲜明：人若轻我，人生在世不称意，明朝散发弄扁舟；人若重我，我醉欲眠卿且去，明朝有意抱琴来。

羡慕是羡慕，他的超凡脱俗的气度学是学不来的。诗仙李白不食人间烟火，他认为别人也不食人间烟火。他在赠孟浩然的诗中说："吾爱孟夫子，风流天下闻。红颜弃轩冕，白首卧松云。醉月频中圣，迷花不事君。高山安可仰，徒此揖清芬。"

其实，孟浩然哪里是不想当官？不过是求仕无门罢了，否则也不会赠诗张九龄求官，吟出"欲济无舟楫，端居耻圣明，坐观垂钓者，徒有羡鱼情"的急迫心情来。

不问未来的聚会，需要不问未来的同路人。倘若聚会中有人暗藏企图心，分道扬镳是迟早的事。

有个朋友多愁善感，既愿与官交往，又生怕别人轻视了他。他常挂在嘴边的话是，官越大越平易近人，官越小越摆架子。

既如此，何苦来？而且，所谓官越大越平易近人，官越小越摆架子，并不说明官德人品好坏。大官与你无交集，犯不着对你恩威并施，和颜悦色几句转过身就忘记你是谁了。而小官摆架子是想博得尊重，害怕被人小瞧。他于权责内外刁难你两下，你生气归生气，目中却有此人了。所谓阎王好见，小鬼难缠。小官学大官也平易近人不行吗？可以，却不能长久。何以故？小官接触的都是熟人，处理的都是滥事，你软和了别人就轻视，事办完了还受气。所以，没什么事时，小官也会取悦你，哄你高兴，真有事而他自觉被怠慢的时候，他会转瞬把刚才还假装敬你的酒水泼在你脸上。

不问未来的欢聚是需要选择对的时间、对的人的。欢聚不是躺平，而是一种压力的释放与宣泄，是自得其乐，不是自找别扭。方圆存知己，老友胜亲人。酒逢知己千杯少，话不投机半句多。我有次开玩笑说，老友相聚，聚一次少一次，彼此该互为"生前好友"。此语惹得众人大笑，当然也有对未来依然憧憬着的"不服周"的朋友生气，并拒绝为此晦气之词干杯。

水至清则无鱼。我曾在一篇短文中感叹，人至中年，余生也短，就友谊而言，大可不必苛求生死之交，有三五酒友，召之即来，来之能饮，饮之尽兴，醉后各安，也是人生快意之事。以古观今，友谊的最高境界，或许最终都将还原为"酒肉"的日常。

魂兮归来

一

从家族墓地回来，坐在门口小凳脱去沾满湿泥的鞋，抬眼只见父亲常坐的沙发空空荡荡，自此确认，以后回家那里将不再有他怜爱的目光投落到我的身上。一个念头从心中骤起，我们把父亲埋在离家那么远的地方，这哪里是让他安眠，分明是一种灵魂的遗弃啊。

这感觉让我在寒冷的冬天异常悲痛，又无可奈何。让亡人远离居民生活区而归于山林，是先祖的制度安排，它让阴阳相隔不只是生死的精神阔别，也是地理方位的物理隔绝。雪飘雪融，花开花落，除非节日祭祀，黄土内外各自安好，互不打扰。这种设计，大约是想让活着的人们尽快忘记悲痛，开始新的生活。但是，悲痛一旦彻骨入髓，哪里能说忘就忘呢？

悲痛让每一根神经都在颤抖，每一根神经又如在风雪夜里的盲童伸手找不到任何依托。

在这个冬季，悲痛直接缘起于失去亲人，痛感源却是岁月的磨砺和伤痕的累积。悲痛父亲归于寂寥之地，其实也是在悲痛自

在巴掌大的地方旅行

己，谁能知晓百年之后哪里能安放我们的灵魂？

未知生，焉知死？生死是每个人都无法回避的问题。上古人类痛失亲人，知其生死却不知道如何安放亲人的遗体，更不清楚魂归何处。《孟子·滕文公下》记载："盖世上尝有不葬其亲者，其亲死，则举而委之于壑。他日过之，狐狸食之，蝇蚋姑嘬之。其颡有泚，睨而不视。"意思是上古人曾把亲人遗体弃之沟壑，隔几天路过见到动物与蛆虫食而分之，心中愧疚而不忍直视，才以土掩埋。传说古代日本、印度、朝鲜等地受物产贫瘠生活艰难之累，对待老人更有恶习，日本历史书《楢山节考》就记录了古代日本人将年满六十岁的老人遗弃深山的风俗，美其名曰供奉山神，实际上是扔掉生活累赘任其自生自灭，行为野蛮而残忍，哪里会有悲痛呢？

中国素称礼仪之邦，先祖人性的觉醒和动物性弃绝，至少早在旧石器时代。据考古发现，三万年前的晚期智人山顶洞人，不仅掩埋亲人，还把其生前的器物一起陪葬。

可以想见，在一个傍晚，幽暗的山洞燃起篝火，火光摇曳，映照围坐的人脸，洞壁之上是放大了的悲伤的身影，原本连成一片的影子如今有了一个死亡缺口，而新生婴儿的啼哭弥合了生命的遗憾。生死离别让古人隐隐感到了一种神秘力量，却不知道来自哪里，只能把它归于上苍、神祇和逝者。

这种对鬼神的尊崇和生命的敬畏，逐渐衍生出中国古代的丧葬礼仪与文化。儒家孝道观念盛行其道后，社会对逝者更为尊重，甚至出现了"丁忧"与"夺情"的政治治丧概念。所谓丁忧，意指官员父母去世，无论担任何职，必须辞官为父母守孝长达二十七个月。而"夺情"则是丁忧制度的延伸，意为国家夺去孝亲之情，官员可不必去职，以素服办公。"夺情"是极为罕见的，明朝张居正就曾因此而受群臣抗议，皇帝动用"廷杖"之刑严惩抗议者，亦不能平息众怒。

丁忧或夺情，表面上关乎亡魂，本质上却是做给活人看，以此维护长幼尊卑的礼教和家国结构的稳固安宁。世俗文化也因此加入文明的进程之中。

二

我对生死离别的最初印象还在少年时代。那时，我感知世界的方式，主要依托民间传说、神话故事，再就是街头水泥电线杆上的有线广播。神话故事里鬼神与人之间，除了有无法力神通外，没什么不同，神仙也开蟠桃会，也要吃喝，也有父子妻女；人鬼虽殊途，却可以投胎转世，生死循环。既然如此，一切生死离别都是暂时的，似乎并不值得大惊小怪。那时广播里常有似乎是著名的人物离世的消息，讣告结尾也都会发出"化悲痛为力量"的号召。我看到大人们肃穆而垂泪的表情很茫然，虽然觉得一个人昨天还好好的，从此再也看不到了的确让人忧伤，但我心里还远没有悲痛，也不知道悲痛如何能变成一种力量。

我祖父去世时，我对悲痛的力量依然模糊。那时，我在大人堆里穿插，甚至在灵棚里悄悄揭开覆盖在祖父脸上的黄纸。那时祖父穿着一身湖蓝色棉布长袍，正午晒日而熟睡了的样子。等到入棺下葬于黄土，大人们齐刷刷跪地哭泣，我意识到自此不能再见祖父，才委屈地哭出声来。一个孩子的哭，是算不上悲痛的。

我十八岁离开家乡远涉异乡，在人生的困境里左冲右突寻找不到出路，也曾数次黯然落泪，而为赋新词强说愁的眼泪也未必是悲痛的。

当年过半百，在人生长途中体验太多的喜怒哀乐，几乎每年都会与一两个师长亲友告别，尤其近年来离世的长者扎堆而去，悲痛便时时在我心头涌动。

这次老父舍我而去，心中悲痛更盛。恰如南宋林亦之所咏："谁唱双棺薤曲悲，前声未断后声随。人间父子情何限，可忍长箫逐个吹。"

由此知道，悲痛是一种与你休戚与共、同生并行者的生生割断，既有伦理亲情的永诀，亦有理想抱负的弃绝，一旦它忽如雷电无情劈来，痛楚的感觉就会由心而生，而悲痛本身就是一种力量，需要调动全部身心和智慧与之相搏，此消彼长，没有胜负。只是齿龄虚长，理智越来越超越情感，纵使悲痛欲绝也要隐忍。

这种隐忍的悲痛排斥表演的眼泪，当然也拒绝鳄鱼的眼泪。

苏轼在《亡妻王氏墓志铭》里说："治平二年（1065）五月丁亥，赵郡苏轼之妻王氏卒于京师。六月甲午，殡于京城之西。其明年六月壬午，葬于眉之东北彭山县安镇乡可龙里先君、先夫人墓之西北八步。""西北八步"一句，语气何其平缓，却有一股隐忍的悲痛。

时间是与悲痛和解的良药，也是加剧悲痛的苦酒。苏轼终于在《江城子》里崩溃，诗中如泣如诉的悲痛，仿佛才是真的悲痛，才是人们痛彻心扉的正常情感反应：

> 十年生死两茫茫，不思量，自难忘。千里孤坟，无处话凄凉。纵使相逢应不识，尘满面，鬓如霜。夜来幽梦忽还乡，小轩窗，正梳妆。相顾无言，唯有泪千行。料得年年肠断处，明月夜，短松冈。

但是，这种悲痛仅仅只是对二十七岁亡故妻子的思念之痛吗？

维克多·雨果的小说《悲惨世界》里说："在逆境中，把俯视墓穴的悲痛，转化成仰望星空的情感。"读到这句富有诗意和哲思的话时，我正上高中，觉得这真是神来之笔。而现在想来，这不过是"化悲痛为力量"的另一种表达，多少有些站着说话不腰疼的"鸡汤"意味。

当悲痛如潮水般袭来，就汪洋恣肆地悲痛，不用俯视墓穴，亦不必仰望星空，只用那潮水洗涤冲刷灵魂，然后感受潮水退去后的安宁与平和，与自己与世界寻求释然和解。至于源自内心的悲痛情感，哪里有什么高低与贵贱？

三

正如死去的人不能带走生活的痕迹，活着的人也不能忘却他们的身影。谁家没有留存一两件亲人的遗物作为念想呢？贵为真命天子的封建帝王也概莫能外。

据说，晋文公重耳为逼介子推出山，下令纵火烧山，介子推宁死不见，背负母亲抱柳树浴火而终。第二年枯木逢春，生出枝芽。重耳悲痛感念，以枯柳一截制为木鞋，每日相对而念"悲哉足下"。足下之履便是重耳之于介子推的念想。

似乎清明节也缘起于此。为此君臣二人的不解之情结，以后人们便把烧山日定为寒食节，次日为清明节。

古人把祭祀亲人的时间定在清明，真是富有智慧的决定。阳春之日，万物一派生机，此时，郊游踏青的解压与慎终追远的缅怀并行，让人怎不更加珍爱生命，更加向往美好的生活？

在巴掌大的地方践行

人过五十而知天命。所谓天命即不为人力所能撼动之事，逆天而行，往往自取败亡。譬如人力可使生命活得更久，但不能让人永葆青春而长生。在这方面，耄耋之年比正当盛年者看得更深刻更通透。因为老人已知身在归途，而盛年者不知身处何方。我在路过街区时常看到一对墙根下晒太阳的老夫妻。有一次偶然听到他们平静地讨论生死，就像阳光平静地落在他们灿如银丝的白发上。妻子说，最好你先走，我要先走，你什么也不会做，多遭罪啊！丈夫说，我先走也可以，你多化些纸钱，我在那边买房子买地等你，最好是一起走。妻子说，一起走谁办后事呀？丈夫说："人都没了，还管这些？！"

后辈常在老人面前讳言生死，不知老人早已不避生死。这让我想起祖母。祖父去世之后，祖母便要求我父亲给她准备棺木。棺木做好之后，祖母就让人把它停放在她起居的屋内，每日擦拭。祖母不止一次对我说，我要是死了，就睡进去。祖母还准备了一罐桐油，预备届时给棺木上大黑漆时使用。祖母在她为自己准备的棺木里沉睡了快四十年，如今，父亲也追随她而去，紧邻着她安眠于郊外的山坡，谁能说清这是灵魂的回归或遗弃？

每个人都会遇到生死离别之殇，斯人已逝，魂归故里，便是曲终人散。而我们仍行在路上，在纷乱的世界里魂不守舍而不知如何安放。

如果悲痛真能转化为力量，那就让它化作一缕清明时节的清风，时时附于耳旁轻唤：魂兮，归来！

貌似完美的人生皆有败笔

王羲之的《兰亭集序》、颜真卿的《祭侄文稿》、苏轼的《黄州寒食帖》，被世人公认为"天下三大行书"。临此三帖的人一定知道，每一帖都有错漏、增添、删改的痕迹，就书法作品的完美度考量，往雅了说是瑕不掩瑜，苛求之则实为败笔。那么，三位顶级高手明知笔如神助、写出了好作品，明知作品有瑕疵，为什么不重新誊抄一份传世？

据传，三人也曾尝试重写，可都不如第一稿好。为什么？就书法而言，首写是首创，重写是临摹。首创虽不完美，因是创新，所以能出传世神品；而临摹为模仿，摹得再好，也终究下真迹一等，哪怕是书家自己临摹自己。

书法大家创作神品的不可重复性，恰如我们的人生。每个人都有自己独特的人生路径，你若独辟蹊径，并有人生出彩的结果，你的路便不可复制。人生不可重来，路径不可复制，经验却可被借鉴、学习、模仿，但相似的人生终究不是独特的人生。正如有句广告词说的那样："一直被模仿，从未被超越。"

如同书法作品的瑕疵，人生也处处会有败笔，有败笔的人生也未必不能出彩。那么，我们如何像三位书法大师一样，写出独一无二的人生精彩篇章呢？

第一，看似无用的准备。三位书法家都是千锤百炼的笔墨高手，写出好作品是必然，出现败笔则属偶然。这仰仗他们长期的看似并不急用的，甚至无用的理论积淀和技能准备。唐宋八大家之一的曾巩写了篇《墨池记》的文章，他说：

> 临川之城东，有地隐然而高，以临于溪，曰新城。新城之上，有池洼然而方以长，曰王羲之之墨池者，荀伯子《临川记》云也。羲之尝慕张芝，临池学书，池水尽黑，此为其故迹，岂信然邪？

曾巩从王羲之仿效张芝临池学书、把池水都染黑了的事，精辟而论言：羲之之书晚乃善，则其所能，盖亦以精力自致者，非天成也。然后世未有能及者，岂其学不如彼邪？意思是说，王羲之的书法到晚年才特别好，能达到这一步，大概是靠他自己的精神和毅力取得的，并不是天生的。后代之所以没有能够赶上他的人，至少在学习方面下的功夫不如他。

马尔科姆·格拉德威尔曾提出了"一万小时定律"，意即只要经过一万小时的锤炼，任何人都能在某一职业上从平凡变成非凡。知识靠积累，能力靠训练，这都有赖于平常修为之功。

书法界如此，其他行业也是如此，比如历史上的著名军事将领，往往都是驰骋千军万马，出入于九死一生，却指挥若定、气定神闲，兵法韬略运筹帷幄毫不仓皇。这些全都得益于平时的储备。临阵磨枪、临渊羡鱼、临渴掘井，决难从容应敌。

中国有句古话，叫"闲中不放过，静中不落空"。积淀和准备对人生也许没有即时之用，却必将在某个阶段突然灵光闪现，助你一举成功。

第二，机缘巧合的安排。王羲之写《兰亭集序》时，文人雅集的环境和氛围，触动并升华了他的书法创作的精神，酒性和雅集的机缘巧合，实际上给他创造《兰亭集序》这样神品的一个机遇，焕发了他长期准备的潜能。颜真卿写《祭侄文稿》时，疾痛惨怛，哀思如潮，追忆亲人离世之痛，也是一个特殊的命运安排，所以他用笔之间情如潮涌，笔意连绵，每至枯笔而更显苍劲流畅，字里行间游动着一股悲愤激昂的生动气息。

我们常说"机遇垂青于有准备的头脑"，就是这个意思。对我们普通人来说，成功出彩也需要一个机遇。能不能看准机遇、抓住机遇、把握机遇，决定了一个人出彩的成败。当然，对于没有准备的人来说，一闪而过的机遇，永远只是失之交臂的懊悔。

第三，全力以赴的激情。董其昌在评米芾《蜀素帖》跋时说：米元章此卷如狮子捉象，以全力赴之。是全力以赴，还是尽力而为？这是我们经常面对困难和挑战时的心理反应，它决定了一个人最终采取积极或消极的人生态度。一个人没有全力以赴的激情，大多干不出为人称赞的业绩。

短跑名将飞人刘翔的成功，很大程度上源于教练孙海平一次比赛前与他的谈话。在一次比赛前，孙海平问他是否准备好了，刘翔说："准备好了，我会尽力。"结果，孙海平一听，立即在他头上打了一巴掌，严厉地说："不是尽力，而是拼命。尽力是你跑完之后，还能坐下来和别人喝茶、聊天，而拼命是跑完之后，你直接被送到医院。"正是抱着这种拼命的精神，刘翔超越了一次次自我，创造了一项项纪录。

第四，不求完美的和谐。三位书法家的天下最美行书皆有败笔，败笔与正笔和谐共生，更显历史的沧桑与真实。倘若他们求全责备、苛求完美，重新写一遍一无错漏的书帖，我们今天恐怕

在巴掌大的地方绕行

见到的天下三大行书的作者，将是另外三个书法家。就如《圣教序》一样，弘门寺沙门怀仁集字成碑，拼接组合，各尽其势，虽完好再现了王羲之书法的艺术特征，字字也都是王羲之的笔迹，看起来败笔是没有了，却不乏匠气，最终只能作为书法练习法帖之用，不能位列天下三大行书之首尾。

人生不如意，十之八九。行在路上，人人必有败笔。我们必须学会与人生败笔和谐共生，然后以败笔为镜鉴，使人生不二过。也只有善于容忍自己、善待自己的人，才能宽心做事，善意对人，与他人共享人生出彩的机会和成功的喜悦。

书法艺术陶冶人的性情，书法始于技艺，最终是寻求书法之道。人对生命意义的思考，终极命题最后也是归于道。道是相通的，如果觉得不通，只是我们对事物的认识，还缺乏宽广的视野和深刻的洞察力，或者缺少一个桥梁。

减少人生的败笔，应像书法家创作神品一样，从一开始就磨练人生意志，提高生活技能，加深思想积淀，从而让人生获得更多的出彩机会，创造出属于我们自己的略有败笔、也许并不完美的精彩人生。

笑对人生

当一个人认为某种事物或现象违背了内心的准则或信念时，就会生气。生闷气是怄气，发脾气是怒气，都是一种情绪体验。人和人不同，生起气来也是不一样的，有的让人一眼就看出怒火中烧，有的则风暴藏于深海不露痕迹，有的像电影《天下无贼》那句调侃，所谓"黎叔很生气，后果很严重"，丑话说在前头，一副勿谓言之不预的假绅士派头。人和人之间，如果听力没有问题，无须喊叫，喊叫恰恰是因为人心疏远了，听不见了。这就需要平心静气，以良好的沟通消弭分歧、误解、猜忌，沟通好了自会让人心安神定、少生闷气。

《战国策》有篇《唐雎不辱使命》的文章，对生气的状态和后果有非常精彩的描述。秦王认为天子之怒，伏尸百万，流血千里。而布衣之怒，不过是免冠徒跣，以头抢地耳。唐雎针锋相对地说："此庸夫之怒也，非士之怒也。夫专诸之刺王僚也，彗星袭月；聂政之刺韩傀也，白虹贯日；要离之刺庆忌也，苍鹰击于殿上。此三子者，皆布衣之士也，怀怒未发，休祲降于天，与臣而将四矣。若士必怒，伏尸二人，流血五步，天下缟素，今日是也。"

我小时候爱生气，生气的资本是父母的疼爱，小孩生气能引

在巴掌大的地方绕行

起父母的关注，会让他们放下手中的事来关心你。这种生气含有撒娇的成分，往往是父母越关心，自己反而越生气、越觉得委屈、越是没来由地哭得伤心。

稍懂事一些了，不纠缠大人了，有自己消遣的事了，也会生气。那时我十分讨厌大人突然中止我正在兴头上的事情，譬如突然被喊去送个物件、买点东西、洗洗碗筷。每当此时，我都会故意碰翻椅子、把锅铲扒拉到地上、脚在地上踏得山响，总之会弄出些怒气冲冲的动静。这时，正和母亲闲话的旁人听到了，很疑惑，母亲便会解释说："小东西又在生气，过一会儿就好了。"

发气就是生闷气、发脾气，我那时不知道为什么有那么多气。但是生气的资本不多了，至少大人早已习惯了我生气，甚至还有些看热闹的意思了。

年轻时更爱生气，忧国忧民，爱憎分明，属于典型的愤青，常常莫名其妙地就会怒火中烧。要命的是，还总认为真理在手，自命清高，自以为是，经常会被自己感动，觉得只有自己最明事理、最重情义、最有主意，提的想法建议一时不被采纳，就认为别人不清醒、不识货、不懂板儿，自怜才华被埋没，叹息别人太冷血。

以后阅历多了，渐渐知道其实愚笨的是自己，因为你那时的大局观、洞察力还没有达到应有的高度，尤其是掌握的信息不对称，你不明白别人在思考关注着什么、已经在行动实现着什么，你的想法只能是小格局、小视野、小玩儿闹，登不得大雅之堂，你的情义也不过是小情绪、小情调、小情怀，经不起风吹雨打人世沧桑。那气也就生得苍白、生得没来由。

如今人到中年，家里家外的事情扛在肩上，理想常常要妥协于物质和亲情，生气的资格一天比一天少，就更生不起气，也懒得生气了。

有天上午，一位老同志到我办公室，暴风骤雨般冲我发牢骚。我请他坐下，递给他一杯热茶，让他平复一下心情，有事慢慢说。老同志坐在沙发上气咻咻地说："这么一点事，让我跑三趟，今天不办我就不走了。"

听完了老同志的诉求，我很吃惊，我说你确定是找我吗？他很惊诧，环视了一周，脸上立刻露出羞愧的表情，连声说搞错了搞错了，本来是找某某的，老糊涂了，气糊涂了。

老同志起身就走，我把他拦住了，当然不是指责他无礼，而是带着他找到他需要找的人。老同志的气在我身上生过了，这下没了气，很平和地了解了他要办的事。当得知他的事情要协调多个部门，且大家尽心尽力很快就要办妥了，老同志很后悔自己的鲁莽，又给自己找台阶下，一个劲儿说如果电话里说清楚就好了。分别的时候，老同志忽然拉着我的手说："我这么无理取闹，你为什么不生气呢？"我说："您是想着办事、心里着急才上火的，这是人之常情。再说，对单位来说个人的事也许是小事，但对家庭来说，这些却是天大的事，小事不小。我为什么要生气呢？"

老同志很感动，他轻声说，和你说话不用喊叫，心里舒服。

老同志这样说，我心里也很舒服。

人有七情，喜怒哀乐惊恐悲，生气总是难免的，再温和的人也有生气的时候，关键是要能控制自己的情绪，不让一股子气产生破坏性后果。我不生老同志的气，除了尊重前辈，也不过只是站在他的角度看问题，所谓理解万岁。

生活中，如果不是出于责任和道德的义愤、激愤，一个人生气往往是内心被自我充盈，尤其是任由自私膨胀的时刻，这时的

在巴掌大的地方绕行

生气不仅无助于沟通，相反会使心和心的距离越来越远。

有些人爱生气，主要还是性格急躁、脾气火暴、点火就着。我有个同事常常三言两语就有火气，打扑克牌会埋怨队友，气得扔牌就走，转一圈又回来。深夜看世界杯足球赛，当青睐的球队马失前蹄、意外落马时，他立刻怒不可遏，搬起电视机就从窗口扔了下去。第二天大清早又跑到楼下收拾，别人问起来，他自己都为自己的气性感到好笑。

着急才上火，遇事深呼吸。火由心生，还需心灭。"慢慢来，不要着急"，这是一代伟人病重不能说话只能与人笔谈时写下的字句。且不说政治智慧，单就这份包容世间万事万物的胸怀气度已是无人能及。

慢慢来是一种气定神闲的智者胸襟，是接近事实真相与生活真实的不二法门。曹操刺杀董卓失败逃亡途中杀吕伯奢一家、赤壁之战轻信蒋干杀蔡瑁张允，除了阿瞒生性多疑，还是着急了些，等人杀过了才醒悟过来杀错了，悔之晚矣。

事情来了，心静下来、手慢下来，想想该说什么、怎么说，能干什么、怎么干？不要急着表态、埋怨，甚至无端指责。稍等一会儿，也许别人并不如你想得那么不堪，事情也并不如你想的那样急迫。好饭一口一口吃，好话一句一句说，好事一下一下办。慢慢来，不要着急。

不平则鸣，不同而争。辩论也是生气的根源。争论是主观性很强的攻势行为，目的是让人认同你的立场观点。不争论并不是放弃原则，而是不为捍卫而捍卫，避免在无关紧要的交锋中随口失去了读书人的修养。曾有僧人向大师求快乐秘诀，大师告之曰：不要与愚者争论。僧人反驳："我不同意此乃快乐秘诀。"大师曰："你是对的。"

我现在很少生气。生气是需要资格的,我没有资格生气,没资格还生气,是用别人的错误惩罚自己,只能是白生气。常听人怒气冲冲地抱怨不公,说我要是谁谁谁,能这样对我吗?这样的类比没有丝毫意义,你设想的情况也许是存在的,问题是,你是那谁谁谁吗?

什么是资格?黄永玉设计狗年邮票画的是只抬起后腿撒尿的狗,他这样画法那是大师的匠心独运、童心未泯,换作你画,那是有碍观瞻、低俗下流,是没学会走就开始瞎跑。这就是资格。

其实,人生就像黄永玉画的狗,狗是要往前走的,资格只是它途中撒出去的一泡尿,点点滴滴充满腥臊。生活精彩,何必生气?

在巴掌大的地方绕行

师之说

　　教师是一种极具奉献精神的职业，为人师表，乐得天下英才而教之，或传道或授业或解惑，为伊消得人憔悴，蜡炬成灰泪始乾，那份清贫高洁和宽厚博大的情怀，不能不让人油然而生一股敬意。从世俗的角度看，教师既为职业，自然也会有等级，教员、讲师、教授等现代职称，也需一步一步阶梯攀爬。每天的日子也需碎银几两精打细算，应付柴米油盐、人情世故。一旦职称升上去了，八方来贺，称呼也要随之更改。譬如评任教授了还称教员，自己或旁人听了都会别扭。而碰巧升入官阶，教授职称随即让位官职，变成刘校长、方主任、秦书记。学而优则仕，传统知识分子中的官本位思想多少还是有些历史渊源的。比如杜甫当了个检校工部员外郎的小官，大家便叫他"杜工部"。在这方面，人同此心，心同此理，生活的日常是不需要用道德去刻意绑架的。

　　据说蒋中正听属下叫他校长远比委员长、总裁高兴，这可不是他不屑于权力、尊师重道，相反，这是他权欲熏心的驭人心术，目的在于拉拢并强调黄埔嫡系。可惜，得道多助，失道寡助，师承关系怎能敌政治信仰？许多黄埔学员一脚踹开"蒋委员长"，就站到我们阵营里了。徐向前等5位元帅、陈赓等3位大将、萧克等 10 位上将，以及 11 位中将、16 位少将，便都出身于黄埔。

尊师重教，自古有之。历朝历代备受推崇的老师当属孔仲尼。孔子因儒学儒生而被天下读书人尊为孔圣人、至圣、至圣先师、大成至圣文宣王先师、万世师表，不仅天下儒生尊其为师，连历代皇帝也恭敬跪拜。韩愈在《师说》里论："圣人无常师，孔子师郯子、苌弘、师襄、老聃。"可是，天下人只奉孔子为师，真是师不如弟子吗？细究起来，也未必，主要还是取决于谁的主张更符合统治阶级的心意。

孔子说："三人行，必有我师焉，择其善者而从之，其不善者而改之。"在君君臣臣、父父子子的封建时代，选择一个好老师十分重要。帝王之家自不必说，张良、叔孙通、诸葛亮、房玄龄、张居正等人成为帝王之师哪个是等闲之辈？名门望族也是不惜重金觅良师，期望子孙师出名门。即便乡绅凡夫，也要请来秀才开馆。师门有着严格规范，所谓"一日为师，终身为父"。这种师生之谊，充斥着门生故吏的圈子文化，由下及上，由近及远，互通情况，相互提携，一人得道，鸡犬升天。当然，一人倒霉，一窝遭罪，历史上不少著名人物遭贬谪，多是祸出同门。

民国初期，老师的社会地位还是很高的，这种社会地位很大程度上以经济收入来体现。以北大为例，教授胡适的月薪 380 块大洋，校长蔡元培拿到 600 块。鲁迅先生到北大当国文教授，月薪 350 块大洋。他只花了 500 块就在北京城买了一座四合院。经济无虞得以有体面地生活，尊师重教得以有尊严地生活。那时，师生见面，鞠躬问好，谦谦君子、莘莘学子的范儿，着实让人羡慕。

我们的开国元勋们沿袭了尊师重教的美德，但剔除了人身依附的封建糟粕。在这方面，毛泽东与徐特立的革命师生情谊堪称典范。1937年1月30日，毛泽东在延安窑洞里给徐特立60岁生日写贺信，他写道："你是我二十年前的先生，你现在仍然是我的先生，你将来必定还是我的先生。"毛泽东在信的抬头写的是"特立同志"，而不是"特立先生"，已经把师生之小谊上升到理想信念的同志之大爱。

师生之谊浓似非血缘关系的亲情的现象尚存，它更多产生于传统手艺人和现代工厂"师徒"关系上。手艺人师徒朝夕相处，至少满三年之期。所谓"教会徒弟，饿死师父"，师父传的是谋生的饭碗，情谊自然恩重如山。工厂虽没有金钱上的私相收授，师徒制却作为一种管理手段，维系着上下左右关系的平衡，师徒之间的情谊也是可圈可点的。

老师的称呼也在变异和泛化。现在嘴上言必称老师的，未必有师承关系。服务行业对顾客的称呼往往浓缩人间百象，服务员早先喊来宾为同志，以后是大哥，再就是老板，又喊了一阵领导，然后是老师。老师这个称呼很怪异，却似乎可以平衡来宾在权钱上的心理差异。

文学艺术圈里喊老师最为普遍。不管认识不认识，熟悉不熟悉，相见时尊称一声老师，听起来更像是一种社交辞令。好在艺术家们多自命清高，又好为人师，对老师的称呼总体上是认可的。

并不是所有老师都享受为人师者的称谓，有的人你叫他老师，他却不认你是学生，因你的资质才学不能让他骄傲，反而对他是个累赘。菩提祖师撵走孙悟空时，就叮嘱猴子切莫向人言说是自己的徒弟。

《管子·权修》说："一年之计，莫如树谷；十年之计，莫如树木；终身之计，莫如树人。"教育事关一个民族的发展和未来，国家再怎么重视都不为过，而重拾健康的师生关系尤为重要。作为一个事物的两个方面，为人师表就要有新时代师者的样子，莘莘学子也要有新时代学子的样子，而师生的努力最终都要体现在育人成才上。从这个意义上讲，真正纯净的师生情谊绝不是摆样子、抬轿子，而是传真知、扬正气，需要全社会的共同努力。应当看到，现代的教育理念与古代互相依附、抱团取暖的师生关系有本质上的不同。现代是奔着全民共同梦想而去；古代师生大多冲着功名利禄而去，日常表现太过市侩庸俗，而凡事一庸俗，便可耻又可笑了。

《儒林外史》就对不学无术的同门、同乡、同科之师生乱象无情讽刺，智慧又幽默。比如，吴敬梓常常信口杜撰、张冠李戴一些古今轶事、名人典故，将之编排穿插在大官鸿儒间的交谈中，一干人言之凿凿而浑然不觉其中大谬。真草包，假道学，济济一堂，被挨个儿嘲讽。

在巴掌大的地方缓行

安静的力量

我年轻时喜欢阅读一些波澜壮阔、起伏跌宕、慷慨激昂的作品，剧中人物皆是一副恨得咬牙切齿、爱得死去活来的腔调。人至中年，对思想冷峻、史学厚重的作品兴趣浓郁，往往一本著述关联另一本著述，古圣今贤跨越时空冲突碰撞，越读越觉得学海之无涯，而平生所学所知不过沧海之一粟。

现在，我则喜欢一种平静的叙述，文字里没有故作深沉的悲鸣，没有天外飞仙的空濛，笔墨散落的只是日常所见所思所为，烟火气息袅袅，市井阡陌信步。开卷读来，心心念念，欢喜也安静，流泪也安静。杨绛93岁高龄时写的散文随笔《我们仨》就是这样。恰如书中所说："我们这个家，很朴素，我们三个人，很单纯，我们与世无求，与人无争，只求相聚在一起，相守在一起。"

杨绛与钱锺书伉俪相敬如宾，这种优雅是知性的、由内而外的。钱锺书的小说《围城》曾让许多人惊艳。尤其那句"婚姻是一座围城，城外的人想进去，城里的人想出来"，让人过耳不忘。小说里人物的感叹，只是艺术地表达生活的质感，他们日常的生活却与常人无异。在特殊的年代，他们一家三口在风雨中抱团取暖，在艰难中苦中作乐。为了免得犯错误、生是非，他们仨就离群索居。

杨绛说，上苍不会让所有幸福集中到某个人身上，得到爱情未必拥有金钱；拥有金钱未必得到快乐；得到快乐未必拥有健康；拥有健康未必一切都会如愿以偿。保持知足常乐的心态才是淬炼心智、净化心灵的最佳途径。

　　只有真正经历过人世冷暖、人生起落的人，才会如此通达平和。但是，他们仨还是走散了。1997年早春，女儿阿媛去世。1998年岁末，钱锺书去世。"我们三人就此失散了。就这么轻易地散了。现在，只剩下我一人。"杨绛清醒地看到以前当作"我们家"的寓所，只是旅途上的客栈而已。灵魂的家在哪里，她不知道。她还在寻觅归途。2016年5月25日，杨绛在北京协和医院逝世，享年105岁。现在，他们仨在天国团聚了，再也分不开了。

　　安静自有力量。能让人安静阅读的作品，首先是作者自己安静。这种安静是暴风骤雨、惊涛骇浪归于平静的安静，心事浩茫连广宇，于无声处听惊雷。

　　汪曾祺的散文质朴淡雅，也有一种与苦难和解的平和安静。与同时代的作家不同，他的作品不是刻画人世间的累累伤痕，而是乐观向上着抚慰人心。忘却苦难之后，他的生活全部展示在阳光之下，平凡而有诗性，平淡而显光芒。他在《人间草木》里说："如果你来访我，我不在，请和我门外的花坐一会儿，它们很温暖，我注视它们很多日子了。""人生如梦，我投入的确是真情。世界先爱了我，我不能不爱它。"

　　刘亮程是当代安静叙述的高手。开始看他的散文《一个人的村庄》，总有一种似曾相识的亲切感，那种隐忍着的伤感的安静，让我想起史铁生的《我与地坛》。史铁生双腿残疾，只能每天坐在轮椅上到地坛里转圈，他对人生的思考大多从那个园子里散

在巴掌大的地方践行

落、扬起、飞翔。命运是如此残酷，叙述又如此安静，《我与地坛》包括小说《命若琴弦》几乎让我难以释卷，那种悲悯的情怀和绝望中的希望让我久久不能平复心情。刘亮程的散文虽意在乡村，他与史铁生一样都在关注人的命运，都在用生命之血写作，而这种质朴、冷静的叙事态度让文字晶莹剔透，充满了人性的温度。

网络时代，很少有作者如此安静地生活、安静地写作，当然也就很少读到让人安静的时代作品。追名逐利让人浮躁，浮躁让写作和阅读越来越拧巴，也让阅读的趣味荡然无存。

我一直以为阅读"令人作呕"只是一种形象的比喻，但现在我越来越体会到这的确是一种真切的感受。

每每看到故弄玄虚、无病呻吟的文字，如同看到清澈池塘突然漂浮过来一团团枯草败叶密集涌动，我立刻眼晕而耳鸣，心堵而气促，呕吐感让人欲罢不能，需冲进洗漱间干呕数分钟才能得以平复。

我不能说这些文字不好，只是我不喜欢过分喧嚣。我更愿意相信呕吐感是身体不再像年轻人一样健康而出现的病态反应。尽管把身体不适栽赃嫁祸于那些文字显然不够厚道，但我的确讨厌那种令人作呕的感觉。

对当下作家与读者而言，安静是一种弥足珍贵的能力，而一个人的能力被低估要比被高估强。

后 记

好文章如骏马在人群中奔跑

一

写文章好比是在唱歌，好文章是天籁，大家会追着你的声音听。蹩脚文章则如噪音，让人避之唯恐不及，如同那个以性命威逼路人听他歌唱的强盗，他只出一声便会让人顿生"还是杀了我吧"的绝望。

什么样的文章是好文章？古今评论文章，常用两句话，一句叫文无定法，一句叫见仁见智。

文无定法，主要从写作者的角度出发，强调的是创新突破，不必拘泥于传统技法。无定法，不是全无法度，基本的规矩还是要有的，所以刘勰在《文心雕龙·总术》里说"才之能通，必须晓术""术有恒数"，这个术和恒，就是基本的创作手法和规律。好文章之所以好，其立意、构思、写景、状物、起论、点睛等基本文理规范也差不到哪里去。

见仁见智，语出《易经·系辞上》，所谓"仁者见之谓之仁，智者见之谓之智"，讲的是同一个问题各人有各人的见解。这主要是从读者的角度出发，"横看成岭侧成峰，远近高低各不同"，各眼入各花，各花入各眼。这也是文章内涵丰富而引发的个人审美差异。

但是，文无定法、见仁见智的说法，容易把文章的标准虚无化，也会成为写作者排斥批评的搪塞之词。如果特别强调反而不利于创作的改进和水平的提高。好文章毕竟是有标准的，不然，唐宋八大家的韩愈不会说"李杜文章在，光焰万丈长"之类的话。

判断是不是好文章的标准很多，最基本的还是两条，一是通情；二是入理。

通情就是让人产生情感共鸣，入理就是引发价值认同。文章没真情，不能打动人心，文章无哲理，不能引人深思，情理都无所获的文章，那还读它干什么？

情理融通是人理性和感性的表征，最易入诗入文。但是滥情、煽情不是情，偏激、偏执不是理，文章虚情假意，读者对其也就半心半意，甚至无情无义。

情理脱不了一个真字，真感受，真性情。一个过于关注文学之外附加值的创作者，比如点击量、获赞量等，很难对生活倾注真情。真正的写作者，只会按自己的理解、方式、风格说出自己的认识和收获。他的快乐在于分享，不在获利。只要用心写作，情是情，理是理，文章自然情理通透、直逼人心。

文章唯有通情入理，才能架起人与人之间的心灵之桥。情理从何处来？世事洞明皆学问，人情练达即文章。好文章是从生活中来的，生活时时有情意，生活处处有哲思，写作者只要用心观察、体验、感悟生活，就能找到通往读者心灵的桥梁，写出通情达理的好文章。

问题在于，创作者一般总是自我感觉良好，没有哪一个人会把连自己都认为是败笔的作品拿来示人，相反，他总会认为自己的作品至少在某个层面能与经典媲美。这样，尴尬就来了，一些你所不能自知的败笔，旁人一眼尽知。

清朝著名史学家钱大昕在《弈喻》一文中说，他有次到友人家观棋，见一客数败，认为不如自己，而"嗤其失算，辄欲易置之，以为不逮己也"。可是，等他自己上场对弈，输得比那客人还惨。他由此感叹"吾能知人之失而不能见吾之失；吾能指人之小失而不能见吾之大失"。所谓自知者明，知人者智。可惜，对一些写作者而言，很多时候是当局者迷，既不能明，又不能智。

好文章自有会奔跑的腿，它如一匹骏马在人群中奔跑，总会以让人心动的方式把艺术气息延续下去，这也是经典永流传的原因所在。

二

无论你是否承认，写作是一件苦差事，要想取得文学上的成就，不仅是苦差事，甚至是苦役，它不仅挤占你的日常生活，也压榨你的精神生活，你只有不停地写作，才能获得灵魂的自由与释放。

写作这事，心里憋着劲，想写时才写，写就争取写好，首先让自己满意。写不出硬写是哄自己高兴，写还不如不写。写完了发表出来是哄大家高兴，读者不买账，写了等于白写。

这里包含着一层深意，就是要冷峻地问自己，你的作品离经典到底有多远？如果不是经典，就不必对流传抱太大期望，写作

在巴掌大的地方横行

起来自然从心所欲而轻松愉快。

诗人里尔克说，写作要遵从内心的根源，要问自己："万一写不出来会不会因此而死去。"里尔克说得有些极端，很少有人会因写作这事去死，想必里尔克也未必会。写不出不会去死，但写下去却会新生。因为写作本身就是在解决躁动不安的情绪，让灵魂重获安宁。情绪是动态的，释放了，又聚集，聚满了，再释放，写作因而是令人愉快的，如果觉得痛苦，想成名成家必定是痛苦的根源。

就我自己的经历来说，我爱写作这事由来已久，其心也诚。我觉得人生最愉悦的事情，莫过于能安静地品茗、读书、写作。这三件事都有学问、有道行。

茶有道，苦涩香醇味道皆出于自己的选择、拿捏与炮制，所以有禅茶一味的禅思。书亦有道，立场不同，视角迥异，一千个人心中便有一千个哈姆雷特。写作更是道中之道，能够坚持自己的情怀，不温不火、不急不躁地叙述所见、所闻、所思、所想、所感、所悟，没有思想文化的积淀和不为世俗左右的定力，文章很难写到儒家所谓的上善若水、虚怀若谷、允执厥中的境界。所以，我常提醒自己，写作是自己的事，不跟风、不从众、不求名、不逐利，只是随心缓缓道来、随意慢慢写去，只当一个快乐的写者。

三

当一个快乐写者要清楚有谁在读你，谁又能懂你。

作家毛姆有两句话说得深刻，一句是："你耗心费力写了一辈子作品，不过只是人们茶余饭后用来随便翻翻的纸，或者是驱赶旅途沉闷的消遣物。"另一句是:"作家追求的回报应该是挥洒文字的快乐和传播思想的惬意,至于其他的,那就随便吧。"这实际上说明了读者与作者的本质联系。

读者具有自主选择性,有自己的审美趋向和阅读趣味。让交响乐指挥去听小曲,一两首调剂一下还可以,多了就会受不了,不是不好听,而是音乐范式对他来说太简单。同样的,让习惯听小曲的人听交响乐,也极易被宏大的曲式结构弄糊涂,欣赏的初衷也会变成被催眠。品茶也是如此,一旦品了高级的茶味,低档次的茶就没法喝了,哪怕前一个小时还觉得这低级别的味道还不错。

阅读更是如此,文学的品质是显而易见的,虽然各花入各眼,但是狗肉毕竟难上正席。其实,一篇文章好不好,每个人心里明镜一样,欣赏了高级的,也就格外厌恶低级的。而且,对文章优劣上下的评判与阅后点赞不点赞没多大关系,有时甚至半毛钱关系也没有。尤其圈子文化,圈子越小,熟人扎堆,基本上和走亲戚、串门子差不多。为此,我半开玩笑地发明了一个计算公众号阅读量的公式:(权力 + 财力)+1 / 才华 +(人情 + 人缘)=阅读量。

写出的文章终归是要有人看的,没人看的文章犹如锦衣夜行。但看不看的,也别太认真。小说家荆歌先生曾说:"那十年二十年,几乎是天天埋头写作的日子,意义何在?它好像真的没什么意义。那么多文字,在我的指间流出来,生成,被刊物发表,印成书。然后被很少的几个人看见了,瞥了几眼。或者居然为它流了几滴泪。然后就合拢了书本。它蒙上了灰尘,再也不会被翻开。或者,就是打成纸浆,永远消失于人间。"

当一个快乐写者还要明白,自己是在写文字,还是在写文学。

文字和文学的区别，其实也是作家之间的区别。什么是作家？自己不说话，拿作品说话。什么是好作家？自己不说好，大家都说好。什么是好作品？作品放在一堆名家名作里也不逊色，不算好作品，只能算过气的名家作品。倘若放在一起既不逊色又特别另类，就有些意思了。

　　好作品不会因你是专业作家还是业余作家而改变标准，写不出好作品来，一样都是耻辱。

　　我清楚我不是大作家，也成不了大作家，写不了"高大上"的史诗性的人和事，也说不出豪言壮语。我接触的都是普通的人，和我一样做事说话，混在人堆里谁也不会被认出来。平凡人心中也有自己的芳华，也许成长的痕迹会被时光之河淹没，但在月朗星稀之夜回望，那些跌跌撞撞的鞋印，总会从河底深处泛出微弱而温暖的光亮，提示我们记住从何处而来，警醒我们向何处而去。爱你所爱的，恨你所恨的，写你所想的，说你所懂的，文字就会有了文学的味道。

　　一个快乐写者当然知道，绚烂之后一切都将归于平静。

　　写作是件快乐的事，就像伯牙弹琴时心里的快乐一样。能不能成名成家，作品能不能引起轰动，实在不必太在意。我不是大作家，顶多算一个小作者，写的也是些小玩闹。我觉得，只要有读者看就很开心，尤其是那些自我发现自我选择文章的陌生读者。陌生读者不像朋友圈，圈友为友情被逼无奈，看不看的都先点赞再说，倒像是起哄架秧子。而陌生读者不认识你，他们读你的文章不带任何功利性，喜欢就是喜欢，不喜欢就是不喜欢。这样的读者，真是一个听心者能超过一万个听声者，有一个是一个。

　　感谢著名散文家王宗仁老师为本书作序，他的鼓励鞭策之

后记　好文章如骏马在人群中奔跑

语，让我感动又惭愧。我知道中国言实出版社推出了许多让人印象深刻的高品质书籍，而此书即将面对读者，亦让我惶恐而忐忑。好在我的圈子不大，余生仍将在巴掌大小的地方绕行。

程文胜

2024 年 5 月 28 日

在巴掌大的地方绕行